新撰　小倉百人一首

tsukamoto kunio
塚本邦雄

講談社文芸文庫

目次

水底に沈める花の影見れば春は深くもなりにけるかな　坂上是則　一〇六

昨日といひ今日と暮して飛鳥川《あすかがは》流れて早き月日なりけり　春道列樹　一〇八

君ならでたれにか見せむ梅の花色をも香をも知る人ぞ知る　紀友則　一一一

夏の月光をしまず照るときは流るる水にかげろふぞたつ　藤原興風　一一四

花鳥《はなとり》もみなゆきかひてぬばたまの夜の間《よま》に今日の夏は來にけり　紀貫之　一一七

滿つ潮のながれひる間を逢ひがたみみるめの浦に夜をこそ待て　清原深養父　一二〇

波わけて見るよしもがなわたつみの底のみるめももみぢ散るやと　文屋朝康　一二三

おほかたの秋の空だに侘しきにものおもひそふる君にもあるかな　右近　一二五

かげろふに見しばかりにやはまちどり行方も知らぬ戀にまどはむ　參議等　一二八

天の河かはべの霧の中分けてほのかに見えし月の戀しさ　平兼盛　一三一

渡れどもぬるとはなしにわが見つる夢前川《ゆめさきがは》を誰にかたらむ　壬生忠見　一三四

春は惜しほととぎすはた聞かまほし思ひわづらふしづこころかな　清原元輔　一三六

いつとなくしづ心なきわが戀のさみだれにしも亂れそむらむ　權中納言敦忠　一三九

人づてに知らせてしがなかくれ沼《ぬ》の水籠《みごも》りにのみ戀ひや渡らむ　中納言朝忠　一四二

風早き響きの灘《なだ》の船よりも生きがたかりしほどは聞ききや　謙德公　一四五

妹《いも》とわれねやの風戸《かざと》に晝寢《ひるね》して日高《ひだか》き夏のかげを過《すぐ》さむ　曾禰好忠　一四八

百千鳥《ももちどり》聲のかぎりは鳴きふりぬまだおとづれぬものは君のみ　惠慶法師　一五〇

夏刈《なつかり》の玉江《たまえ》の蘆を踏みしだき群れゐる鳥のたつそらぞなき　源重之　一五三

花散らば起きつつも見むつねよりもさやけく照らせ
春の夜の月　大中臣能宣朝臣　一五六

露くだる星合《ほしあひ》の空をながめつついかで今年の秋を暮さむ　藤原義孝　一五九

桂川かざしの花の影見えし昨日のふちぞ今日は戀しき　藤原實方朝臣　一六一

近江にかありといふなる三稜草《みくり》生《お》ふる人くるしめの筑摩江の沼　藤原道信朝臣　一六四

春の野につくるおもひのあまたあればいづれを君が
燃ゆるとか見む　右大將道綱母　一六七

ひとりぬる人や知るらむ秋の夜をながしと誰《たれ》か君に告げつる　儀同三司母　一七〇

秋深き汀《みぎは》の菊のうつろへば波の花さへ色まさりけり　大納言公任　一七三

秋吹くはいかなる色の風なれば身にしむばかりあはれなるらむ　和泉式部　一七五

おぼつかなそれかあらぬか明暗《あけぐれ》のそらおぼれする朝顔の花　紫式部　一七八

はるかなるもろこしまでも行くものは秋の寢覺《ねざめ》の心なりけり　大貳三位　一八一

有明の月は袂に流れつつかなしき頃の蟲の聲かな　赤染衛門　一八四

春の來《こ》ぬところはなきを白川のわたりにのみや花は咲くらむ　小式部內侍　一八七

おきあかし見つつながむる萩の上の露吹き亂る秋の夜の風　伊勢大輔　一八九

花もみな繁《しげ》き梢になりにけりなどかわが身のなる方もなき　清少納言　一九二

榊葉《さかきば》の木綿《ゆふ》しでかげのそのかみにおしかへしてもわたる頃かな　左京大夫道雅　一九五

梢には殘りもあらじ神無月《かみなづき》なべて降りつる夜半《よは》のくれなゐ　權中納言定頼　一九八

わが袖を秋の草葉にくらべばやいづれか露のおきはまさると　相模　二〇〇

木の間《こま》洩るかたわれ月のほのかにも誰《たれ》かわが身を思ひいづべき　前大僧正行尊　二〇三

朝な朝な折れば露にぞそぼちぬる戀の袖とや磐余野《いはれの》の萩　周防内侍　二〇六

あしひきの山のあなたに住む人は待たでや秋の月を見るらむ　三條院　二〇九

山里の春の夕暮來てみれば入相《いりあひ》の鐘に花ぞ散りける　能因法師　二一二

五月闇《さつきやみ》はなたちばなに吹く風は誰《た》が里までか匂ひゆくらむ　良暹法師　二一四

雲拂ふ比良《ひら》の嵐に月冴えて氷かさぬる眞野《まの》の浦波　大納言經信　二一七

袖の上の露けかりつる今宵《こよひ》かなこれや秋立つ
　はじめなるらむ　祐子内親王家紀伊　二二〇

こほりゐし志賀の唐崎《からさき》うちとけてさざなみよする春風ぞ吹く　中納言匡房　二二三

何《なに》となくものぞかなしき菅原や伏見の里の秋の夕暮　源俊頼朝臣　二二六

高圓《たかまど》の野路《のぢ》の篠原すゑさわぎそそやこがらし今日吹きぬなり　藤原基俊　二二八

思ひかねそなたの空をながむれば
　ただ山の端《は》にかかる白雲　法性寺入道前關白太政大臣　二三一

花は根に鳥は古巣にかへるなり春のとまりを知る人ぞなき　崇德院　二三四

夕霧に梢も見えず初瀬山《はつせやま》入相《いりあひ》の鐘の音ばかりして　源兼昌　二三七

聲高しすこしたちのけきりぎりすさこそは草の枕なりとも　左京大夫顯輔　二四〇

たなばたの逢瀬《あふせ》絶えせぬ天の川いかなる秋か渡りそめけむ　待賢門院堀河　二四二

なごの海の霞のまよりながむれば入日をあらふ沖つ白波　後徳大寺左大臣　二四五

くれなゐに涙の色のなりゆくをいくしほまでと君に問はばや　道因法師　二四八

またや見む交野《かたの》の御野《みの》の櫻狩花の雪散る春のあけぼの　皇太后宮大夫俊成　二五一

夢のうちに五十《いそぢ》の春は過ぎにけり今ゆくすゑは宵のいなづま　藤原清輔朝臣　二五四

わが戀は今をかぎりと夕まぐれ荻《をぎ》吹く風のおとづれてゆく　俊恵法師　二五六

年たけてまた越ゆべしと思ひきや命なりけりさやの中山　西行法師　二五九

思ひ立つ鳥は古巣もたのむらむ馴れぬる花のあとの夕暮　寂蓮法師　二六二

くれなゐにかたしく袖はなりにけり涙や夜はの時雨《しぐれ》なるらむ　皇嘉門院別當　二六五

かへりこぬ昔を今とおもひ寝の夢の枕に匂ふたちばな　式子内親王　二六八

花もまた別れむ春は思《おも》ひ出《い》でよ咲き散るたびの心盡しを　殷富門院大輔　二七〇

幾夜われ波にしをれて貴船川袖に玉散るもの思ふらむ　後京極攝政前太政大臣　二七三

夢にだに人を見よとやうたた寝の袖吹きかへす秋の夕風　二條院讃岐　二七六

來む年もたのめぬ上《うは》の空にだに秋風吹けば雁は來にけり　鎌倉右大臣　二七九

草枕むすびさだめむ方知らずならはぬ野邊の夢のかよひ路　參議雅經　二八二

（＊印は定家撰と同一作品）

塚本邦雄 新撰 小倉百人一首（一九八〇年八月七日立秋改撰）

序　われのみぞ

傳・定家撰「小倉百人一首」が凡作百首であることは、最早定説になりつつあると言ってもよからう。勿論百首すべて、曲りなりにも、敕撰和歌集入撰歌だから、どこかに取柄はあらう。強ひて褒めようと思へば、いくらも迎へた解釋を試み、作者も鼻白むくらゐの頌詞《オマージユ》は捧げられるだらう。現に、そのたぐひの、見事な鑑賞文は、まさに汗牛充棟の趣である。作品價値の判斷など、元來相對的なもので、佳しと信じての讚辭開陳なら、それはそれで結構だし、私はこれまで參考意見として、ありがたく拜讀したものもある。

また、王朝和歌をすべて現代風享受方法で鑑賞して、一刀兩斷にする愚は十分警戒さるべきだ。そして、しかしながら、その自戒・他戒は、何も百人一首享受に限りはしない。

翻つて、釋迦に說法するなら、定家著「近代秀歌」の高名な一節、「昔、貫之、歌の心巧《たくみ》に、たけ及びがたく、詞《ことば》強く、姿おもしろきさまを好みて、餘情妖艷の體を詠まず」の、最後の捨科白《すてぜりふ》に似た一言なども、貫之、あるいは古今集歌人への理解が十分ではなく、新古今時代の理想を無二のものとして、短兵急に論破しようとするための、淺い批判ではあるまいか。餘情妖艶の體などよまなかつたところに、貫之の存在價値があつたことに、定家は氣づかなかつたか、知りつつ無視したかであらう。

　また、その貫之にしたところで、古今集假名序に得得として才筆を奔らせたあの六歌仙月旦、なかんづく、「在原業平は、その心餘りて詞《ことば》足らず。しぼめる花の色なくて匂《にほひ》殘れるがごとし」のくだりなど、一知半解も甚しい。はしなくも後年、定家に指摘された重要な缺陥を、貫之がよく自己診斷して辨へてゐたことの逆證明になつてゐる。すなはち、彼、貫之は、業平の、その餘れる心がいかに不可缺な要素であるかに氣づかなかつたか、知りつつ無視したかである。萬葉集完成から古今集までの一世紀、敕撰漢詩集は三つを數へながら、和歌集敕撰を一度も見なかつたこの時代に、業平がいかに貴重、奇特な存在であつたかを識り、これをひたすら顯彰することこそ、十世紀初頭における貫之の、肝要な仕事であつたらうに、彼は「しぼめる花」と言ひ棄てて口を拭つた。

　定家が十二世紀後半、殊に六百番歌合から千五百番歌合に到る時期に、驚歎に價する新風を確立した事實は、良經・後鳥羽院を始め、家隆・慈圓らの、これまた瞠目すべき革新的な文體の發見と共に、永遠に記念さるべきであらう。また、定家自身の歌論はさもあらばあれ、作品そのものは、晩年に到るまで、決して痩せず枯れず、達磨歌《だるまうた》と目《もく》された三十代の絢爛たる歌風を保ち續けたことも、これまた敬服に値しよう。だが、だから、彼の營爲すべてを是《ぜ》とし、神格化するのは滑稽であらう。人は、百人一首の撰定評價に關してまで、何も正徹《しやうてつ》の顰《ひそ》みに倣《なら》ふ要はさらさらない。定家を盲信することよりも、正當に評價することの方が、神佛の心にも添ふはずである。
「小倉百人一首」の無味淡泊、平懐《へいぐわい》單調なことは、新敕撰和歌集そつくりだ。新敕撰集入撰歌は百首中、定家・家隆・實朝・公經の四首に過ぎないが、これと關りなく、その選歌態度は、むしろ露骨なまでに反・新古今的である。壬二集・秋篠月清集・長秋詠藻・金槐集・拾玉集・明日香井集等等、新古今時代に成つた名家集から夥しい撰入を試みながら、こんな影の薄い、平凡な作がまことにあの集に混つてゐたのかと、改めて調べてみたくなるやうな歌が撰ばれてゐる。よく例に擧げられるが、六百番歌合の「待戀」、定家と隆信の番《つがひ》で判は「持《ぢ》」、この自作を捨てて、敢へて隆信を採つたことは、そのまま新敕撰集の性格を、露骨に象徴してゐるやうだ。

左　風つらきもとあらの小萩袖に見て更けゆく夜半《よは》におもる白露　　藤原定家

右　來ぬ人を何にかこたむ山の端《は》の月は待ちいでてさ夜更けにけり　　藤原隆信

判詞・左歌、「袖に見て」などいへる、心はよろしく見え侍るを、心、詞にあらはれぬやうにや侍らむ。右歌は「何にかこたむ」などいへる、心、詞にあはれてやすらかに侍るにや。なずらへて持と申すべくや。

俊成は必ずしも隆信を高く評價したわけではない。「心、詞にあらはれてやすらかに侍るにや」など、むしろ皮肉に近い。袖と言へば、この六百番歌合で、同じ定家の「唐衣《からごろも》裾野の庵《いほ》の旅枕袖より鴫の立つここちする」（「鴫」）、「鴨のゐる入江の波を心にて胸と袖とに騒ぐ戀かな」（「寄鳥戀」）などと言ふ恐るべき達磨歌を、方人《かたうど》達の猛烈な論難をも斥けて、敢へて勝を宣した俊成である。新勅撰集奏覽時七十一歳の定家は、四十年昔の一場面を忘れてはゐなかつたはずだ。覺えてゐればこそ、詞華撩亂と咲き誇り、後鳥羽院獨撰の新古今集の、當代歌風の典型となつたこの名歌合《めいうたあはせ》の、その輝かしい記憶を、秀歌抹殺といふ方法で否定したかつたのだ。殺しても、彼自身の「小萩」は永遠に殘る。

詮衡態度の訝《いぶか》しいのは單に作品そのものには止まらぬ。不即不離の關係にある人選が少からず不自然である。父子・母娘の結合・照應に心を砕いた結果がかうなつたと言ふなら、なるほど、作品價値など二の次、三の次かと苦笑して引下る他はない。ついでのことに、伊勢に配するため中務を入れておけば、更に面白かつたらう。それはさておき、百人一首から除かれてゐるために、かへつて存在を強調してゐるやうな歌人すらゐる。

齋宮女御徽子《さいぐうのにようごきし》（後拾遺集初出）・源頼政（詞花集初出）・小侍從《こじじゆう》（千載集初出）・宜秋《ぎしう》門院丹後《もんゐんのたんご》（千載集初出）・藤原有家（千載集初出）・藤原秀能《ひでたふ》（新古今集初出）・俊成女《としなりのむすめ》（新古今集初出）・宮内卿《くないきやう》（新古今集初出）の八名がまづ、反射的に浮び上つて來る。次に、小大君《こだいのきみ》・道命《だうみやう》・源順《みなもとのしたがふ》・馬内侍・越前・藤原忠良・鴨長明等も逸するわけに行かぬ傑れた作者達であらう。これらの有力候補を削つてまで、猿丸大夫・安倍仲麿・喜撰法師・蟬丸・陽成院・文屋康秀・春道列樹・文屋朝康・源等・小式部内侍・三條院・源兼昌等、所傳の怪しい歌人や、ほとんど歌らしい歌の殘つてゐない歌人まで、ことごとく撰入することはあるまい。また、眞に秀歌を取り集めたければ、紫・清の二閨秀作家は除外した方が賢明である。所詮は總花《そうばな》を狙つて眞の花を逸し、人撰の上でも、實に散漫な印象を與へる結果となつた。また定家の妻の弟、承久後の安穩と榮達を保證してくれたパトロン、かつ、新古今時代の二流歌人、入道前太政大臣西園寺公經《さいをんじきんつね》を、忘れずに撰んで、表敬してゐるところなど、苦笑を誘はれ、最早、眦を決してこの百首の優劣を云云する氣持すら失ふ。しかも、この公經の歌が、極めて低調である。

　惣じて彼《か》の卿《きやう》が歌存知《ぞんち》の趣、いささかも事により折によるといふ事なし。ぬしにすきたるところなきによりて、我が歌なれども自讃歌にあらざるよしなどいへば、腹立の氣色あり。先年に大内《おほうち》の花の盛り、昔の春の面影思ひいでられて、忍びてかの木《こ》の下にて男どもの歌つかうまつりしに、定家左近中將《さこんのちゆうじやう》にて詠《えい》じていはく、

　　年を經てみゆきになるる花のかげふりぬる身をもあはれとや思ふ

左近次將として廿年に及びき。述懐の心もやさしく見えし上、ことがらも稀代《きたい》の勝事にてありき。尤も自讃すべき歌と見えき。先達《せんだつ》どもも必ず歌の善悪にはよらず、事が

らやさしく面白くもあるやうなる歌をば必ず自讃歌とす。「後鳥羽院御口傳」

いくら奬めても「みゆきになるる花のかげ」を、定家はかたくなに、自讃歌にすることを拒んだと、後鳥羽院は在隱岐執筆の口傳中に縷縷と、言葉を盡して非難する。定家がこの歌を作つたのは建仁三年二月二十四日であつた。彼は文治五年左權少將、建仁二年左權中將、承元四年同じ中將で解けるまで、二十一年間近衞司、昇進が全くと言つて良いくらゐ無かつた。歌はその恨みを婉曲無類に訴へてゐるのだ。定家時に四十歳、後鳥羽院二十二歳、臣下の生殺與奪の權を握つてゐる帝王、あはれと思つたら歌を褒めるのは後廻しにして、前の除目《ぢもく》の時位階の配慮をしてやればよささうなものだ。

その點は知らぬ振りで、自讃歌、自讃歌と騷いだところで、定家が素直に從はぬのも當然だ。定家の眞意は、勿論輕率な判斷は許されまい。だが三十年の後、百人一首を撰する時、後鳥羽院在位中、殊に承久の亂の前、蛇蠍《だかつ》のやうに嫌惡した西園寺公經の歌を一首採るに際して、新古今集にはこの人の、比較的美しい千五百番歌合作品もあるのに、それはわざと置き、殊更に、景色は全く同じ花の蔭の、「花誘ふあらしの庭の雪ならでふりゆくものはわが身なりけり」を採つた時、暗い微笑に脣をゆがめはしなかつたらうか。

百人一首は、後鳥羽院への遺趣を織込んでゐるとの俗說も橫行した。その論者は、躬恆の「おきまどはせる白菊の花」さへも「隱岐惑はせる」のアナグラムであり、しかも殊の他菊花を愛した帝への諷喩であるとまで言ふ。隱岐も菊も含んだ歌は他にも夥しい。何も躬恒に託することはない。院の御集にも、それは紛れもない秀歌として收められてゐる。もし遺趣を晴らすのなら、定家はそのやうな迂遠な方法は採るまい。この二つの花蔭の嘆きこそ、彼が試み得た、最も陰險な報復かも知れない。

　しかも、定家が宇都宮蓮生《れんしやう》の嵯峨中院障子《さうじ》の色紙形を選んだと、明月記に認《したた》めたのが文暦二年の五月二十七日、七十四歳の彼は、隱岐に在つて既に十四年、五十六歳の夏を迎へた院を、どのやうに偲んでゐたか、思ひ半《なか》ばに過ぎるものがある。院は院でその頃、新古今和歌集をずたずたに切り苛《さいな》んで、隱岐御撰抄本なる殘骸を机上に沈思しきりであつたらう。かつまた「傍若無人、ことわりも過ぎたりき」と、定家彈劾の筆を研いでゐたかも知れぬ。それは互に、恨みに似た愛であつたとも言へよう。

　ともあれ、百首、撰の不當と缺陷を論じてゐるだけでは不毛であらう。そしてまた假に百首が必ずしも凡作ではないとしたところで、その一人一人に、他に、これこそ代表作、一代の絶唱と目《もく》すべき歌が、現に殆どある。例外は「沖の石の讃岐」一人くらゐだらう。それまた、百人一首歌以外にその作の傳はらぬ安倍仲麿と陽成院は、選擇の餘地がない。それを考慮に入れ、その制限にやむなく從つて、この度私は、九十八人の、これこそかけがへのない一首を撰び上げた。一番天智天皇から百番順德院まで、その印象は當然のことながら一變する。九十番以降あたりに入つて來ると、秀作、傑作十指に滿ち、二十指に剩つて、ために煩悶するほどであつた。ちなみに、この百人の大部分、もしくは一部分を含む既刊鑑賞文、『王朝百首』（文化出版局）、『珠玉百歌仙』（毎日新聞社）があり、この二百首中に掲げた歌は、この度の、新撰百首中には採らなかつた。また、各作者に關して、二十一代集の、各集各巻の首と軸に採られた作品を、殊に注意してみた。

大貳三位の名作として聞えた「はるかなるもろこしまでも行くものは秋の寝覺《ねざめ》の心なりけり」を、千載集秋歌下の巻首に讀むすがすがしさは、歌がるた遊びとは別の次元の、かぎりない愉悦であることを、この著の讀者一人一人に味はつてもらひたい。勿論、この百首、似繪《にせゑ》入りの豪華なかるたに仕立てて、美聲の講師《かうじ》に朗朗と詠じさせ、新春の燈の下で、ゆつくりと眺めながら拾ふのも、また格別の味はひだらう。

きらめくは歌の玉匣《たまはこ》眠る夜の海こそ千尋やすらはぬかも

朝倉や木の丸殿にわがをればなのりをしつつ行くはたが子ぞ　天智天皇

新古今集の雜歌中の掉尾《てうび》を飾る天智天皇御製で、定家・家隆・有家・雅經の四撰者が推してゐる。これを一卷の最後に排列したのは勿論、實質的な獨撰者、後鳥羽院だらう。明るく爽やかな「朝倉や」の歌ひ出し、大らかに素樸な「木の丸殿にわがをれば」の第二句第三句、加へて「たが子ぞ」の疑問形結句、いかにも後鳥羽院好みだ。

「朝倉」は筑前の國朝倉郡の朝倉、母帝齊明《さいめい》天皇がこの地に行幸の折、天智天皇は皇太子として隨行し、この地の行在所に宿る。「木の丸殿」は、建築用材が丸太のまま、皮も剝がずに使はれてゐる姿を現す。行在所に宿直のため、出仕して來た官人は、一人一人みづからの姓名を名告《なの》り、その上で定めの部署に就く。これを「名對面《なだいめん》」と呼んでゐた。結句「たが子ぞ」は何家《なにけ》の子息だらうと、「家」「出自」に重きを置いた問いかけである。男女共に「子」ではあるが、この場合は主として若者達であらう。

當時、百濟《くだら》の國は唐と新羅《しらぎ》の挾み撃ちに遭ひ、危機に瀕してゐた。百濟・新羅・高句麗《かうくり》の軋轢、紛糾は、既に四世紀の半ばから始まつた。侵し、敗られ、また攻め、時には大國の、魏《ぎ》、あるいは下つて隋《ずい》、七世紀には唐の介入を受けたり、救援を求めたりして、三《みつ》巴《どもえ》、四巴《よつどもえ》の、奇怪な戦ひの連續であつた。このたびはほとんど全滅に近い敗戰となつた百濟が、日本に必死の救援懇願、受ければ、たちまち新羅と唐の聯合軍を敵に廻すことになる。廟議は正論異論百出、沸《わ》き返つた。そしてとどのつまり百濟加勢に決定する。

六六一年、齊明七年正月六日、明けて六十八歳の老いたる女帝は、難波の港から西征の船團を率いて出發する。後の天智の中大兄《なかのおほえ》、後の天武、大海人《おほあま》の二皇子も加はつた。皇子とは言ひながら、中大兄は壯年三十六歳、大海人も三十歳を越えてゐた。遠征の船には兩皇子の妃や寵姬も侍る。才媛、額田王《ぬかたのおほきみ》の代表作の一つもこの旅で生れたやうだ。


　熟田津《にきたつ》に船乘りせむと月待てば潮《しほ》もかなひぬ今は漕《こ》ぎ出《い》でな

熟田津、すなはち今の松山市の海岸に船團が到著したのは正月十四日、ここでは石湯、後の道後溫泉に行宮《あんぐう》が設けられた。これより先、吉備《きび》の大伯《おほく》の海にさしかかつた時、大海人皇子の妃、大田皇女《おほたのひめみこ》が女兒を生み、土地にちなんで大伯皇女《おほくのひめみこ》と名づけられる。大伯は今日の邑久《をく》。彼女は二十五年後、亡き弟大津皇子《おほつのみこ》を悼《いた》み、「馬酔木《あしび》」と「二上山《ふたがみやま》」の絶唱をものすることになる。そして、その原因をなす叔母、鸕野讃良皇女《うののささらのひめみこ》、後の持統女帝も亦、この船に乗つてゐた。筑紫到著三月、その四箇月後に齊明天皇は俄に崩じた。行宮を建てるため、朝倉の社の神木を伐《き》つた祟《たた》りと噂された。救援軍は海を渡り奮戰を重ねたが、結局は百濟・日本聯合軍の慘敗に終つた。六六三年のことである。そして難波へ引揚げる船には、前年鸕野讃良が生んだ草壁皇子《くさかべのみこ》と、この年生れた宿命のライヴァル大津皇子が、おのおのその母に抱かれてゐた。「朝倉や」は、六六一年、眞夏五月の月明の夜を想像すると、一入《ひとしほ》趣も加はらう。この朗朗たる調べの背後にある史實も、知れば一層面白い。

この歌が天智帝御製といふ證《あかし》は一切ない。その點は「秋の田のかりほの庵《いほ》」とて同斷である。神樂歌《かぐらうた》の「星」すなはち神上《かみあが》り歌に「朝倉」があり、歌詞は結句の「たが子ぞ」が「誰《たれ》」と二音になつてゐる。庶民の謠ひ物が貴族のものとなり、御製に轉じたか、その逆の經路顚末か。ともあれ、新古今集撰者の見識を尊重しておきたい。

百人一首歌は後撰集秋歌中に「題知らず」として、また古今和歌六帖の第二帖「田」にいづれも天智天皇名で見える。定家が、意識して農事に關する御製を、劈頭第一首に据ゑたと見るのも、好意的な鑑賞法の一つだらう。

秋の田のかりほの庵《いほ》のとまをあらみわがころもでは露にぬれつつ

北山にたなびく雲の青雲の星離《さか》りゆき月を離《さか》りて　　持統天皇

＊　＊　＊

萬葉集巻二の挽歌群の中に、天武天皇崩御に際しての鸕野皇后の長歌一首と短歌二首、八年後の夢の中の長歌一首が見える。六八六年朱鳥元年九月九日、紅葉が霜をくぐつて黒ずむ候、寺寺や宮中での讀經《どきやう》、禮佛《らいぶつ》の效もなく、天武の波瀾に滿ちた人生は閉ぢられた。六五七年齊明三年、齢わづか十三で、當時二十六、七歳の大海人皇子の妃となつてこの方、三十年の星霜、萬感胸に滿ち、心緒も亂れ勝ちであつたらう。長歌も、むしろ淡淡しく、涙の痕もあらはではない。ゆゑにかへつて胸を搏つ。

北山は原文「向南山《きたやま》」で、文字通り南面する山、うちつけに「北」とすると、ややニュアンスが變つて來る。青雲はむしろ鈍色《にぶいろ》の雲であらう。古代の青は、曖昧模糊とした色合を言ひ、必ずしも「群青《ぐんじやう》・紺青《こんじやう》・緑青《ろくしやう》」の青、藍より出た青を意味しない。白雲ならざる雲、靉靆《あいたい》とたなびく雲の謂《いひ》であらう。その雲が、星も月も置き去りにして、遙か空の涯へ消えて行くと歎く。無論、雲こそ天武天皇、月こそ歌ふ本人鸕野皇后、星は彼女の場合、草壁皇子唯一人を暗示するだらう。敢へて歌ふとすれば大津皇子は流星だ。

やすみししわご大君の　夕されば見《め》し給ふらし　明けくれば問ひ給ふらし　神岳《かむをか》の山の黄葉《もみぢ》を　今日もかも問ひ給はまし　明日もかも見《め》し給はまし　その山を振り放《さ》け見つつ　夕さればあやに悲しび　明けくればうらさび暮し　荒栲《あらたへ》の衣《ころも》の袖は　乾《ふ》る時もなし　〈天皇崩《かむあが》りましし時の大后《おほきさき》の御作歌一首〉

燃ゆる火も取りて裹《つつ》みて袋には入ると言はずや面《おも》知らなくも

「燃ゆる火」は「青雲」と並んで、「一書に曰《い》はく」の但書つきで、長歌とは別に紹介されてゐる。炎え上る焔さへ摑《つか》み包《くる》んで袋に入れると言ふのに、私はとてもできない。亡き夫、天武帝に何一つして差上げられぬとの歎きであらう。この歌の方が、持統女帝となつた彼女の激しい氣質を反映してゐるやうにも思へるが、縹渺《へうべう》とした悲しみは「青雲」の方により顯著だ。第一調べが美しい。鸕野讃良に還つて、一人の寡婦《くわふ》として、潸然《さんぜん》と涙しつつくちずさむ哀歌の美しさだ。持統天皇一代の佳作と言つてよからう。

病いよいよ篤《あつ》くなつた七月十五日、天武帝は詔《みことのり》して、「天下の事は大小を問はず、悉く皇后及び皇太子に啓《まう》せ」と告げた。天武十五年を「朱鳥元年」と改元したのもその直後であつた。彼は大海人皇子時代から赤を好み、これを旗印の色とし、即位後も、赤鳥や朱雀を瑞兆として殊のほか嘉《よみ》した。「朱鳥《あかみとり》」の改元もこの傳であらう。歴代天皇は、白雉、白雀を好んだが、天武は漢の高祖に倣《なら》つたものと思はれる。彼の「朱」を心に浮べる時、妃の、青雲・星・月は一入《ひとしほ》鮮やかにかつうるはしい。

悲劇の皇子大津の、身に覺えもない「謀叛」が「發覺」し、譯語田《をさだ》で、有無を言はさぬ死刑に遭つたのは、天武帝崩御の後、一箇月も經たぬ十月三日であつた。二十四を一期とする。妃の山邊《やまべ》皇女は、粟津《あはつ》王を遺して、髮を振り亂し、はだしのまま殉死した。持統帝は二十五歳の草壁皇子を傍に侍らせ、恐らく、冷やかな微笑を湛へて、これらの、豫定通りの悲報に耳を傾けてゐたに相違ない。

彼女の作は萬葉集には、挽歌の他、「白栲《しろたへ》の衣《ころも》乾《ほ》したり」の形で天の香具山の歌がある。このきつぱりした三句切の方が、抑揚きはやかで、立夏の爽やかさをよりよく傳へる。新古今集夏の巻首においたのは、立春との照應を考へてのことだ。秀歌にはほど遠い。また、志斐《しひ》の嫗《おみな》への歌は持統天皇か否か、甚だ疑はしい。

春過ぎて夏來にけらし白妙のころもほすてふ天の香久山《かぐやま》

＊　＊　＊

もののふの八十《やそ》氏河《うぢがは》の網代木《あじろき》にいさよふ波の行く方《へ》知らずも　柿本人麿

萬葉集巻三雜歌の初めの方に、人麿＝人麻呂の羈旅《たび》の歌がちらほらと混り、いづれも響き高く姿うるはしい。中でも、「柿本朝臣人麿、近江國より上り來る時、宇治河の邊に至りて作る歌一首」と詞書のあるこの歌は、その調べの特異な點でも群を抜いてゐる。

小倉百人一首の「山鳥の尾」も枕詞とそれを含む序詞で上句は盡きてゐるが、この「網《あ》代木《じろき》」も同樣、「もののふの」は、もともと多數にちなんで「八十《やそ》」にかかる枕詞、數多《あまた》の氏を「八十氏」と稱し、宇治河にこれを結んで「八十氏河《やそうぢがは》」。時には、八十を省いて直接、「あをによし奈良山過ぎて もののふの宇治川渡り」のやうに歌ふ場合もある。

その宇治川には初冬の候は氷魚《ひを》を、初夏には鮎を漁るため、河床に杭を打つて竹編みの簀を仕掛けた。魚を堰くのが網の代りの網代、それを固定する杙が網代木だ。川水はここで激し、泡立ち、たゆたひ、すなはち「いさよふ」。十六夜の月もためらひがちに昇るやうに見えるから「十六夜《いさよひ》」の稱がある。しばしやすらひつつ波は、水流はたちまち、遙か淀川の彼方に消えて行く。ふたたびは歸らず、その行末も判りはせぬ。

その流水さながらにわが身の上も、おほよそ人の世もと、寓意を推察し、無常を歎き、森羅萬象の量り知れぬ力を畏れる歌と、迎へて解釋してしまつては、人麿が苦笑するかも知れない。さう言つてしまひたければ、あの巧妙無類の修辭家、見事言《みんごと》ひおほせたはずである。「いさよふ波の行く方《へ》知らずも＝不知代經浪乃去邊白不母《いさよふなみのゆくへしらずも》」、作者は、私は知らないと言つて唇を鎖《とざ》す。「知れずも」でないところに、彼自身が、人生の岐路に立つて、さて去就に迷ふ心理を推察することも出來よう。だが、それは飽くまで讀者の自由、人はおのれの性格と環境と運命に引きつけて、樣樣に味はふことが可能だ。

珠藻《たまも》刈る敏馬《みぬめ》を過ぎて夏草の野島《のしま》の崎に舟近づきぬ
天離《あまざか》る夷《ひな》の長道《ながぢ》ゆ戀ひ來れば明石の門《と》より大和島見ゆ
淡海《あふみ》の海《うみ》夕波千鳥汝《な》が鳴けば情《こころ》もしのに古《いにしへ》思ほゆ
ひさかたの天《あま》ゆく月を網に刺しわご大王《おほきみ》は蓋《きぬがさ》にせり

「八十氏河《やそうぢがは》」に後れ先立ちつつ、巻三にも、このやうな秀作が竝ぶ。「敏馬《みぬめ》」と「明石の門」は「羇旅《たび》の歌八首」の中。藤原公任などは、古今集の羇旅に「よみ人しらず」で出てゐる「ほのぼのと明石の浦の朝霧に島隠れ行く船をしぞ思ふ」を、人麿の代表歌随一と見てをり、傳人麿作とするなら、たしかに「山鳥」よりも遙かに、人麿調を樂しめる歌ではあるが、それにしても「明石の門《と》」の壯大な、抒情敍景一如の眺めには及ばない。「いさよふ波の行く方《へ》知らずも」とやや趣を異にするが、「明日香川しがらみ渡し塞《せ》かませば流るる水ものどにかあらまし」も、「塞《せ》く＝和《のど》」の、一種意外な脈絡が參考にならうか。「いさよふ波」も、彼にとつて愛すべき姿だつたのかも知れぬ。また、「夕波千鳥」の切切たる調べ、「天《あま》ゆく月」の微笑を誘ふ奇想、共に珍重に價する。

小倉百人一首の「山鳥」は、萬葉集巻第十一に、作者未詳歌として、「思へども思ひもかねつあしひきの山鳥の尾の長きこの夜を」を擧げ、「或る本の歌に云く」と注して、「獨りかも寢む」を附記してゐる。この歌が人麿作とされて來たのは平安朝以來で、拾遺集には戀三に入撰。「ひとりかも寢む」で戀の部に入つたのだらうが、良經の「きりぎりす鳴くや霜夜の」同様、秋歌と考へた方がふさはしからう。上句の序詞の悠長な調べをめでたしとするのみ。當時はいさ知らず、定家の目にもこのやうな凡歌が代表作に見えたのだらうか。赤人歌と一對にしても、格別の眺めは生れまい。

あしひきの山鳥の尾のしだり尾の長長し夜を獨りかも寢む

＊　＊　＊

春の野に菫採《つ》みにと來しわれぞ野をなつかしみ一夜《ひとよ》ねにける　　山邊赤人

赤人の歌にも古來、信仰に近い愛好者あまた存する。古今集の序文には、人麿と併稱され、萬葉時代の二大歌聖の一人と見られてゐる。感傷に傾くことがほとんどなく、悠悠と自然を眺め、調べた長所を評價されるのだらう。もつとも彼の歌を、その古今集は一首も採つてゐない。萬葉歌を最も豊かに撰入した後撰集や、新古今集にも、彼の代表作は網羅してゐるやうに見えながら、「菫」はない。二十一代集中、これを撰入してゐるのは、續古今集だけである。藤原爲家の心ばへか、後から加はつた撰者グループの見識か、いづれにせよ、これと坂上是則の「水底に沈める花の影見れば春は深くもなりにけるかな」と後嵯峨上皇の「淺茅生《あさぢふ》の小野の芝生の夕露に菫摘むとて濡るる袖かな」の間に、赤人の菫を飾つてゐるのは、思はず微笑を浮べるやうなゆかしい眺めだ。

菫を摘むといふ優にやさしい、今では優雅に過ぎる遊びも、春、睦月の、古代の行事、「若菜」「若菜迎へ」「野遊」として考へればまことに自然であらう。野遊びに耽つて一夜草枕を引き結ぶのも、さして珍しいことではない。殿上人の場合もあり得ようし、赤人のやうな、さして身分高からぬ官人なら、かへつて似つかはしい。また野の中の、民家に宿つたとしてもよからう。なほまた、すべて想像にゆだねた修辭であつたところで一向に差支へあるまい。輕皇子《かるのみこ》、安騎野の御獵《みかり》の、「東の野に炎《かぎろひ》の立つ見えてかへり見すれば月傾きぬ・人麿」と一脈相通ずる、めでたくうひうひしい調べだ。

若の浦に潮滿ち來れば潟《かた》を無み葦邊《あしべ》をさして鶴《たづ》鳴き渡る
み吉野の象山《きさやま》の際《ま》の木末《こぬれ》にはここだもさわく鳥の聲かも
あしひきの山櫻花日竝《けなら》べて斯《か》く咲きたらばいと戀ひめやも
明日からは春菜《わかな》採《つ》まむと標《し》めし野に昨日も今日も雪は降りつつ

ぬばたまの夜《よ》の更けゆけば久木《ひさき》生《お》ふる清き川原に千鳥しば鳴く

「若の浦」は、たとへば和漢朗詠集編者、藤原公任が、赤人の代表作と信じてゐた。むべなるかなと思はせる爽快な秀歌であり、續古今集雑歌中の巻頭にも見える。「象山《きさやま》」は萬葉集のみ所載の清新な調べであり、「山櫻花」は「あしひきの山櫻花日を經つつかくしにほはばわれ戀ひめやも」として、新千載集春上に飾られた。新古今集は開巻第十一首目に「春菜《わかな》」を採つてゐる。後鳥羽院にとつては、一首そのものの魅力とは別に、春上、早春の「若菜」の主題を鏤めた五首の筆頭において、その濃淡を樂しみたかつたのだらう。「清き川原」は同じく新古今集の冬に、初句「うばたまの」、結句「千鳥鳴くなり」で採られてゐる。また、萬葉集の作者未詳歌「ももしきの大宮人は暇《いとま》あれや梅を插頭《かざ》してここに集《つど》へる」が「櫻かざして今日も暮しつ」に、「このゆふべ降り來る雨は彥星の早《はや》漕ぐ船の櫂《かい》の散沫《ちり》かも」が「とわたる船の櫂のしづくか」にそれぞれ變つて、同じく春下、秋上に赤人作として撰入されてゐる。二首共に、赤人の名を冠しても頷けるやうな佳作であらう。歌は作者を離れて自在に遊行し、かつ變身すらするものだ。

　小倉百人一首の「田子の浦」は、これまた新古今集の冬に採られてゐるが、萬葉集では「田子の浦ゆ」の初句、「眞白にぞ」の第三句、「雪は降りける」の結句となつてゐる。この反歌より、壓倒的なのは、むしろ「天地《あめつち》の分れし時ゆ　神《かみ》さびて高く貴き　駿河なる布《ふ》士《じ》の高嶺を」に始まる長歌の方であらう。新古今集のは、結句で屏風歌になつた。推薦者は家隆と雅經の二人で、定家は、撰進當時は大して認めてもゐなかつたやうだ。結句の「降りつつ」が改善か改悪かは異論の生ずるところであらう。私は萬葉集歌を採る。

田子の浦にうち出《い》でてみれば白妙の富士の高嶺《たかね》に雪は降りつつ

＊　＊　＊

あひ見ねば戀ひこそまされ水無瀬川《みなせがは》何に深めて思ひそめけむ　　猿丸大夫

猿丸大夫の家集に収められた歌は、前半に萬葉集、後半に古今集の主として作者不明のものが編入されてゐる。風變りな、古歌の小詞華集として樂しみ、猿丸大夫と呼ぶ正體不明の歌人を想像するのも一興だらう。實在の證も全くない代りに、全くの創作人物であるとも言ひ切れまい。まして、歌の作り手など、もともと不詳であるべきだ。

「水無瀬川」も、古今集の戀五の夥しい讀人しらず歌群の中に、紛れるやうな風情で竝んでゐる。「月やあらぬ春や昔の春ならぬ」を巻頭第一首とする第十五巻に、藤原仲平や凡河内躬恆、紀友則に伊勢などを鏤め、さて讀人しらず歌が十數首、「忍戀」の歔欷をこめて、互に響き交す。あるいはまた、第十一巻戀一、巻頭も亦よみ人しらずの傑作「郭公《ほととぎす》鳴くやさ月のあやめ草」のあの巻にある、「夕月夜さすや岡べの松の葉のいつともわかぬ戀もするかな」も、この猿丸集を飾つてゐるのだ。

逢瀬も絶えたから、なほさら戀しい。見る機會もない戀人よ、水無瀬川は水無き川、淺いも深いもありはしない。それなのに、この私はどうしてかうも深く、あの人を思ひそめたのか。みることもあたはぬ「みなせ」、非在の深みに沈む一人の思ひ。「水無瀬川」は實在の、攝津の歌枕であつて、同時に、この歌の中では、底の砂《いさご》も白白と乾いた涸川となり、忍戀の、相見ぬ、「見《み》」は「水《み》」に繫がり、纏綿たる情を盡す。

うたた寢の秋萩しのぎ啼く鹿も妻戀ふことはわれにまさらじ
秋萩も色づきぬればきりぎりすわがねぬごとや夜はかなしき
をちこちのたづきも知らぬ山なかにおぼつかなくも呼子鳥かな
おほかたの秋來るからにわが身こそかなしきものと思ひ知りぬれ
萩が花散るらむ小野の露霜に濡れてを行かむさ夜は更くとも
秋は來ぬもみぢは宿にふりしきぬ道踏みわけてとふ人はなし

家集所載の「うたた寢」と「きりぎりす」以外は、すべて古今集に、順に春上・秋上二首、秋下に讀人不知歌として採られてゐる。猿丸大夫集を讀んでゐると、殊に、古今集作品を集めてみると、それなりに一つの持味も浮び上つて來る。家集固有とおぼしい歌にしても、結局は作者不詳に變りはないが、たとへば「鹿も妻戀ふ」の一首など、小倉百人一首歌よりも遙かに情趣が深い。また結句の「われにまさらじ」の理《ことわり》が、いかにも古今集的な感も、無論つきまとふ。また初句の唐突な打出しがどこへ繋がるかにも興味が湧く。「きりぎりす」も「おほかたの秋」も、「うたた寢」同様に、一つ一つ、必ず「わが身」にたぐへ、おのれに引きつけて思ひ入るパターンは似通ひ、理に落ちつつも、說得力はあり、一長一短と言ふべきだらう。「小野の露霜」と「呼子鳥」は、聲調もやや素樸、そのたどたどしさが、かへつて快く、作者像がおのづから仄かに浮んで來るやうな心地がする。「秋は來ぬ」は初句切、三句切が心に響く。

　小倉百人一首、古今集の秋上及び、藤原公任の三十六人撰に選ばれた「おくやまに」は、猿丸集には詞書「鹿の鳴くを聞きて」を附し、初句「秋山の」で見える。作者自體一種の架空人物だから、今更、甲論乙駁する甲斐もない。定家は人よりも歌を採つたとの說もあるが、父俊成の「世の中よ道こそなけれ思ひ入る山のおくにも鹿ぞ鳴くなる」と遙かに呼應するだけだ。ただ、第二句で切つて、黃葉を踏み分けるのは、鹿の聲を聞くのと、同じ「人」で、鹿ではないといふ說のあるのは面白いことだ。その意なら修辭は不行屆で、更に凡歌となる。

おくやまに黄葉《もみぢ》踏み分け鳴く鹿の聲きく時ぞ秋はかなしき

＊　＊　＊

うらうらに照れる春日に雲雀《ひばり》あがりこころ悲しも獨《ひと》し念へば　中納言家持

　天平勝寶四年、西暦七五二年春は二月《きさらぎ》の二十五日、家持は春眞晝の光の中に獨り坐し、うつらうつらと想ひに耽つてゐた。前年の初秋、七月十七日、彼は六年に渡る越中守の勤めを解かれて、少納言に遷任、歸京した。折しも都は東大寺の大佛開眼會をまぢかに控へてをり、かつ、來月は遣唐使として、藤原清河が國を離れる。副使は一族の中の大伴古麻呂、それに弱冠二十五で入唐し、在唐十九年の經歴を持ちながら、惠美押勝のために肥前に左遷されてゐたヴェテラン、吉備眞備も隨行するとの噂に花が咲き、そぞろ騒がしい春の酣であつた。宮廷は藤・橘の勢力爭ひが續いてはゐるが、目下は正一位橘朝臣諸兄が、聖武太上天皇の親任を得て得意の絶頂、大伴一族も、一應は平安を約束されてゐる。

　家持は壯年三十路の半ば、この後いかなる日日が周つて來ることか。都での人間關係も移ろひ、肩を竝べ、袖觸れ合ふ同僚、先達・後輩の顏も一變した。それにしても二十數年昔、萱草の歌を贈つた坂上大孃は今わが家刀自、白露の歌を贈られた笠女郎は今いづこ。鶉の歌で思ひを告げてやつた紀女郎はどうしてゐるだらう。「人に見えじ」と泣いた山口女王は誰の妻になつたのか。妻も亦、紆餘曲折の後に結ばれた一人、彼女に聞くよしもない。最愛の弟は越中著任の直後に他界した。書持の死は九月二十五日、七周忌を迎へることになる。半生の記憶が、心の沖に、陽炎のやうに漂ひ、揺れ靡く。

春の野に霞たなびきうら悲しこの夕影《ゆふかげ》に鶯なくも
わが屋戸《やど》のいささ群竹《むらたけ》吹く風の音《おと》のかそけきこのゆふべかも

この二首は前前日二十三日の作、「興に依りて作る歌二首」と詞書し、「雲雀《ひばり》」の歌には次のやうな、纏綿たる後文が附けられる。「春日は遲遲《うらうら》にして鶬鶊《さうかう》正に啼く。悽惆《せいちう》の意《こころ》、歌にあらずは撥《はら》ひ難し。仍《よ》りて此の歌を作り式《も》ちて締《むすぼ》れし緒《こころ》を展《の》ぶ」云云。「鶬鶊」は高《かう》麗鶯《らいうぐひす》とする書もあるが、この文では雲雀と同義であらう。「雲雀」「鶯」「群竹《むらたけ》」、いづれも何らの註解も無用の、明晰な語彙文體、鮮烈でしかも流麗な調べは萬葉後期の華と言へよう。なかんづく「雲雀」の、屈折した下句の情感は、家持の個性を十全に傳へてゐる。

振仰《ふりさ》けて若月《みかづき》見れば一目見し人の眉引《まよびき》念《おも》ほゆるかも
あぶら火の光に見ゆるわが蘰《かづら》さ百合の花の笑《ゑ》まはしきかも
春の苑紅にほふ桃の花下《した》照《で》る道に出で立つ𡢳嬬《をとめ》

ほととぎす何《なに》の情《こころ》そたちばなの珠貫《ぬ》く月し來鳴きとよむる

十代末期の「若月」以後、私の最愛の家持の歌を敢へて、更に四首選んだ。百人一首の鵲橋は、新古今集と家持集には見えるが、他作説が有力である。宮中の御階であらうと、七夕の織女を渡すための連翼であらうと、そこに霜のきらめく様を想ふところは、凡ならざるものはあるが、秀歌絶唱雲をなす家持の作の中から、殊更にこの一首を選出することもあるまい。安倍仲麿の「あまのはら」との照應を考へるなら、それはそれで、ふさはしい名歌がいくらもある。十三世紀中葉の沈滯しきつた歌の世界に生きてゐると、歌を見る目も次第に曇り、好みもいささかひねくれて來るのだらう。新古今集入撰歌から採るにしても、他に、たとへば秋上の巻頭歌「神《かむ》なびのみむろの山の葛《くず》かづら裏吹きかへす秋は來にけり」や、春下の「唐人《からひと》の船をうかべて遊ぶてふけふぞわがせこ花かづらせよ」など、格段に見映えがするし、仲麿との番《つがひ》も更に愉しからう。

＊　＊　＊

かささぎのわたせる橋におく霜の白きを見れば夜ぞふけにける

あまのはらふりさけ見れば春日《かすが》なる三笠の山にいでし月かも　　安倍仲麿

古今集羇旅歌の巻頭に、「もろこしにて月を見て讀《よ》みける」の詞書で掲げられ、歌の生れた動機因縁が長い左註となつて添へられてゐる。一たび歸朝を思ひ立つた作者が、蘇州江上で、あかあかと昇る滿月を眺め、望郷の想ひを托したと言ふ。傳仲麿作であつて、萬葉調、それも仲麿の生きた八世紀、天平勝寶の頃の歌の響きは感じられず、かと言つてまた、李白、王維らと交つて賦詩《ふし》・作文《さくもん》に堪能であつた人の、その造詣を反映するやうな修辭もさらにない。「代つて詠《よ》める」風の平明淡淡たる歌調だ。

ただ代つて詠んだにしろ、遣唐使一行に加はつた者でなければと思はれる一點が存《あ》る。それは故國を偲ぶのに、何よりもまづ、「三笠の山」を心に浮べたことだ。單に奈良の都に近い、代表的な山だといふ理由のみではあるまい。名月を賞でるにふさはしい山は、他にいくらも思ひつく。高圓山、佐保山、佐紀山、三室山、龍田山、弓月岳、三輪山、それに例の三山《さんざん》等、まさに多士濟濟だ。だが、作者は三笠山をこそと思ふ。

仲麿は養老元年七一七年度、留學生として、押使《あふし》を多治比縣守とする一行五百五十餘名の遣唐使節團に加はつた。時にやつと二十歳、幼時から聰明の聞えは高かつた。傔従として羽栗吉麻呂《はぐりのよしまろ》を選び、これは官費で賄はれる。遣唐使任命は靈龜二年八月、出發は翌年三月の運びとなる。首途の二箇月前に、御蓋山（みかさやま）の南に神祇を祀った。春日神社に詣でたのではなく、御蓋山南麓の巨木か、神木で圍まれた聖域に、航海の安全と未來の幸を禱つたのだらう。「春日なる三笠の山」は、仲麿のみならず、遣唐使節團の一行すべての心にくつきりと影を落す。天皇への御暇乞となる節刀授與が三月九日、一行はそのまま難波の港へ行き、筑紫に向つたのではあるまいか。遣唐使は大任を果して翌年十月筑紫に安著、十二月中旬都に歸參した。だが仲麿は吉麻呂を從へて唐土に殘る。

それから四十年近く、彼は唐土に在つて玄宗皇帝に仕へ、祕書監兼衞尉卿に任ぜられ、名も朝衡と改めた。七五三年齡五十六に到つて、たまたま入唐した勝寶度遣唐使、大使を藤原淸河、副使を大伴古麻呂・吉備眞備とする二百二十餘名の一行を迎へた時、望鄕の念やみがたく、共に歸國を望んで許され、蘇州まで送られる。船は東支那海を橫斷して、筑紫に向ふことになる。「三笠の山にいでし月」、その月が順調に行けば半月も經ずして、都で見られよう。この歌には、それゆゑに悲愴感はない。

だが、度度の例に洩れず、第四回の歸國便も、暴風雨に遭つて四船散り散りになり、仲麿は九死に一生を得て遙か南方の、安南に漂著した。他の船も散散に弄ばれ、吉備眞備が夜久島に、大伴古麻呂が薩摩に、それぞれ別別にたどり著いたのはその年の十二月下旬であつた。仲麿は「三笠の山にいでし月」を二度と見ることはなかつた。再度唐に歸つて、肅宗・代宗に仕へ、選ばれてゆかりの安南に赴き、鎭南都護を勤めた。晩年は辭任して長安に住み、ここで客死、七七〇年、寶龜元年一月朔日、享年七十三歳と傳へる。宋の李昉奉敕撰詩集「文苑英華」には、仲麿の詩が、唐代の秀才に伍して堂堂と入撰してゐる。二十世紀に在つても珍しい、故郷喪失の、稀なる宿命の詩人であつた。

安倍仲麿《あべのなかまろ》は、正しくは、「阿倍仲麻呂《あへのなかまろ》」と稱する。日本に在つたのは二十歳までゆゑ、歌人としては聞えず、他には、續後拾遺集の戀三に、「題しらず」として「秋の野の尾花がすゑをかきわけてきぬるもしるくあへる君かな」が傳はつてはゐるが、これも本人のものか否か確證はない。古今集の「三笠の山に出でし月」とは比べものにならないほど調べが低い。百人一首歌を尊重しておかう。

そこまで讓りに讓つたところで、歌人としての力倆才質、この一首のみを以て云云するわけにも行かぬ仲麿を、他に人も歌もないわけではあるまいにと、定家の入撰を疑ふ氣持は變らない。また、貫之は、土佐日記には、この歌の初句を「青海原」として引用してゐるが、いかにも彼らしい巧な改作だ。

＊　＊　＊

41　喜撰法師

樹《こ》の間より見ゆるは谷の螢かもいさりにあまの海へゆくかも　　喜撰法師

玉葉集の夏に「題知らず」で撰入されてゐるが、傳・喜撰法師作のたぐひだ。第一、作者自體が、生沒年はもとより、その傳記さへ不詳で、古今集の雜に見える「世をうぢ山」一首だけしか、傳はつてゐなかつたやうだ。二十一代集にも、古今・玉葉の各一首以外に採られてゐない。六歌仙の一人、宇治山の僧喜撰として、名は聞えてゐるが、歌そのものは、この二首で推察する他はない。そして、この二首全く趣を異にして、私は「谷の螢」の方がずつと面白い。三句切で「かも」、結句が「かも」、上・下で對句になつてゐるが、俳諧の發句と脇とはまたいささか味はひが違ふ。もつと唱和性が顯著だ。

晴るる夜の星か川邊の螢かもわが住む方のあまのたく火か　在原業平

傳《でん》喜撰法師歌とほとんど同趣のこの歌は、伊勢物語の八十七段に現れる。昔、男が、蘆屋の里へ、宮仕への仲間と遊びに行き、同思ひ立つて、聞えた布引の瀧を見物に行く。山を下りて歸る途中で日が昏れ、遙か南方にきらめく漁火を眺めて詠じたのがこの歌だ。漁火とあらかじめ判つてゐるのに、殊更にぼかして、晴夜の星か、川邊の螢かと問ひかけて、下句でおのづから漁火と會得するやうに歌ひ納める。

優雅な、言葉の儀式でありながら、二句の半ばと三句、その上結句まで疑問助詞で切つたため、彈みをつけた疊みかけがリズミカルで快い。殊に第三句「星か・川邊の」の、初句からと、第三句への跨りが、古歌には珍しく、これも微かな抵抗感をそそつて效果的である。第三句の「かも」は詠歎ではなく、疑問の「か」に詠歎の「も」が添つた形であることを注意すべきだらう。この歌、新古今集の雜歌中に撰入され、有家・定家・家隆・雅經・通具の五人が揃つて推してゐる。五人集中例は新古今集一九七九首中、わづか二十首餘りだ。たしかに情趣に溢れながら、輕快で明晰な、珍しい作品だ。

喜撰の歌は、業平の「星・螢・漁火」の三段構へに對し、「螢・漁火」の二段構へ、對句風の照應はなかなか面白い。業平、喜撰ほぼ同時代、いづれがいづれの本歌かは輕率に云云すべきではあるまいが、「か・も」の用法、「樹の間より」の、ややまめやかな敍景性から見ても、何となく喜撰が本歌であるやうに思はれる。下句など、むしろ素樸な味はひさへ殘してゐる。業平歌はその點、隙も餘剩も弛みもない。

喜撰法師を評して、古今集は「假名序」で「宇治山の僧喜撰は、言葉かすかにして始め終りたしかならず。言はば、秋の月を見るに、曉の雲にあへるがごとし」と述べ、一方「眞字序《まな》」では、「宇治山僧喜撰　其詞花麗　而首尾停滯　如望秋月遇曉雲」と記す。前半に少少異同はあるが、いづれにしても、「いさりにあまの海へゆくかも」も「世をうぢ山とひとはいふなり」も、この月日、言ひ得て妙とはとても思へない。「うぢ山」一首だけでさう評したのなら、隨分、舞文曲筆を試みたものだ。言葉は愚直なほど明確だし、終始ことわりめいて、月に叢雲の感などない。

一說に、漁火の歌については、續古今集敕撰の際、一旦は候補に上つてゐたのを、藤原爲家が、貫之の文が空しくなるからと承知しなかつたと言ふ。それは承知の上で、冷泉爲兼は玉葉集に入れたのだらう。今一首、樹下集《じゆげしふ》なる書に、喜撰の作として載つてゐるものに「汚れたるたぶさは觸れじ極樂の西の風吹く秋の初花」があると傳へる。この歌は、前二首とも、また大きに詠風が違つて、十世紀以降のにほひがする。

百人一首歌は古今集の雜下の歌だが、むしろ十九巻の雜體、誹諧歌と見なして、素性の「くちなし」とでも竝べておく方がお似合ひだ。これも定家の面妖な好みの一例であらう。

わが庵は都のたつみしかぞすむ世をうぢ山とひとはいふなり

＊　＊　＊

はかなしやわが身のはてよ淺緑野邊にたなびく霞と思へば　小野小町

小町傳說も種種樣樣あり、たとへば、謠曲にしたところで、「卒都婆小町」に「鸚鵡小町」、「關寺小町」に「通小町」に「草子洗小町」と、彼女も繁忙を極める。「わが身のはて」の絕唱は、たとへば老年をテーマとしてゐるので「卒都婆」「關寺」に關聯するのだが、老いよりもなほその先、死後の虛無に觸れてゐる點では、すこぶる獨創的だ。

例の業平も登場する奇怪な插話が、むしろ腥く感じられる。すなはち藤原高子《たかいこ》を愛し、仲を割かれ、盗み出して芥川に走り、捕へられて髻《もとどり》を切られた業平は、ほとぼりを冷ますため、歌枕を求めて奥州に下る。八十島に宿つた時、野中で「秋風の吹くにつけてもあなめあなめ」と詠ずる聲がする。怪しんであたりを探すと、髑髏の眼窩から一莖の薄が生え出て風に靡く音であつた。尋ね調べて、それが小町のなれの果てと知り、「をのとは言はじ薄生ひけり」と下句を手向ける。出自が小野篁の孫、采女《うねめ》であつたとの説はともかく、絶世の美人であつたことと、晩年落魄流浪した點だけは、諸説共通する。

「野邊にたなびく霞と思へば」も、死ねば燒かれて霞になるだけとの、あらはな歎きが含まれてをり、現代人が讀むほど、澄明でロマンティックな情趣は、當時は感じなかつたらう。だがあらはとも思はれる諦めの吐息が、一瞬清まり、かつ透きとほるのは、枕詞風に插入された第三句の「淺緑」の效であつた。この色彩語が、上下の、かなりしたたかな詠歎を繫ぎ、かつ淨化する。初句切・二句切・三句切、しかも下句は倒敍法の文體と、異風の一首ではあるが、しかもこのやうな暗く不吉な内容であるのに、調べは直線的で、のびやかに力強い。新古今集哀傷歌には初句と四句がやや變つて入撰してゐる。

はかなくて雲となりぬるものならばかすまむ方をあはれとも見よ
うたた寢に戀しき人を見てしより夢てふものはたのみそめてき
夢路には足も休めず通へどもうつつに一目見しごとはあらず

よひよひの夢のたましひ足たゆくありても待たむ訪《とぶら》ひに來よ

わびぬれば身をうきくさのねを絶えて誘ふ水あらばいなむとぞ思ふ

ともすればあだなる風にさざなみの靡くてふごとわれ靡けとや

小町集には、この他にも、女歌の典型にして原型と言ひたい、嫋嫋としてしかも激しい天來の調べを祕めた歌があまたある。「あはれとも見よ」は、「野邊にたなびく霞」の、一人の思ひを、人に訴へたかたちだが、その訴へがやがて、歌の中で、みづからに歸するあたり、巧と言ふ他はない。「夢」は小町の獨擅上だ。「たのみそめてき」の、ほとんどいぢらしいとさへ思はせる切ない結句。「見しごとはあらず」の、悲痛な中に、一抹の仄かなをかしみの漂ふ味、「夢のたましひ」のやや奇拔な、そして屈折した思ひと言葉、戀歌にも獨特の辛みが含まれてゐる。「さざなみ」は名歌「うきくさ」の、彼女自身の本歌の感もあつて印象的だ。なほ、引用六首の中、「あはれとも見よ」は續後撰集雜下、「うたた寢」は古今集戀二、「夢路」は同じく戀三、「わびぬれば」は雜下への入撰歌である。有名な古今集序の「あはれなるやうにてつよからず。言はばよき女の惱《をうな》めるところあるに似たり。つよからぬは女の歌なればなるべし」の、「つよからず」は、さてその通りには受けとりかねる。定家の求めた「妖艷」の典型は小町の歌にあり、その妖艷は、決して單なる「つよからず」からは生れるものではない。古今集春下、落花の歌群中にある「花のいろは」は、危い二句切と下句の複雑な修辞に特殊な味はひのある、いかにも小町的な作品で、決して凡歌ではないが、代表作でもない。

花のいろはうつりにけりないたづらにわが身世にふるながめせしまに

＊　＊　＊

世の中はとてもかくても同じこと宮も藁屋もはてしなければ　　蟬丸

蟬丸も亦傳說中の人物である。「俊賴髓腦」「今昔物語集」等を踏まへて、更に見事に創作したものに、世阿彌の、その題も「蟬丸」がある。何しろ冒頭の「次第」が終ると、たちまち「これは延喜第四の皇子《みこ》、蟬丸の宮にておはします」云云の出自披露が始まる。それに從ふと、彼は醍醐天皇の子であつたが、生れつき盲目であつた。逢坂山に捨てて剃髮させよとの敕命あり、逆ひがたく、一介の琵琶法師となる。この謠曲には今一人重要な人物が登場する。その名「逆髮」、蟬丸の姉で、醍醐帝の三番目の子と言ひ、彼女は狂氣で、その上、毛髮が天に向つて逆立つてゐると語る。二人ながらに身體尋常ならず、呪はれた宿命の子、それが、ある日ゆくりなく、逢坂山で邂逅するといふ筋だ。

貴種流離譚の、まことに風變りで、かつ深刻なヴァリエーションであるが、人物が人物だし、おまけにその狀態が狀態なので、戰前は戰前獨特のさしさはり、戰後は戰後のタブーで、まず上演される機會の無い、名曲の一つで、世阿彌もさぞかし、地下で、わが志ならずと苦笑してゐることだらう。ともあれ、勿論、根も葉もない、荒唐無稽の「話」ではあらうが、一應觀て、傳蟬丸の歌を讀むのも面白からう。

無常の世のことゆゑ、富貴貧賤、何の心を煩はすことがあらう。金殿玉樓に住んで榮耀榮華を盡したとて、僻鄙の茅屋で赤貧洗ふばかりの境遇であつたとしても、永劫の中の一瞬の人生など、まさに露、雷光にひとしく、儚いものだと、彼は悟り切つて偈のやうな言葉を、さらさらと嘯《うそぶ》くやうに三十一音にしてみせた。その滯りのない、一種の爽やかさをさへ感じさせるのが一首の命、さればこそ、新古今集の雜歌の巻末といふ重要な箇所に、有家・定家・家隆・雅經四名の推薦、後鳥羽院の好みで、ゆゆしく飾られてゐるのだらう。なほこの歌は、左の、傳蟬丸歌と竝んで採られてゐる。

秋風になびく淺茅のすゑごとにおく白露のあはれ世の中

これにも四撰者の推薦記録あり、澄んだ調べといふ點では「宮も藁屋も」を越えるだらう。新撰朗詠集の「無常」にも採られ、滅亡寸前の一瞬を、「白露の」で表現してゐる。殊にこの「の」の微妙な用法は、心して味はふべきだらう。「宮も藁屋も」は、和漢朗詠集の「述懐」に見える。すなはち、後漢書《ごかんじよ》の「専諸荊卿《せんしよけいけい》が感激せし」や「范蠡責《はんれいせめ》を勾践に收《をさ》めて」を冒頭におき、この歌を古今和歌六帖の讀人知らず歌「何をして身のいたづらに老いぬらん年のおもはむこともやさしく」と、拾遺集の雜上、藤原高光作、「かくばかり經《へ》がたく見ゆる世の中にうらやましくも澄める月かな」の二首の間に挾んで、三首ともに讀人知らず風に竝べてゐる。「身のいたづら」は、「年」と言ふ抽象名詞を擬人化して、その「年」が、このやうにむざむざと老いてしまつた私をどう思ふだらう、それが羞づかしいと歌ふ。珍しい例で、藤原公任の好みがよく現れてゐる。なほ、續古今集雜中巻末には、「逢坂の關の嵐のはげしきにしひてぞゐたる世を過ぎむとて」が傳はつてゐる。

百人一首の「逢坂の關」は、蟬丸傳説ゆかりの歌枕だけに、一入思ひも深い。後撰集の雜一には、「逢坂の關に庵室《あんじつ》をつくりて住み侍りけるに、ゆきかふ人を見て」の詞書と共に見える。生死流轉《しやうじるてん》、會者定離《ゑしやぢやうり》の心であるが、釋教歌めいた解釋をつけるべきではない。やや俗に流れたなめらかな語調も、耳に入り易く、口遊《くちずさ》まれるのに適してゐる。殊に初句の謳ひ文句は、たとへば彼が堪能だつたといふ琵琶などを伴奏とした場合は大いに面白からう。歌の品は少少低い。延喜の帝第四の御子はともかく、およそ、その時代に、逢坂の關近邊に隱れ住んでゐた歌人と考へておけば大過はあるまい。蟬丸とは、佳い名だ。

　これやこの行くも歸るも別れては知るも知らぬも逢坂の關

數ならばかからましやは世の中にいと悲しきはしづのをだまき　參議篁

＊　＊　＊

詞書には「忍びて語らひける女の親、聞きていさめ侍りければ」とあり、新古今集の戀五に見える。家隆の撰、ひそかに契つた女の親が、あのやうな男と語らふとは、と諫めたのを知つての歎きであらう。人の數に入るやうな私なら、女の親が諫めるなどといふことがあり得たらうか、否。世の中、何が悲しいと言つても身分の賤しいほど悲しいことは他にあるまいとの意、「參議」の小野篁が賤しいとは、いささか逆說じみるが、あるいは、官を剝がれ、庶人となつて流される頃の作か、境遇の假託かであらう。

倭文織《しづおり》の縞布を機にかけるために苧《を》を生《う》んで玉に巻いてあるのが「倭文《しづ》の苧環《をだまき》」、すなはち、語頭の二音が「賤」と同じゆゑ、それを暗示する。「いと悲しきは賤」と同意だ。前後の事情は「かからましやは」だけでは、すこぶる漠然としてゐるが、そのため、悲しみの質もぼかされて、かへつて模糊とした憂愁の色に鎖され、ふくらみと深みのある悲歌となつてゐる。ただ詞書を除くと戀歌には見えまい。一說に、女は妹であつたとも記されてゐる。異母妹にしろ、養女に入つた子であらうと、父は同じ。娘に苦言を呈して、仲を割かうとしたのは女親であらうか。さまざまに想像は可能だ。古今集の哀傷歌に、「妹のみまかりにける時よみける」の詞書を伴つて左の一首がある。

泣く涙雨と降らなむわたり川水まさりなばかへりくるがに

涙雨で、三途の川が増水し、渡河不能となつたら歸つてくるがよいとの意。單なる誄歌《るいか》に終つてゐないところが、いかにも當時、屈指の漢詩人であつた篁らしい。古今集成立以前の九世紀前半は、和歌衰微、漢詩全盛の時代、八一四年に凌雲集、八一八年に文華秀麗集、八二七年に經國集と、いづれも嵯峨天皇の敕で、日本人作の漢詩詞華集が公にされてゐる。篁はその當時の、若手の筆頭に屬する異材であつた。

八三四年、彼は遣唐副使を命ぜられた。仁明天皇卽位の翌年だが、勿論彼を寵愛する嵯峨上皇の拔擢だ。彼は三十四歳の壯年、意氣軒昂、喜んで敕を奉ずるが渡航は二度失敗。その四年後、三度目の出發に際し、大使藤原常嗣は第一船、篁は第二船と決められてゐたが、乘船眞際になつて第一船にいささかの漏水箇處が發見されて、常嗣は第二船に乘換へを願ひ出た。嵯峨上皇は詳しい事情を知つてか知らずかこれを敕許、篁は激怒して病を稱し、副使の役を斷つて引き籠り、その上、諷詩「西道謠《さいだうえう》」を賦して、遣唐使を譏《そし》つた。たちまち逆鱗に觸れ、官位剝奪の上、隱岐に流罪との沙汰。彼はなほ胸を張つて堂堂と罰に服し、和漢朗詠集の「行旅」にも飾られる、高名な配流吟を試みる。世の人、野相公・篁の直情徑行と詩才を讃へぬ者は無かつた。

渡口《とこう》の郵船《いうせん》は風定《しづ》まつて出づ　波頭《はとう》の謫處《たくしよ》は日晴れて看《み》ゆ　　野《や》

嵯峨帝の怒りは發作的なものゆゑ、當然のことに八四〇年の二月に赦されて還り、官位もたちまち舊に復する。

百人一首の歌は古今集の羈旅、「隱岐の國に流されける時に、舟に乘りて出で立つとて、京なる人のもとにつかはしける」の詞書がある。雜下には、「人には告げよ」以上に有名な「思ひきや鄙《ひな》の別れに衰へてあまの繩たきいさりせむとは」が收められてをり、歌としては、この方が、遙かにあはれ深い。もつとも「人には告げよ」の強い調べに、篁の昂然たる姿を偲び、これを嘉《よみ》する人もあらう。いづれにしても、歌そのものより事件に興味の傾くのは避けがたい。詞書歌《ことばがきうた》の一例だ。

＊　＊　＊

わたのはら八十島かけてこぎいでぬと人には告げよあまの釣舟

末の露もとのしづくや世の中のおくれさきだつためしなるらむ　僧正遍昭

遍昭は在俗時の名、良岑宗貞《よしみねのむねさだ》。八五〇年、仁明天皇が俄に崩御されると、殉ずるやうに出家した。三十五歳、帝より六つ年下で桓武天皇の孫、淺からぬ血縁だ。拔群の美男、進退擧止の端正を以て聞え、八四九年、嘉祥《かしやう》二年四月、渤海使來朝の折も、その麗質ゆゑ、帝のお聲がかりで接待役に出たと傳へる。彼は御大葬《おほみはぶり》の夜から消息を絶つ。帝、殊の他の愛寵を知る人は、さこそと頷き合つた。比叡山に直行、慈惠僧正の膝下に跪き、入門を許され、剃髪して遍昭と改め、天台宗を學ぶこととなる。

「末の露」は「題知らず」として、新古今集哀傷歌の巻頭に選ばれてゐる。推す人、有家・定家・雅經・家隆の四人。巻頭としたのは後鳥羽院の配慮であらう。遍昭集には詞書があり「世のはかなさ、いとど思ひ知られて侍りしかば」と記す。仁明天皇急死、出家前後の作と思しく、それを前提としたのだらう。梢の露、根もとの雫、いづれにしても世の人の、あるいは遲れて亡くなり、あるいは先んじて死んでゆく、あのさだめのやうなものであらうかと歎ずる。短命と言ひ長壽と言ふが、これまた永劫の中の一刹那に過ぎず、露雫の、光に遭ふまでのきらめき同樣なのだとの心であつた。

たらちねはかかれとてしもむばたまのわが黒髪を撫《な》でずやありけむ
いまさらにわれは歸らじ瀧見つつ呼べど聞かずと問はばこたへよ
空蟬《うつせみ》は殼を見つつも慰めつけぶりだに立て深草の山

仁明天皇こと深草の帝には、藏人頭中將にまで取り立てられ、晝夜を分たず御邊近く侍つた。崩御、すなはちわが世の終り、またと人に交らぬ覺悟ではあつたが、いざ山に登つて髮をおろす段になると、さすがに親の歎きも偲ばれて、「わが黒髮」の歌が生れたと、家集には長い詞書が添へてある。「われは歸らじ」も入山直後の作、「空蟬《うつせみ》」は、「深草の山に納め奉りしを思ひまゐらせむ心のほどは思ひやるべし」との詞書が添ふ。「末の露」の現れるのはその一首後である。古今集哀傷に他作の酷似した歌が見えるにせよ、「空《うつ》蟬《せみ》」のやや激しい調べも、心中の慟哭が如實に響いて、秀作の名に價する。だが、深沈たる味はひは「末の露」が勝らう。

花の色は霞にこめて見えずとも香をだにぬすめ春の山風
淺みどり絲よりかけて白露の玉にもぬける春の柳か
山風に櫻ふきまきみだれなむ花のまぎれに君とまるべく

遍昭集の冒頭、前半の、花やかに鷹揚な、むしろ若書に屬すると思しい作で、いづれも古今集にも入つてをり、いささかの異同はあるが、私は遍昭集を好む。「花の色」や「春の柳」は、類歌あまたながら、駘蕩の味はひは捨てがたい。また、「花のまぎれに」は、「雲林院のみこ比叡の舍利會に登りて歸り給ひけるに」の詞書があり、古今集離別では、結句が「たちとまるべく」となつてゐる。部立が離別だけに、みづからが「たちとまる」では、第一あはれもかなしみも薄からう。

古今集雜上の百人一首歌、「乙女のすがた」は、陰暦十一月、豐明節會《とよのあかりのせちゑ》で舞ふ少女らを詠んだものだから、勿論、良岑宗貞の時代であらう。貫之の月旦「繪に描《か》ける女《をうな》を見て、いたづらに心をうごかすがごとし」は、この歌のことを言つてゐるわけではあるまいが、あたらずといへども遠からず。代表歌は「末の露」に極まる。

あまつ風雲のかよひぢ吹きとぢよ乙女のすがたしばしとどめむ

＊　＊　＊

55　陽成院

筑波嶺《つくばね》のみねより落つるみなの川戀ぞつもりて淵となりける　陽成院

陽成天皇の作で、勅撰歌集入集は、後撰集戀三のこの一首だけである。但し、特殊歌題の歌合なども幾度か主催して、歌心大いにあり、この歌が眞作とすれば歌才も尋常ならぬ貴種、しかも、光仁天皇から村上天皇に到る十四代二世紀の間で、隨一の長壽、八十二歳を保つたにしては、一首きりとは少からず不自然だ。母の藤原高子が、二條后《にでうのきさき》の名では、これまた古今集春の絶唱、「雪のうちに春は來にけり鶯のこほれる涙今やとくらむ」一首だけしか知られてはゐないのと揆を一にする。

母子揃つて奇怪な宿命を負ひ、母は兄の、子は伯父の、藤原基經に奔弄、利用され、追はれ、押し籠められ、完膚なきまでに苛まれたのは、今では衆知のことである。歌の傳はらぬのも、この邊に事情が存するのではあるまいか。八七二年三十七歳で正三位右大臣になり、八九一年五十六歳で歿するまでの二十年間に、この思慮綿密、剛膽で傲慢で、奸智縱橫の策士に、陰に陽に操られたのは、清和・陽成・光孝・宇多の四帝にその皇子、あるいは仕へる文武百官の中の誰彼、數へれば十指に滿ち、二十指に剩らう。

應天門炎上に續いて、八六九年には待賢門が、八七三年には春宮廳院《とうぐうちやうゐん》が、更に八七四年淳和院《じゆんなゐん》、八七五年冷泉院と、大小樣樣の火事が勃り、犯人は判らぬまま、すべて放火の疑ひが濃かつた。そして止めを刺すかに、八七六年には大極殿《だいごくでん》が猛火に包まれて崩壞、小安殿、蒼龍樓、白虎樓と延燒し、火勢は數日間衰へなかつた。

異母兄で器量傑れた惟喬親王が、病氣のためとはいひながら、皇位繼承の望みを斷つて、比叡山麓に出家隱棲して以來、清和天皇は快快として愉しまなかつたが、大極殿の大火は更に激しい打撃となり、火災七箇月後には帝位を捨てて、九歳の皇太子、才色兼備の高子腹の貞明親王に譲つた。文德天皇三十二歳の急死で、みづからは知らぬことながら、三兄を押し除けて、淸和天皇が卽位したのも、奇しくも九歳であつた。貞明はすなはち陽成天皇、父帝の賴みによるとは言へ、この後は、政治百般、すべて攝政基經の方寸次第となる。もはや止まるところを知らぬ。

だが、操り人形のはずであつた甥の陽成天皇は、十五歳で元服する頃から、母讓りの一筋繩ではゆかぬ奔放な性格の他に奇矯で偏執的な氣質もあらはに見せ始めて、基經に對してもことごとく反抗的であつた。二人の間には險惡な空氣が漂ふ。わづか十五で、位人臣を極めた伯父に敵意を感じさせるのだから、端倪を許さぬ氣宇器量と言へよう。

正月に元服、初秋になるまでには兩者對立、太政大臣基經は攝政をやめたいと言ひ出して、天皇が承知しないので出仕しなくなつた。天皇も宮中儀式に顏を見せることは稀となり、政務に關しては太政官の辨官が基經の堀河邸に赴いて決裁を仰ぐ。天皇は聾棧敷におかれる。そしてその十一月、帝の乳兄弟、源益《みなもとのます》が宮中で何者かに殺され、下手人は陽成天皇その人との風評が流れた。續いて馬を愛する帝が禁中の有閑地で、側近の者に數頭飼育させてゐるのを、基經が無斷で悉く放逐する。陽成天皇は乳兄弟殺しの犯人視され、攝政にないがしろにされ、最早公式の場に一切出席せず、つひに八八四年の二月、讓位して廢帝となる。神經を病んだ帝ゆゑ、癈帝と言ふべきかも知れない。殺人と言ひ、狂氣と言ひ、果して眞相はどこにあるのか、母高子の東光寺僧善祐との密通の露顯、それを理由とする皇太后位剝奪といふ奇怪な事件の經過同樣、はなはだ胡散臭いふしがある。

後に妃となつた釣殿の皇女《みこ》、綏子《すいし》への戀歌、筑波山に發して末は櫻川となり、やがて霞が浦に入るあのみなの川、あの川さながら、わが戀も情の水がつもりつもつて、つひに淵になつたといふ、歌垣もどきの強引で壯大な歌ひかけの一首だけ殘つてゐるのも、この謎に滿ちた非業の帝にふさはしく、むしろ悲愴で、かつ爽快と言ひたい。後撰集の戀では「なりける」だが、その後の註釋者によつて「なりぬる」と改められ、世に傳はつた。定家は前者に順つてをり、やや音韻の鋭いこの方が、作者にふさはしい。

＊　＊　＊

今日櫻しづくにわが身いざ濡れむ香《か》ごめに誘ふ風の來ぬ間に　河原左大臣

香と共に、花を誘ひ去る風の吹かぬ間に、櫻の花の下露にも、降る雫にも、ままよ、さあ、濡れよう、濡れて遊ばうと、若い公達は狩衣の袖を翻して、弓を構へ直す。河原左大臣、嵯峨天皇第十二皇子である源　融《みなもとのとほる》の、風流貴公子振りが、髣髴するやうだ。後撰集の春歌中、「貞觀《ぢやうぐわん》の御時《おほんとき》弓の技つかうまつりけるに」と詞書があり、この歌は、清和天皇の御代の、たとへば睦月十八日の賭弓《のりゆみ》などの日の歌でもあらうか。あるいは、その前日の射禮《じやらい》、建禮門前の美美しい儀式を思ひ描くのもよからうが、櫻の雫とあるからには、もつと氣樂で氣儘な、むしろ儀式の後の宴遊なども考慮に入れておくべきだらう。

照る月をまさきの綱によりかけて飽かず別るる人を繋がむ

さながら戀歌の趣を呈するこの歌、實は同じく後撰集の雜一にあり、詞書によれば、在原行平が、月の明るい夜に訪れて來た。置酒歡談、客がさあ歸らうと辭意を表した時、名殘を惜んで作つたやうだ。行平の返歌がこの歌に續いて入撰してゐる。融は、杣木《そまぎ》を運ぶのに使ふ眞拆葛《まさきのかづら》を綱に縒《よ》つて、空に照る月を繫ぎ止めておきたいと言ふ。月と客を同格とする心もあらう。傾く月を止めて、いつまでも夜の明けぬやうにとの心もあらう。たとへば伊勢物語にも、惟喬親王が交野の渚の院で、櫻狩の夜の宴更けて、十一日の月も傾かうとするので、「飽かなくにまだきも月の隱るるか山の端逃げて入れずもあらなむ」と業平の歌ふくだりがあり、古今集の雜に入撰してゐる。この方は、月の沈むのは山のせゐ、山さへ逃げてくれれば、月も入りやうがあるまいとの心だ。

かぎりなきおもひの綱のなくばこそまさきのかづら撚《よ》りもなやまめ

行平の返歌は、心緒、すなはち無限の心の綱、歸りたくない思ひが、無いどころか、眞拆葛などお撚りになるやうな心遣ひ、さらに無用と返事する。いづれも挨拶であるが、挨拶するにはするだけの、返すにはそれ相當の、友情が存したのだらう。この贈答も、言葉の彩の蔭に、今を時めく藤原基經攝政太政大臣を横目に見て、世が世なら、皇位繼承も決して夢ではなかつた貴種の青年が、せめて月明の夜の清談、風流韻事に憂さを遣《やら》はうとする、悲しい心ばへが見える。「わが身いざ濡れむ」の、潔さにも、何かを諦めて遊び耽らうとする、悶えがうかがへるやうだ。時代を、ひそかに、歌の背後に忍ばせて味はふのも、一つの鑑賞方法であらう。清和・陽成・光孝の、妖雲たなびく時節であつた。

　　主や誰《たれ》問へど白玉言はなくにさらばなべてやあはれと思はむ

古今集の雜上、「五節の朝《あした》に、簪の玉の落ちたりけるを見て、誰《た》がならむととぶらひてよめる」の詞書通り、落した舞姫の名も行方も知れず、恐らくはゐても名告ることはあるまい。思ひ描く誰彼、一人一人を愛《かな》しみ、あはれと思ふとは、これまた風流貴公子ならではのこころにくくゆかしい感受性だ。

融の作は、勅撰集には、以上三首の他、伊勢物語巻頭の「春日野の若紫のすりごろもしのぶのみだれかぎり知られず」の本歌となつた歌が、古今集の戀四に見えるだけである。それがすなはち百人一首の「しのぶもぢずり」、作者が在世の時、すでに人口に膾炙してゐた歌だけに、この亂れ染め風技法の纏綿たる情趣はなかなかの味、百首中の異色だ。

みちのくのしのぶもぢずりたれゆゑにみだれそめにしわれならなくに

＊　＊　＊

光孝天皇

君がせぬわが手枕《たまくら》は草なれや涙の露の夜な夜なぞおく

草枕の旅、草引き結んで枕とする旅寝ならぬ、夜ごとのひとり寝に、私のこの手枕の手は草になるのだらうか。いつもならあなたの手枕で寝るのに、寂しさに堪へずこぼす涙の露で、私の手は、草のやうにしとどに濡れてしまふ。「久しく參らぬ人に」の詞書あり、天皇は暫く侍らない、女御か更衣に、むしろ輕いたはむれに似た氣持もこめて、かう怨《えん》じてみせたのだらう。竝の「絶戀《たゆるこひ》」なら、もつと深刻になる。

新古今集戀五の典據と思はれる「仁和御集」を見ると、詞書は「更衣久しく參らぬに、御文たまはせけるに」とある。「御返《おほんかへし》」として「露ばかりおくらむ袖はたのまれず涙の川の瀧つ瀬なれば」が竝び、この歌は、讀人知らずとして、新古今集に竝んで入撰を見てゐる。のどかな、言葉の遊びの贈答で、殊に天皇の方に才質が見える。御製は有家・定家・家隆の、返歌の方は有家と定家の推薦だ。對で取ることもないやうに思へる。女性の方の心は、露の涙などではとても愛の證にはならぬ、頼みにもならぬ。私の涙は瀧のやうに流れてゐると、極端な誇張で應へようとする。古今集戀二に小町の本歌「おろかなる涙ぞ袖に玉はなす我はせきあへずたぎつ瀬なれば」があり、本歌取とも言へぬ幼い模倣だ。古今集の方は、ほとばしる思ひがそのまま調べになり、胸を搏つ。

秋なれば萩の野もせにおく露のひるまにさへも戀しかりけり
久しくもなりにけるかな秋萩の古枝《ふるえ》の花も散りすぐるまで
涙川流るるみをのうきことは人の淵瀬をしらぬなりけり
涙のみ浮きいづるあまの釣竿の長き夜すがら戀ひつつぞぬる
逢はずして經《ふ》るころほひのあまたあればはるけき空にながめをぞする

「露のひるま」は風雅集の戀四に、永福門院の「晴れずのみ心にものをおもふ間に萩の花咲く秋も來にけり」と竝び、いづれおとらず、なかなかの眺めである。「秋萩の古枝《ふるえ》」は玉葉集の戀四、「涙川」は續後撰集戀四にある歌だが、玉葉集入撰作は、さすがに出色の清新な味はひで、戀の趣の淡淡たるところも面白い。

新古今集戀五の、「涙」は、複雜な技巧を見せる悲戀の調べ、同じく戀五の「はるけき空」は「ふる」と「ながめ」の緣語で成つた一首だが、後の日の「おもひあまりそなたの空をながむれば霞をわけて春雨ぞ降る・俊成」などにも、遙かに關りあつてゐるやうな氣がする。古今集以後久しく省られず、新古今集で急に三首入撰、以後これに倣つて重んじてゐるのも、至極自然のなりゆきだらう。

光孝天皇は仁明天皇とその寵姫藤原澤子《たくし》を父母とする時康《ときやす》親王で、時の太政大臣基經が選りに選つて推し擧げた。卽位の時旣に五十五歲だつた。陽成天皇が十七歲で、實質的には基經に玉座から逐はれたからこそ、思ひがけず浮び上つた。後繼者候補には、陽成帝の弟で、それも高子の生んだ、十五歲の貞保親王もゐた。淸和と基經の娘佳珠子《かすし》との間に生れた十一歲の貞辰《さだとき》親王もゐた。基經は老成した好人物の、傍流の皇子を推すのが一番の安全策と見てとつたのだ。嵯峨帝皇子、河原左大臣源融は、この時基經に、精一杯の諷刺をこめ、「近き皇胤をたづぬれば融らも侍るは」と言つたと傳へる。

百人一首歌は、光孝天皇が「皇子《みこ》におはしましける時」の作として、古今集の春に見える。定家老年の好みであらう。帝の、正月初子《はつね》の若菜摘み歌を採つたところが面白いのだらうが、文體そのものが常套的で、類歌があまりにも多く、ほとんど印象に殘らない。「君がため」を深刻に考へる要はあるまい。

君がため春の野にいでて若菜つむわがころもでに雪は降りつつ

＊　＊　＊

わくらばにとふ人あらば須磨の浦に藻鹽《もしほ》たれつつわぶと答へよ

中納言行平

行平は、むしろ「業平の兄」として知られてゐるやうだ。この兄弟の個性、人となり、その人生は、まことに對照的である。行平は八七〇年五十三歳で參議に列し、八八一年には、藤原氏の勸學院に倣つて、在原氏子弟等の講學のため、獨力で奬學院を設立した。その時、みづからの封戸《ふご》も庄田も割いて、建設費にあててゐる。天壽七十六歳を保ち、中納言、正三位に上つたのは、篤實眞摯のたまものであらう。藤原氏全盛の時代、なまじ皇胤ゆゑなほさら疎外される空氣の中で、ここまで重視されるのは、竝竝のことではない。

須磨浦の歌は古今集雜下に「田村の御時に事にあたりて、津の國の須磨といふ所に籠り侍りけるに、宮のうちに侍りける人につかはしける」の詞書を添へて採られてゐる。「わくらば」とは、常綠樹の葉の黃變、落葉樹の秋季以外、特に夏の黃・紅葉現象、あるいはすべての樹木の病める葉、いづれをも意味し、その例が稀であることから、助詞「に」を添へて、「たまたま」「まれまれに」のこととして頻用される歌語だ。藻鹽を垂れるやうな侘びずまひだと言ふ。須磨の浦、海邊の苫屋、藻鹽木、鹽燒く煙、蜑《あま》にまじるまづしい生活と、連鎖的に、歌枕風景が浮び、一種の極り文句が縁語風に連なつて行く。籠居の歎きが間接話法で、「とふ人あらば＝答へよ」と歌はれてをり、このはかない假定は、問ふ人がゐなくて、答へやうもない場合もあり得る。しかし、作者のまことの心は、質問の有無に關らず、消息を絶つてゐる誰彼に、是非傳言してほしいといふ、婉曲な希望もこめてゐることは言ふまでもあるまい。彼が流謫の日を送つたやうな事實は傳はつてゐない。文德天皇時代、すなはち八五〇年から八五八年頃は、三十代半ばで、學問、經濟の才あらはれて、公の覺えもめでたい頃である。行政その他で、間接的にみづから咎めるところあり、進んで隱棲を試みた折の作と考へておけばよからう。

戀しきに消えかへりつつ朝露のけさはおきゐむここちこそせね

いくたびか同じ寢覺になれぬらむ苫屋にかかる須磨の浦波

わが世をばけふかあすかと待つかひの涙の瀧といづれ高けむ

「朝露」は後撰集の戀三に見える。歌人としては比較的聞えず、傳はる作も限られ、それらいづれも單純で直情を隱さぬ趣の勝つ中に、この相聞、ふと女歌を思はすくらゐ哀艷で、技巧も出色だ。一夜戀ひ侘びて眠られず、命も消える思ひであつたゆゑに、朝が來ても、起きる氣力もない歎きと恨みを、すべて「露」におきかへた。「須磨の浦波」は題知らず歌として玉葉集の旅歌の中に混つてゐるが、歌風が何となく鎌倉期を思はせ、眞作とは信じがたい。續古今集の羇旅歌にも一首見えるが、これは壬生忠見集にある歌で、源氏物語に行平とあるため、それに據つて入れたとの說もある。

「涙の瀧」は新古今集雜中と伊勢物語に見える布引の瀧の歌。不遇な在原氏にしては、その立身出世拔群と、他人は思つたところで、本人は不滿であつたらう。器量、功績には決して報いてゐない。官位昇進を心待ちにする甲斐のなさ、それゆゑの悲歎の涙の瀧と、この峽の布引の瀧と、どちらが大きからうと、彼も正直な鬱憤を、ここで吐き出してゐる。

百人一首歌は古今集離別巻頭。八五五年、正月十五日、三十八歲で因幡守となり、赴任に際しての挨拶歌であつた。因幡に松の懸詞《かけことば》が、技巧の上でも平凡で煩はしい。採れる歌ではあるまい。あの俊成さへも、姿のをかしさは認めながら、「あまり俗さりすぎたれど」と、調べの低さを指摘してゐる。行平の性格等の一面を偲ぶよすがとして採るのならば、もはや批評の限りではない。

＊　＊　＊

たちわかれいなばの山の峰に生ふるまつとしきかば今歸り來む

狩りくらし七夕《たなばた》つ女《め》に宿借らむ天の河原にわれは來にけり　在原業平朝臣

伊勢物語第八十二段、惟喬親王がその側近を率ゐて、交野《かたの》の渚 院《なぎさのゐん》に櫻狩する美しい件《くだり》のクライマックス、酒宴に最適の場所を探して逍遙するうちに、その名も「天の川」に來てしまつた。業平は親王に酒を奉る。親王は彼に、「交野を狩りて天の河のほとりに到る」といふ題で歌を作つてから盃をさせと命じる。天才歌人の技倆を期待しての、これは愛情に滿ちた注文であつたらう。左右の侍臣達も耳をそばだてたことだらう。

狩りに一日を過ごして夜になつてしまつた。さてかうなつたら、今宵の宿は織女に賴むことにしよう。私は銀河の、天の河の河原まで來てしまつたのだからと、業平はたゆたひも見せず、このやうに歌つて、命に應へた。さすがと手を打ち、歎聲があちこちに響いたらう。親王は繰返し繰返しこの歌を誦し、御感に堪へぬ樣子、返歌は紀有常が代作した。「ひととせにひとたび來ます君待てば宿かす人もあらじとぞ思ふ」がそれ、牽牛以外の男には振向かぬの意であらうが、洒落つ氣もふくらみもない樸直な詠風、あるいはこの巧・拙、秀・凡の對照を狙つたかとさへ思はれる。伊勢物語の「昔、男」の歌と、業平集の作品群はおのづから、分ちがたく重なりあふ。「天の河原」は古今集羈旅に見える。

春日野の若紫のすりごろもしのぶのみだれかぎり知られず
白たまかなにぞと人のとひし時露とこたへてきえなましものを
月やあらぬ春や昔の春ならぬわが身ひとつはもとの身にして
寝《ね》ぬる夜の夢をはかなみまどろめばいやはかなにもなりまさるかな
からころも著つつなれにし妻しあればはるばる來ぬる旅をしぞ思ふ
名にしおはばいざこととはむ都鳥わがおもふ人はありやなしやと
世の中に絶えて櫻のなかりせば春の心はのどけからまし

「春日野」は新古今集の戀一に、「白たま」は哀傷に、他はすべて古今集に見える。「春や昔の」は戀五の巻頭第一首、「夢」は戀三に、「からころも」と「都鳥」は羇旅の部に物語の該當部分を適宜分割引用して前書にかへ、竝んで入撰してゐる。「櫻」は春上の後半に異彩を放ち、逆說表現の先驅を思はせる一首である。

いづれも甲乙のない秀歌だ。和漢朗詠集撰者藤原公任は「世の中に絶えて櫻のなかりせば」を業平の最高作とした。新古今時代は「月やあらぬ」を以て代表作と目《もく》し、その本歌取が春の部戀の部には目も彩に鏤められる。俊成女の水無瀬戀十五首歌合歌、新古今集戀二入撰「面影のかすめる月ぞ宿りける春や昔の袖の涙に」など、出色の作である。私もこの二首に加へて、殊に「若紫のすりごろも」を王朝歌の珠玉として愛する。

風流歌人業平、萬葉と古今の二つの時代のはざま、漢詩全盛の季節に、和歌の美を蘇らせ、みづみづしい命を傳へた天才として、永久に記念さるべきであらう。勿論、これは結果論である。彼自身は歌を以て生涯の業《わざ》とし、家集を後の世に遺すほどの志もなく、天成の資質を以て、自在に歌つただけかも知れない。行平の六歳下の弟に生れ、權勢、榮譽の座からは締め出されながら、宮廷から離れることもなく、世を棄てもせず、今一つの恩寵「體貌閑麗《たいばうかんれい》」を享樂し、あまたの插話を後の世に遺すことになつた。

新古今歌人、特に定家の評價と復權は、貫之の假名序の批評を正す意味でも、まことに貴重であり、至當であるが、「神代もきかず」は、業平の別の一面を現す歌に過ぎまい。古今集の秋下の、あまた紅葉の歌の中でも、さほど見映えのする作とは思へない。第一、龍田川が、川水を纐纈《かうけち》にするのは、神代からのことであつたらうに、「きかず」は聞えぬ。

ちはやぶる神代もきかず龍田川からくれなゐに水くくるとは

＊　＊　＊

わが戀の數をかぞへば天の原曇りふたがりふる雨のごと　藤原敏行朝臣

後撰集戀四の巻頭第一首、詞書は「女につかはしける」。戀の數とは、歌を與へた女を戀ふる頻度と取るべきであらうか。誇張表現ながら、朝に十度《とたび》、晝は二十度、夜となれば一刻に三十度、日を經《ふ》ればすなはち、降る雨の、雨脚の數さながら、無盡數《むじんず》、無數の意とならう。あるいは、ものごころついてから今日までに、愛した人の數は數へ切れぬと、奇拔な譬喩に托して、示威を加味した告白を試みたのか。前者ならば初句は「きみ戀ふる」とでもあるべきだらうし、後者ならば、戀歌としての慣ひから、少からず外れてゐる。いづれにしても、獨特の、風變りな發想であり、第三、四句のものものしい言ひ廻しが、獨特のニュアンスを醸し出してゐて印象的だ。敏行集の中、戀の歌の白眉である。

敏行は、敕撰集の卷頭すなはち「首」、卷末すなはち「軸」に因縁の深い歌人だ。出自も亦賤しからず、母は紀名虎の娘であつた。次姉の靜子は文德妃で惟喬親王の母、長姉の種子は仁明妃、長男有常の姉娘は業平夫人、妹娘はこの敏行の妻となつた。すなはち、彼にとつて惟喬親王は母方の從兄弟、妻も從姉妹である。伊勢物語には業平の妹婿と書かれてゐるが、妻の妹婿の意味だらう。

秋來ぬと目にはさやかに見えねども風の音にぞおどろかれぬる

ちはやぶる賀茂の社の姫小松よろづ代經《ふ》とも色はかはらじ

ふる雪のみのしろ衣うちきつつ春きにけりとおどろかれぬる

白露の色は一つをいかにして秋の木の葉をちぢに染むらむ

秋の夜の明くるも知らず鳴く蟲はわがごとものやかなしかるらむ
戀ひわびてうちぬる中に行き通ふ夢のただぢはうつつならなむ

敏行の代表作は古來「秋來ぬと」とされてゐる。和漢朗詠集の「立秋」にも、勿論、この古今集秋歌上の巻頭第一首が、白樂天の「蕭颯《せうさつたる》涼風《りやうふう》」等に竝べられ、いやが上にも秀歌の譽を高くしてゐる。四季歌としては敏行集中でも比肩を許さぬ作だ。「姫小松」は古今集の軸である。掉尾を飾る一首はこの集で殊に吟味されたのであらう。「みのしろ衣」は、前集の譽を以て後撰集の巻首に撰ばれた。

古今集秋下の「白露」はいかにも理智的な、古今集嫌ひの人人の敬遠しさうな歌だ。同じく秋上の「蟲」の直情は、讀人知らず歌等に類想はあるが、愛誦に價するだらう。そして、戀二の冒頭に近い「夢のただぢはうつつならなむ」こそ、立秋や戀の數に加へ、敏行一代の名歌と記憶すべきではあるまいか。夢路の戀の空しさ、はかなさは歌ひつくされてゐる。だからこそ、夢をうつつであれと純粹率直に期待し希求する健かさは、かへつて清清しく珍重されてよい。

敏行の名筆は當時上聞にも達してゐた。村上帝が能書第一と聞く小野道風に、古今の妙筆を尋ねたところ、彼は空海と敏行の二人こそと應へたと傳へる。橘逸勢の名が見えぬのは訝しいが、恐らくは、一世紀昔の、承和の變の際、謀叛人として囚れた上に、姓を非人《ひにん》と改められて伊豆に配流、護送途中で死んだために、奏上を憚つたのだらう。

百人一首の「夢のかよひ路」は、古今集の戀二、「夢のただぢ」の次に竝んで採られてゐる歌で、宇多天皇の時、皇后溫子《をんし》の御殿で催された歌合の作である。技巧の勝つたところは認められようが、先行する一首とは比較にならない。いづれも「忍戀」ながら、「住の江」の、二句以下の緣語と懸詞の脈絡が、戀心の彩を描きつつ、間接的なものにして、「かよひ路」が「ただぢ」ほど訴へて來ないのだらう。


住の江の岸による波よるさへや夢のかよひ路人めよくらむ

＊　＊　＊

沖つ藻を取らでややまむほのぼのと舟出《ふなで》しことも何によりてぞ　伊勢

もとより戀の沖つ藻であらう。神代紀の「沖つ藻は邊には寄れどもさ寢床《ねどこ》もあたはぬかもよ濱つ千鳥よ」や萬葉集人麿の「か靑なる玉藻沖つ藻　朝羽振る風こそ寄せめ　夕羽振る浪こそ來寄れ　浪のむたか寄りかく寄る　玉藻なす寄り寢《ね》し妹《いも》を」以來、愛するもの、殊に女性の象徵であつたが、この場合は更に抽象化されて、渇仰の對象と考へよう。

伊勢集の、ある本には、これを「逢はでこのよをすぐしてよとや」の次に置き、また別の書では一首、他の「寄海戀」の趣ある歌をおいて、次に並べてゐる。題はないが、娘の中務が村上帝に獻上した時の、ひそかな配慮とでも、想像を逞しくするのも一興、この私家集は、讀めば讀むほど、思ひがけぬ秀歌に邂ひ、冒頭の伊勢日記のロマネスクな樂しさの他にも、沖つ玉藻を探るやうな喜びはゆたかに隱されてゐる。

どうして、何をよすがに、かうして舟を出してしまつたのか。海上にあつて思へば、遙かな沖の藻を、うるはしい玉藻が取りたいばかり。取らいでおくものかとさへ心はさわだつ。ほのかな思ひで、そも初めは、舟を浮べただけなのに。女心の微妙な移ろひと、運命の絲に操られて、豫期せぬ行動に驅り立てられ、もうもとには歸れぬ不安と、ひそかな愉悅を、あたかも匂ひ出るやうに、一首に調べおほせてゐる。敕撰集にも全く採られず、他の詞華集のたぐひにも見えないが、それが不思議とも、面妖至極とも思へるくらゐ、いかにも傳說の才媛伊勢にふさはしい名歌である。

櫻花匂ふともなく春來ればなどかなげきの茂りのみする
思ひ河絕えず流るる水の泡のうたかた人に逢はで消えめや
思ひ出づや美濃のを山の一つ松契りしことはいつも忘れず
心のみ雲ゐのほどに通ひつつ戀ひこそわたれかささぎの橋
いづかたにありと知らばか花薄はかなき空を招きたてらむ

心して玉藻は刈れど袖ごとに光も見えぬ蜑《あま》にぞありける
いづくにも草の枕を鈴蟲のここを旅とも思はざらなむ
はつかにも君を三島の芥川あくとや人のおとづれもせぬ

いづれ劣らぬ佳品であり、伊勢集には、これらに伯仲する歌が目白押しに竝んでゐる。逬る才氣を、豐かな詩藻でやはらかく包み、言葉の彩のきらめきの彼方に、人の命のあはれを感じ取らせる。十世紀前半の女流中の白眉であり、宇多帝、敦慶《あつよし》親王、中宮溫子の兄枇杷大臣《びはのおとど》藤原仲平らとの、絢爛たる戀物語を拔きにしても、その存在は重く、十世紀後半閨秀歌人第一人者、齋宮女御徽子と共に、王朝の稀なる花であつた。

「櫻花」は後撰集春中に讀人知らずで入撰してゐる。「思ひ河」は同じ集の戀歌一、「一つ松」は新古今集の戀歌五、「かささぎの橋」は新千載集戀歌四に、それぞれ採られてゐるが、他は家集に見えるのみである。「花薄」「玉藻」「鈴蟲」「芥川」いづれも、伊勢の麗質のよく現れた優しい調べだ。

百人一首歌も新古今集戀歌一の入撰作であるが、家集に竝ぶ「沖つ藻」の、窈窕たる美とは對照的な、序詞と懸詞技巧の目立つ、やや龍頭蛇尾な文體だ。趣向を盡した、丁丁發止とも言ふべき贈答の歌群の中にあつてこそ、このやうな歌は、はたと膝を打つ妙味もあらう。詞書の「秋の頃うたて人《びと》のもの言ひけるに」は重要だ。同じ入撰歌でも「一つ松」

の方が、凜とした悲しみに滿ちて、より愛誦に堪へるだらう。また懸詞に關してなら「芥川」など、伊勢物語をも寫して殊にゆかしい。

難波潟みじかき蘆のふしのまも逢はでこのよをすぐしてよとや

＊　＊　＊

天雲《あまぐも》のはるばる見ゆる嶺よりも高くぞ君をおもひそめてし　元良親王

元良親王は「戀ぞつもりて淵となりける」の作者の、二十三歳の時の皇子である。從つて二條后藤原高子は祖母にあたる。元良親王集卷頭の詞書に「陽成院の一の宮、元良の皇子《みこ》、いみじき色好みにおはしましければ、世にある女の佳しと聞ゆるには、逢ふにも逢はぬにも文遣り歌よみつつ遣り給ふ」とある。好色は美德の一つで有り得た時代に、しかし拔群の漁色家であつたらしい。十五歳で時の太政大臣、權謀術數の權化、藤原基經に拮抗しようとしたほどの陽成院の第一皇子だから、さだめし、不羈奔放で情熱的な靑年であつたらう。元朝拜賀の聲が朗朗と響き渡つたとの逸話や、業平も三舍を避けるやうな艷聞から推しても、堂堂たる美丈夫に違ひあるまい。

「天雲《あまぐも》」の歌は續千載集戀歌一の卷頭を飾る。二首目が俊成、三首目が良經だから、撰者二條爲世の高い評價が判る。戀歌に特有の、涙とか嵐とかが、この歌では影をひそめ、いささか突拍子もないと思ふほど、あるいは歌を賜はつた女が氣恥づかしくなるくらゐ、威風堂堂あたりを拂ひ、萬葉集、人麿の皇室讃歌を髣髴するやうな格調の高さだ。「高く」は高低の高ではなく、「貴」に通じ、また「上なきもの」を現すから、相手が必ずしもやんごとない姫君であるとは限らない。身分で言ふなら、元良「親王」を越えるのは、たとへば京極御息所《きやうごくのみやすどころ》あたりになる。だが、だからと言つて、賤しい遊女や傀儡女に、こんな歌を贈りもしない。天に聳える高峰、それよりも、と言ふ大らかで、眞直ぐな敍法の、素樸な好ましさ、まさにこの、貴種のものである。あまり健かな、翳りのなさに、讀む方が照れる。そして面白いのは、かう言ふ曲のない戀歌は、かへつて萬葉にも例が少いことだ。さすがに、女からの返歌は載せられてはゐない。

逢ふことは遠山鳥の狩衣《かりごろも》きてはかひなきねをのみぞ泣く
荻《をぎ》の葉のそよぐ毎にぞ恨みつる風に返してつらき心を
よなよなに出づと見しかどはかなくて入りにし月と言ひてやみなむ
蟬の羽のうすき心といふなれどうつくしやとぞまづは泣かるる
むら鳥の群れてのみこそありと聞けひとり古巣に何かわぶらむ
憂《う》きふしの一夜も見えばわれぞまづ露よりさきに消えかへるらむ

露にだに移りゆくなる言の葉のなどか嵐の風を待つらむ

どの歌も女への誘ひかけ、女からの恨み言の返事に類する。入撰歌は後撰集以後新後拾遺集まで、計二十首、その中十六首までが戀歌、「遠山鳥」は後撰集の戀二に見え、殊に出色の歌である。また後拾遺から新古今の五歌集には一首も採られてゐない。ただ、「荻《をぎ》の葉」と「よなよな」は、少少異同はあるが、大和物語百六段に現れて、この插話を彩つてゐる。相手の女は平中興《たひらのなかき》の娘、さして深い交りではないが、いささか特異な性格の女であつたらしく、親王と別れて後、物《もの》の怪《け》にとりつかれ、招いた祈禱師とただならぬ仲になつた。人の噂の的になり、つひに姿をくらまして、ひそかに鞍馬寺に入つたといふ。大和物語には、親王は、「故兵部卿の宮」として、その艶聞頻出する。世が世ならば皇太子でありながら、皇位の望みも空しく、風流才子と謳はれて、人目には樂しげに、苦笑を噛み殺して、遊びほうけてゐたのだらう。「蟬の羽」「古巣」「憂きふし」「露」、いづれも家集にのみ見える佳作だ。

百人一首歌、拾遺集の戀二も、宇多上皇妃、京極御息所との戀があらはれた時の、切實な告白歌であるが、實感必ずしも詩歌の質の保證にも辯護にもならぬ一例かも知れない。

わびぬれば今はたおなじ難波なるみをつくしても逢はむとぞ思ふ

＊　＊　＊

もみぢ葉の流れてとまる湊にはくれなゐ深き波や立つらむ　素性法師

古今集秋下に、「二條の后の、春宮《とうぐう》の御息所と申しける時に、御屏風に龍田川に紅葉流れたるかたを描《か》けりけるを題にてよめる」と詞書があつて、「くれなゐ深き波」が見え、その次に、業平の「からくれなゐに水くくるとは」が竝ぶ。眞紅の波は、典型的な、よく出來た屏風歌である。はたと膝を打つやうな機智を働かせて、現實以上のめでたい風光を再現するには、非凡な技が要求される。歌は何よりも、めでたく華やかで、見映えのするものが喜ばれる。古今集以後には、この、月次屏風《つきなみのびやうぶ》、すなはち十二箇月の歳時や、それにふさふ歌枕を、順に描いた屏風に、揮毫するやうに、あくまでも作り上げた歌に、聞えた秀作はあまたある。地が襖である時は障子歌《さうじうた》になる。

この歌、普通なら、業平の作のやうに、龍田川は歌枕として歌の中に入れるところであるが、詞書に譲つて、歌のおもてには見せてゐない。第一、繪に紅葉と流水があれば、殊更に言はぬかぎり、それは龍田川以外の所ではあり得なかつた。波は白波であるべきを、紅波と見立てる意外性、その作意を嫌ふなら、この歌は、否古今集の歌は、過半數讀むに堪へまい。素性法師集にも、くれなゐの波と同一趣向の、譬喩と寓意の冱えを特徴とする歌が數多く含まれてゐて、なかなかの味はひである。

見渡せば柳櫻をこきまぜて都ぞ春の錦なりける
花散らす風の宿りはたれか知るわれに敎へよ行きて恨みむ
いざ今日は春の山べにまじりなむ暮れなばなげの花の蔭かは
山守は言はば言はなむ高砂の尾上の櫻折りてかざさむ

「柳櫻」の大景は古今集春上に、飽和狀態の酣の春を、金泥を交へて描き切つた。詞書は「花盛りに京を見やりてよめる」だが、これは六曲屛風全面を使つて、ほしいままに彩管を驅使した感がある。ほとんど常識に類する譬喩であるにもかかはらず、いささかも古びれず、かへつて安らぎと法悦に近い滿足感を與へる。

「花散らす風」の擬人法に近い扱ひ方も、仄かな諧謔を味はへばよからう。これも古今集の春の下、「花の蔭」も同じく春の下、「雲林院《うりんゐん》の皇子《みこ》のもとに、花見に北山のほとりにまかれりける時によめる」の詞書あり。仁明天皇皇子、常康《つねやす》親王の招きによる花の宴であらう。暮れたら無くなつてしまふ花の蔭だらうか、否否、夜にも花蔭はあらう、さあ北山に行かうと、心も言葉も浮浮とはづむ。父の遍昭が、仁明天皇崩御に殉ずるかに出家、在俗時代に生れた玄利《はるとし》も歌の上手、法師の子は法師にと剃髮させたのが素性であつたと傳へられる。常康親王も世捨人だつた。父帝と太政大臣藤原良房の妹順子《じゆんし》との間に生れた道康親王が帝位を繼げば、最早望みはない。黄昏の花蔭に、共に酌む苦い酒も一入の味、そのやうな背後の世界もおのづから、繪詞の繪のやうに浮ぶ。

「尾上の櫻」は後撰集の春中、「花山にて道俗酒たうべける折に」の詞書が添ふ。咎めるなら咎めるがよいと、酔餘の座興、花を翳して、踏歌もどきにあらればしりでもして見せようといふのだらうか。樂しい歌だ。なほ、古今集誹諧歌にある「山吹の花色衣ぬしやたれ問へど答へずくちなしにして」も素性の作、「思ひもよらぬ風情をよめるを誹諧歌と言ふなり」とは承知してゐても、笑ふに堪へない。

「長月」の百人一首歌はくだくだしいばかりだ。古今集の戀四、それも「待戀」ゆゑ、女人に代つての詠であるが、歌の意を一夜ととらうが月を越えて遂に長月としようが、表現に緊りがなく、結句も勿體ぶつて嫌みといふ他はない。

いま來むと言ひしばかりに長月のありあけの月を待ちいでつるかな

＊　　＊　　＊

草深き霞の谷にかげかくし照る日のくれし今日にやはあらぬ　　文屋康秀

古今集哀傷の部に「深草のみかどの御國忌の日よめる」と詞書して、この不思議な陰翳のある調べはおかれてゐる。仁明天皇の諒闇、二十四歳で卽位、在世十七年間、波瀾萬丈の月日を、ひたすら仁政を布かうと心を砕いた帝のために、宮中には歔欷が満ちた。良岑宗貞が世を捨てたのもこの時であつた。崩御四十一歳、壮年の盛りであつた。

その前年にはにぎにぎしく四十の賀の祝宴があつた。皇太子道康親王をはじめとして皇子十一人が居竝び、源氏の二人は御贄を奉り、右大臣藤原良房の獻上物は、續日本後紀に「水陸の珍美、みな萃《あつ》まらざるはなし」と記すほど、山海の特産物を選りすぐつた豪華なものであつた。その砌、帝は、良房の邸へ、來年の春は櫻を見に行かうと約した。ところが、年が明けると、前年からの病は革まり、近臣重臣、日日額をあつめ、當代の名僧として知られる眞雅・觀善が招かれ、加持を試み、比叡山の座主《ざす》圓仁らも種種の修法《ずほふ》を繰返した。三月になると病める天皇はつひに剃髪、佛門に入り、皇子の中の二人もこれに從ふ。崩御は入道二日後であつた。深草に葬られて、後の人はその名を呼ぶ。

ゆゑに「草深き」はそのよすがである。天皇の崩御を「昇霞」と呼ぶので、第二句の霞の谷もおのづから浮んだのであらう。空に照る太陽が草生ひ茂る霞の谷に落ちて、今日の日暮が來たのではない。この暗さこそ、天皇のお隠れになつたためだ。あら人神ましまさぬ世に何の光があらうとの意である。八五〇年嘉祥三年の晩春、文屋康秀は、亡帝より若く、あるいは良岑宗貞、卽ち遍照も同年輩だつたかも知れぬ。帝は經國集にその詩を遺すほどの傑れた作者であつた。管絃に練達の聞えも高く、またその手蹟は人の知るところ、かへすがへすも、惜しみてあまりある英帝の死、「今日にやはあらぬ」と聲を呑んだ趣、歎きの深さもさこそと思はれる。儀禮としてのみの挽歌ではあるまい。

春の日の光にあたるわれなれどかしらの雪となるぞわびしき
花の木にあらざらめども咲きにけりふりにしこのみなる時もがな
白雲の來やどる峰の小松原枝しげけれや日のひかり見ぬ

「かしらの雪」と「花の木」は、二條后の春宮御息所の時、召されて作つたものらしい。前者に下された題が「日は照りながら、雪のかしらに降りかかりける」、後者は「めどにけづりばな插せりける」。いづれも古今集で、春の上と物名歌。「白雲」は後撰集の雜歌三、「時に遇はずして身を恨みて籠り侍りける時」と詞書あり、不遇を喞つ述懐と思しい。見えぬ日の光とは勿論天皇の恩寵を意味し、恐らく官位が希望通りに昇進しなかつた折の歎きであらう。古今集假名序には「言葉は巧みにてその樣身におはず。言はば商人《あきうど》の良き衣著たらむがごとし」と酷評してゐるが、商人ほどは言葉巧みとも思へず、眞情がちらりと覗きさへする。

康秀の作とするのは誤り、その子朝康の作であることは決定的と言はれる百人一首歌は、古今集秋下巻首、「是貞のみこの家の歌合の歌」の詞書を伴ふ二首の中の、先の一首であり、今一首は「草も木も色かはれどもわたつ海の波の花にぞ秋なかりける」だ。古今六帖も全く同じ詞書で朝康の作になつてをり、有力な異本古今集も同様朝康作、第一推定年齢が、寛平年間の是貞親王家歌合の出席者中、飛び離れてふけ過ぎてゐるとの説による。二首共に古今的な理に落ちた歌だが、「波の花」の方が遙かに面白からう。「山＋風＝嵐」とか「木＋毎＝梅」風の廣義の言語遊戯は、古今集時代、むしろ大いに迎へられてゐるし、巻首に採られるのも不審ではないが、時代が變ると面白みは半減する。

吹くからに秋の草木のしをるればむべ山風を嵐といふらむ

＊　＊　＊

照りもせず曇りもはてぬ春の夜の朧月夜にしくものぞなき　　大江千里

新古今集春上に「文集、嘉陵春夜詩『不明不暗朧朧月』といへることをよみ侍りける」の詞書あり、一首はまさに春月のやうに、巻中の中空にゆらりと昇つてゐる感がある。寛平六年四月二十五日、宇多天皇に奉つた句題和歌中の一首で、白氏文集十四巻に見える詩歌を題にした。初句第二句は、言はば句題の逐語譯に等しい。第三句の春夜も、詩は當然のこととして表に出してゐないのを敢へて附加した。下句に到つては、白樂天が餘情としたものを、殊更に述べてしまつた。說明と蛇足のための一首であると人は言ふ。

　だが、果してさうだらうか。散文風韻文とでも言ひたいこの直線を斜に引いたやうな三十一音、句切のない滑らかな一首は、その調べのために、別の生命を得た。「春の夜の朧月夜」と言ふ、一見意味上の重なりを無視した、冗長に感じられる修辭も、かへつて大どかな雅びが生れてゐる。「しくものぞなき」のことわりが、朗らかな口上にも聞える。なるほど、このあたりが、古今集の、後の世に容れられぬ特徴とは思ひつつ、私は歌の姿のめでたさに陶然とする。無用の用、理外の理、この、單に述べただけに見える一首が、唇によせて誦じる時、翼を得て立ち昇るかの律調旋律を得る面白さは、十分に理解すべきであらう。それは他の七代集には見られない歌人の智慧でもあつた。

　この一首を新古今集に採つた後鳥羽院にも、それが見えてゐたのだ。新古今集の春歌上巻、馥郁たる梅花詠が十五、六首續いて一段落すると、そこに、この「照りもせず曇りもはてぬ」が現れるのだ。源氏物語「花宴《はなのえん》」の朧月夜內侍《おぼろづきよのないし》の插話もここで鮮やかに浮び上る。次が菅原孝標女の更級日記歌、續くは源具親、寂蓮の春月、しかも寂蓮の歌は、「いまはとてたのむの雁もうちわびぬおぼろ月夜のあけぼのの空」と雁を配し、良經や定家の有名な歸雁詠が續く。麗句にじみあひ、心象のうるみを描く、模糊たる新古今調の中にあつて、千里の散文性のいかに潔くさはやかに映ずることか。

ほととぎす五月《さつき》待たずぞ鳴きにけるはかなく春をすぐしきぬれば
歎きつつ過ぎゆく春を惜しめども天つ空から振りすてて行く
限りとて春の過ぎにし時よりぞ鳴く鳥の音《ね》のいたく聞ゆる
鳴く鳥の聲深くのみ聞ゆるは殘れる花の枝をわぶるか
かすかなる時のみ見ゆる秋篠はもの思ふことぞ苦しかりける

「ほととぎす」は家集掉尾の述懐歌、他はいづれも句題和歌中の作品であり、一首一首は最早、白氏文集を離れて、歌の命を傳へる。たとへば「天つ空」の題は、「惆悵春歸不留得」であるが、下句の「振りすてて行く」と言ふ、意表を衝いた修辭が、歌の表情を一變させて、原詩の持たぬ辛みさへ帶びる。「限りとて」は「春盡啼鳥廻」、「殘れる花」は「鳥思殘花枝」、「秋篠」は「蕭條秋思苦」であるが、一歩あるいは二歩、原詩を離れ意外な著想を齎す。殊に「蕭條」から「秋篠」に轉ずるあたり至妙と言ふべきだらう。だがどの歌も敕撰集には採られてゐない。生歿年ともに不詳であるが、出自は在原行平・業平兄弟の甥にあたる。「弘帝範」「群書要覽」等を儒者として撰述した大江音人の子で、自身も貞觀格式の撰述に加はつた學識の持主ゆゑ、句題百二十首の詠にも、その蘊蓄が匂ふのだらう。

百人一首歌は古今集秋上、下句のことわりが、この歌の場合は春月ほどの意外な效果を見せてゐない。愛誦され易い凡歌の一つだ。勿論唐詩にも同趣の作があり、契沖は白樂天の「燕子樓中霜月夜　秋來只爲一人長」あたりを引いて、翻案を指摘してゐる。他の詩の場合ほど全き創意を示してゐるとは思へない。

月見ればちぢにものこそかなしけれわが身一つの秋にはあらねど

＊　　＊　　＊

草葉には玉と見えつつ侘人《わびびと》の袖のなみだの秋のしらつゆ　　菅家

新古今集秋歌下に見える。大宰府左遷後の作か、それ以前のものかは明らかではなく、「侘人《わびびと》」とあるから配所詠とするのは危険だらう。他の一本には第三句「旅人の」ともあり、これなら穿つた考へがむしろ邪魔になる。世に住みわびて生きる人一般を思ひ、秋の悲しみを強調してゐると取つた方が、この歌のためだらう。さして深刻な意味を持たず、良い意味の謳ひ文句として「侘人《わびびと》」と置く場合も多多ある。それにしても、この下句、「袖のなみだの秋のしらつゆ」とは、いかにも新古今歌人好みの端正で清雅な修辭だ。草の葉におく露の白珠と、悲しみのあまり袖に宿る涙の白珠が、もはやわかちがたくなる時を捉へて、言葉の脈絡の上でも、散り亂れ、降り紛ひ、微妙な味はひを生む。「見えつつ」の作用するところだらう。パラフレーズしては、その味はひも消える。一方は露が珠に見え、他の一方は涙が露に見えるなどと言ふ對照を狙つたのではない。ただ新古今時代ならば「見えつつ」を省いて、露すなはち涙、ふたつながら白珠の感じを、更に象徴的に作り上げただらう。勿論、心の世界はより深くならうが、その分だけ、いはゆる眞實味は薄れるかも知れない。道眞の時代は、これも一つの新風であつた。

　菅贈太政大臣、菅原道眞の歌は二十一代集に計三十四首撰入されてゐるが、この中十六首は新古今集、この比率を見ても、後鳥羽院がいかに、彼の作品を重んじたかが判るだらう。この十六首中十二首は、雜歌下の巻首からたて續けの配列であり、すべて配所における述懐、悲涙潸然として宇多法皇に苦衷を訴へ、救ひの手を懇願してゐる。

あまのはらあかねさしいづる光にはいづれの沼かさえのこるべき
山わかれ飛びゆく雲のかへり來るかげ見る時はなほたのまれぬ
霧たちて照る日のもとは見えずとも身は惑はれじ寄るべありやと
花と散り玉と見えつつあざむけば雪ふる里ぞ夢に見えける
筑紫にも紫生ふる野邊はあれど無き名悲しぶ人ぞきこえぬ
流れ木と立つ白波と燒く鹽といづれかからきわたつみの底

この悲痛な述懐はすべて森羅萬象に題を得てゐるが、右の六首は「日・雲・霧・雪」及び「野・波」である。この他の六首は、「やま」「月」「松」「道」「海」「鵲」の題で、同趣の歎きを祕めてゐる。そして、宇多法皇への哀訴と言ふ寓意を念頭におかずとも、それぞれ、歌として端正、冷徹の趣を見せてゐるところも珍重に價するだらう。「いづれの沼かさえのこるべき」「なほたのまれぬ」「寄るべありやと」「無き名悲しぶ」等は、改めて何の寓意かを注する必要もないくらゐであるが、「雪ふる里」と「いづれかからき」は、他と分つところがあり、必ずしも哀訴には繫らない。殊に雪の花降りしきる日、その美しさに陶然として、夢にさへ故鄉の雪景色を見たと歌ふところ、むしろ、訴へる力は間接的であつても、よりしみじみと心に殘らう。

「家を離れて三四月、涙を落す百千行。萬事皆夢の如し、時々彼蒼を仰ぐ」と、その漢詩集「菅家後集」中に歎きつつ、彼は九〇三年延喜三年の時も二月《きさらぎ》、つひに宇多法皇に召し還される望みも絕たれて、五十九歳を一期として病歿する。

百人一首歌「手向山」は、その五年前、朱雀院宇多上皇の宮瀧行幸に隨つた折、十月二十三日夜、高市郡にある道眞の山莊での作。古今集の羇旅に見えるが、殊勝、但しそれのみと言ふ他はない。「手向山」は固有名詞ならず、道中安全を祈願する峠の意といふ。これに續いて、同じく隨行の素性の歌も見える。道眞を待つまでもない歌だ。

このたびはぬさもとりあへず手向山紅葉の錦神のまにまに

＊　＊　＊

かぎりなき名におふ藤の花なればそこひも知らぬ色の深さか　三條右大臣

後撰集の春下に撰入された歌で、詞書あり、「彌生の下《しも》の十日ばかりに、三條の右大臣、兼輔の朝臣の家にまかりわたりて侍りけるに、藤の花咲ける遣水の邊《ほとり》にて、かれこれ御酒《おほみき》給《たう》べけるついでに」と記されてゐる。三條右大臣は藤原定方、贈太政大臣良門の孫にあたり、貴顯の門に生れた上卿歌人。いはゆる専門歌人として宮中に仕へる公卿の、巧妙複雜な歌とは、おのづから違つた、鷹揚な調べが備はつてゐることは、河原左大臣源融や九條右大臣藤原師輔等にも共通するところだ。この歌も、その好例の一つと言へよう。

色ふかくにほひしことは藤波のたちもかへらで君とまれとか　藤原兼輔

兼輔も亦藤原家冬嗣の孫で、定方とは從兄弟同士、互に名門の誇り、同好の誼み、何かにつけて意氣投合、交際もすこぶる密であつたか、三條右大臣集には彼との贈答が多い。

彌生の末、兼輔邸の、盛りの藤の花を眺めての、これは御同慶の至りの挨拶歌、藤原氏のシンボルの「藤」を「淵」にかけて、「そこひも知らぬ」「深さ」と受けてゐる。酒を飲んだあげくの太平樂、藤原氏萬歳の歌と、言つてしまへばそれつきりだが、悠長な上句と一轉して水の世界を垣間見せ、濃紫の匂ひを髣髴させるところ、なかなかの技法であり、兼輔の返歌も亦かういふ挨拶歌に必須の氣品も十分にある。それが身上だらう。

寛平の帝の、朱雀院にて女郎花《をみなへし》合《あはせ》させ給ひける時、よみ給へりける

秋にして逢ふことかたき女郎花天《あま》の河原に生ひしものゆゑ

相撲《すまひ》の還《かへ》り饗《あるじ》の暮れつ方、女郎花を折りて、式部卿の皇子《みこ》の插頭《かざし》に插したまふとて

女郎花花の名ならぬものならば何かは君が插頭《かざし》にはせむ

同じ皇子の御許に御座《おは》し遊び給ひけるに、女郎花を折りて、かの皇子に插頭に給うけるに

女郎花折る手にうつる白玉はむかしの今日にあらぬ涙か

相撲の節會は七月二十六、二十八日に行はれる、言はば天覧相撲大會、まず相撲の使ひが出場力士を全國から召集し、都へ率《ひき》ゐて上つて來る。次は、二十六日に仁壽殿で事前の

内取り、これで精英を撰抜され、その召し合せが、翌々二十八日紫宸殿で行はれる。勝つた方の近衛大将が自邸で祝賀の供應をするのが「還り饗」、この饗宴、勝つた方が舞樂を奏するが、負けた側は罰として酒を調へ、出席を差し控へるならひがある。また還り饗の行はれるのは、相撲の節會と、正月十八日の賭弓《のりゆみ》だけであつた。

七月下旬、そろそろ仲秋に近く、秋草の花が咲き誇る頃、女郎花も黄色の微粒をけぶらせる頃だ。あの不愉快な臭氣を放つ草は、たとへば茶の湯では禁花にしてゐるくらゐであるが、古代は隨分愛されてゐる。花そのものよりも名に風情があるから、特に言語遊戯の要素のある詩歌に活用されるのだらう。三首共に、多分、現實の花を目前にしてゐるのだらうが、三條右大臣集にのみ見える、これらの歌そのものは作りに作つたもので、機智の面白さを採るべきだらう。どの歌にもいささか間伸びのした、こだはらない調べがある。

百人一首の「さねかづら」は後撰集の戀歌三、緣語・懸詞の多用が、御多分に洩れず大まかで、調べもスロウ・テンポ、その持味を、作者ゆゑに面白いとでも思ふ以外、採りやうのない歌だ。「くる」は「繰る・來る」で、「來る」は「行く」と同義である。實際に、あの、艶やかな葉の、木蓮科の美男葛を添へて、女に贈つた歌でなければ「ことわりをなさず」といふ說もあり、これは正鵠を射てゐるやうだ。もつとも歌以前の問題だが。

名にし負はば逢坂山のさねかづら人に知られでくるよしもがな

＊　＊　＊

春の夜の夢のうちにも思ひきや君なき宿をゆきて見むとは　貞信公

後撰集の哀傷、「兄の服《ぶく》にて一條にまかりて」と詞書あり、貞信公は攝政關白、小一條太政大臣、藤原忠平。「兄の服」は長兄時平の服喪を言ふ。忠平は四男であつたが、九〇九年延喜九年、時平の死によつて家を繼ぐ。命日は夏のはじめ四月の四日、父基經の苛烈で容赦のない策士型の一面を、見事に享けた時平が、菅原道眞追放に成功したのは九〇一年三十歳の一月二十五日、彼は天下をわが手に收め、九〇三年、道眞が配所で悶死したとの訃報も、遠い春雷か何かのやうに聞き流してゐた。道眞が最期の一刻まで頼みに頼んでゐた宇多法皇も、かつての寵臣のことなど綺麗に忘れて、九〇五年の春には、大覺寺での若菜摘みに、時平と睦じく詩歌の唱和などを樂しんでゐた。

道眞の怨靈は雷神となつて荒れ狂ひ、清涼殿に落ちようとする時、醍醐帝以下生ける心地もなく顫へ上つてゐたが、時平は太刀を抜き放つて、生きてゐる時も右大臣で私の次席だつた。いくら神になつたとは言へ、この世に現れる時は、私に遠慮されるのが當然と叫び、ために雷は去つたと言ふ逸話が、大鏡に載つてゐる。しかし、堂上貴族の權門のほとんどは、時平の時を得顔の專横を憎み、反感は宮廷の暗部に立ちこめてゐた。俄に病を得た時平が更衣《ころもがへ》の後に脆くも不歸の客となつた時、一樣に顏を見合せ、「右流左死《うるさし》」と囁き交した。右大臣道眞が流されて、左大臣時平は死んだとの諷喩だ。その死、三十九歲、夭折に近い。怨靈が黃泉へ引きずりこんだと噂されるのも當然であらう。

心からの哀悼を捧げたのは、この溫厚な弟、貞信公忠平だけだつたかも知れない。この挽歌の間接話法風表現は、いかにも作者の性格を現してゐる。兄が死ぬとなど夢にも思はなかつたと言ふのが眞意であらうが、そして、かつての兄の邸へ行つたのは事實であらうが、この下句、邸に主のゐない、空しい廣さがそぞろ偲ばれて、死と呼ぶ抽象への悲歎とは、いささか質の違ふ、やはらかな迫眞性がある。單なる「夢」ではなくて、兄の死に先立つ季節の、「春の夜の夢」であるところも、丁寧であり、心盡しを感じる。またこの春も事實ではあらうが、それはそれとして、死との照應の上でも效果的だ。

なでしこはいづれともなく匂へどもおくれて咲くはあはれなりけり
おそくとくつひに咲きぬる梅の花誰《た》が植ゑおきし種にかあるらむ
隱れにし月は廻りていでくれど影にも人は見えずぞありける

「なでしこ」は後撰集の夏、「師尹《もろまさ》朝臣のまだ童にて侍りける時、とこなつの花を折りて持ちて侍りければ、この花につけて內侍のかみの方におくり侍りける」の詞書あり、愛する息子の所業にあやをつける優しいとりなしにも、貞信公の心ばへが見える。「梅の花」は新古今集の雑歌上、枇杷の左大臣、すなはち次兄仲平が、自分より十九年も遅れてではあるが、つひに右大臣となつた早春の祝福の辭である。梅の一枝にこの歌を結びつけて贈る。同族意識とは言ひながら、行き屆いた挨拶だ。「隱れにし月」は續後撰集の雜歌下、淸愼公藤原實賴の母、源傾子の死に際しての挽歌、月を見ての歌であるが、重い調べが、おのづから、作者の心中を訴へてゐる。

秀歌と呼ぶべき作には乏しいが、歌すなはち人、時平と對照的に、生來長者の風格を具へた人の持味はうかがへよう。百人一首中の「小倉山」は拾遺集の雜秋、曲のない眞情吐露であらうが、いかにも平凡だ。宇多上皇、大井川御幸の砌、紅葉の美しさに、醍醐天皇の行幸を望まれたので、かく奏上した意味の詞書がある。その前提無しで「今一たびのみゆき」の意味するところなどは到底感得不能だらう。

小倉山峰のもみぢ葉こころあらば今一たびのみゆき待たなむ

＊　＊　＊

來ぬ人を待つ秋風の寢覺《ねざめ》にはわれさへあやな旅ごこちする　　中納言兼輔

兼輔集には「藤原のはるかたが、冠《かうぶり》たまはりて、近江守《あふみのかみ》になりて下るに、餞《せん》せうとて待つに來ずなりければ」と詞書して、この戀歌の「待宵」に似た一首は見える。五位の敍爵があつて任官、近江へ赴任する友人に餞別をしようと待つてゐたが、到頭挨拶に來なかつたらしい。下句には、その友を追つて行きたいやうな、名殘り惜しさが溢れ、調べも高く、愛誦に堪へる一首であらう。

なき人をしのびかねてはわすれぐさ多かる宿に宿りをぞする
うばたまのこよひばかりぞあけごろも明けなば人をよそにこそ見め
冬の日はながむるまにもくれたけのよるぞわびしき繁き歎きは
嬉しくていとど行末わびしきは秋より先の扇なりけり
女郎花おもひなわびそもろともに月もすぐさず群れてとふべし
逢ひ見つつ別るる方にあるものを何言《なに》の葉のなぐさめにせむ
二人寝し床にて深く契りてきのどかにわれをうちたのめとて
逢ふことをこよひこよひとたのめずばなかなか春の夢も見てまし
別れてもなほ忘られずうち忍びとく廻りこよ空の浮雲
春霞立ちつる方をながめつつ空なる戀もわれはするかな
天の河浅瀬白波たどりつつ渡りはてねばあけぞしにける

「わすれぐさ」は、新古今集の哀傷歌巻末に近く収められてゐる。詞書に「おもひにて人の家に宿れりけるを、その家にわすれ草の多く侍りければ、主《あるじ》に遣《つかは》しける」とある。忘れ草は百合科の野萱草、「おもひ」は古語では「服喪」と同義に用ゐることがある。それは事實であらうが、偶然泊つた家に悲しみを忘れさせる萱草があることは豫想もしなかつた。ただ、そのめぐりあはせをこの上ないことに思ひ、家の主人に、感謝の意をこめて挨拶したのだらう。結果的には、萱草の生ふる家を訪れては宿ると言ふことにもならう。「うばたまの」の「あけごろも」は緋衣《あけごろも》、六位の藏人が四年奉公すると、「必巡爵」と言つて、自動的に五位になれるさだめがある。五位の袍は緋色ゆゑ、黒の今宵一夜が明けると五位に昇るとの意をこめて、祝賀の挨拶をしてゐるのだ。後撰集雜歌一に見え、語彙のせゐもあるが、なかなか精彩を放つ歌だ。他の歌、いづれも、兼輔集にあり、勅撰集には採られてゐない。しかも入撰作より面白く、巧者な作ばかり。「冬の日」など縁語・懸詞うるさからず、水墨のうるみに似た蕭條たる心象風景の不思議な味はひがある。「秋より先の扇」の矛盾した形容詞の疊みかけなど、實に新鮮であらう。「女郎花」の直線的な雄雄しい下句、あるいは「逢ひ見つつ」の悲しみを含んだ反問、「二人寢し」の優雅で官能的な、戀歌に珍しいますらを振り、「春の夢」のやや平凡ながら、頷かせる心理の彩、「浮雲」のむしろ新古今風を聯想させる技巧、「春霞」の、やや常套的とはいへ優美な味はひ、「天の河」の戀歌には珍しい大らかな調べ、いづれも、たとへば貞信公とは比較にならぬ自在な詠風であり、才氣横溢、三十六歌仙中でも出色だ。

百人一首の「みかの原」も、その流麗な韻律はまことに快く、それだけでも、凡歌揃ひのこの百首中、例外としてよからう。當然、その力倆により、延喜歌壇の中心となり、貫之・躬恆らの推進力ともなつた人である。この歌は新古今集に初めて採られた。戀一、定家・家隆の二人が推してをり、このあたりさすがと思はれる。緋衣の歌と、調べの上では佳き照應を見せてゐて忘れがたい。

みかの原わきて流るるいづみ川いつみきとてか戀しかるらむ

＊　＊　＊

あづまぢのさやの中山なかなかにあひ見てのちぞわびしかりける　　源宗于朝臣

後撰集戀歌一の巻首歌、この後に貫之や元良親王、あるいは伊勢の秀作を從へてゐるだけに、さすがと思はれる切切たる調べ、傳はる歌の少い宗于集でも、やはり第一首に飾つてをり、この時代でも代表作と見られてゐたのだらう。「さやの中山」も數へ切れぬほど様樣の歌人によつて歌はれた有名歌枕の一つだが、この一首など、後の世の西行の「命なりけりさやの中山」と共に、雙璧と言ふべきものだらう。

詞書は「からうじて相知りて侍りける人に、つつむことありてまた逢ひがたく侍りければ」。なまじ逢つたがために、このやうな歎きをせねばならぬ、あれほど一目、一目と戀ひつづけて、夜も眠れぬほどに惱みこがれてゐたものを、今となると、かへつて逢つた後の方が侘しいと言ふ。

戀心、それも遂げ得ぬ中の悲歎述懷、この種の歌は、相聞歌の大半を占め、古來、そら恐ろしい數に上るだらう。その中で後の世に殘るのは、よほど稀なるものを祕めてゐるのだ。「中山なかなかに」「あづまぢ＝あひ見て」の、さほど目に立たぬ頭韻照應も、成功の一つの要因、あまり響き合ひ過ぎると、悲しみが薄れるが、結句の暗さを適當に、この音韻が救ふ。「ぞ＝ける」の強勢と係り結びも、男の戀歌としての、重みと勁さを齎し、目に立つ新味もない一首ながら、迫つて來るものが、たしかにある。

逢はずしてこよひ明けなば春の日の永くや人をつらしと思はむ
つれもなくなりゆく人の言の葉ぞ秋より先の紅葉なりける
忘草かれもやするとつれもなき人の心に霜はおかなむ
あづさゆみいるさの山は秋霧のあたるごとにや色まさるらむ
添へてやる扇の風も心あらばわが思ふ人の手をな離れそ

いつはとは時はわかねど秋の夜ぞもの思ふことの限りなりける
朝まだき露わけゆける唐衣ひるまばかりの戀しきやなぞ
思ふとも戀ふともいかが雲ゐよりはるけき人の空に知るらむ

「春の日」は古今集の戀三、恨むる戀の趣だが、いとも悠長な文體で微笑を誘はれる。「紅葉」と「忘草」は古今集の戀歌五、木の葉より言の葉の色の方が先に變るとは、薄情な愛人への諷刺であり、同時に人の心一般への諦めも響かせてゐるやうだ。技巧のわざとらしからぬ、心の通つた歌だ。「忘草」の修辭はなかなか手がこんでゐる。すなはちこの草、健やかに生ひ花咲いてゐれば、「忘れる」といふ呪力あり、逆を考へるなら、枯れさへすれば「忘れず」とならう。人の心の忘れ草、そこへ霜よ降れ、枯れれば私を忘れることもあるまいと、これも苦みをきかせた戀歌である。「秋霧」は後撰集の秋下、但馬の入佐山も歌枕として頻出するが、この歌、紅葉を表に出さず、「色まさる」で、それとなく寫し出すところ、趣向の一つであらう。「扇」は後撰集離別、「秋の夜」は古今集秋上に、それぞれ讀人知らずとして撰入されてゐるが、いづれも個性のきらりとする佳品、殊に秋夜詠の下句の思ひの深さは心に殘る。

「唐衣」は拾遺戀二に他人の作として見える。類歌あまたあり、結句の疑問形の魅力に引かれるのか。「はるけき人」は家集にのみ入つてゐるなかなかの逸品、激しい問ひかけの三句切、天を仰ぎ見るやうな下句の歎きにこの人の手練を見る。

百人一首の「山里」は古今集冬、「人めも草も」は、當時相當もて囃された秀句だが、貴種の中でも詩魂拔群の彼にしては常凡の作だらう。

山里は冬ぞさびしさまさりける人めも草もかれぬと思へば

＊　＊　＊

春の夜の闇はあやなし梅の花色こそ見えね香やはかくるる　凡河内躬恆

古今集春歌上、讀人知らずの「折りつれば袖こそ匂へ」から梅花詠が始まり、十首目にこの人口に膾炙した佳品が飾られる。家集には詞書無く、ここでは「春の夜、梅の花をよめる」とある。これに先立つ躬恆の今一首の梅の花、「月夜に梅の花を折りてと人の言ひければ、折るとてよめる」の詞書を添へた「月夜にはそれとも見えず梅の花香をたづねてぞ知るべかりける」は、「闇はあやなし」と同趣向の、前觸れに似た發想ながら、およそ曲の無い歌だ。視覺より聽覺に頼れと、理詰めに解しては味はひも失せるが、それにしても、いかにもことわりを先行させた趣が氣にかかる。

「闇はあやなし」も一種の擬人法を用ゐつつ、ことわりと言へば言へる。だが、いささか違ふ。無益《むやく》、詮無し、いくら闇が隠さうと思つたつて、あの芳香が隠れなどするものだらうか、いや逸早く顯《あらは》れると告げる。その口上は、いかにも音吐朗朗、ことわりつつも、臭みがさらにない。否かういふ單純な論理を、わざとらしく歌ひ出すには、儀式に似た雰圍氣を醸し出す他はない。一句切の反語止めと言ふ、少少芝居がかつた構成と、春夜の初句、梅花の三句が、ことわりを越えた、夢幻世界を演出した。いかにも古今的で、嫌ふ人も多からうが、好惡とかかはりなく秀作であり、躬恒の代表作だ。

咲かざらむものとはなしに櫻花おもかげにのみまだき見ゆらむ
いも安く寢られざりけり春の夜は花の散るのみ夢に見えつつ
櫻花散りなむ後は見もはてずさめぬる夢のここちこそすれ
うつつにはさらにも言はじ櫻花夢にも散ると見えば憂《う》からむ
影をだに見せず紅葉は散りにけり水底にさへ波風や吹く

落花を歌つて、かくも纖細に、微妙に、巧みに、心理の彩を盡した歌人は他に多くはあるまい。そのこまやかさは、現代短歌の中において見ても古びない。夢の後を思ふ落花、おもかげにはまだ綻ぶ前の櫻、落花の夢と、クレッシェンドに歌は音をひそめて行き、目の前に散る櫻もさることながら、夢の中にまで落花を見る悲しみを訴へようとする。しかも「梅の花」に見たやうな、古今的なことわりなどいささかも歌の中に持ちこんでゐない。古今にもかう言ふ歌があつたのかと、胸騒ぎがするくらゐだ。たとへば式子内親王作、續古今集春下に撰入の秀歌、「夢のうちも移ろふ花に風吹きてしづこころなき春のうたたね」など、「夢に見えつつ」と「見えば憂からむ」の二首に引き比べると、少少影が薄くなるほどだ。この間に三世紀近い歳月のあるのが、それこそ夢に似る。「おもかげ」は拾遺集雑春、「夢に見えつつ」は新古今集の春下、家集に見える他の三首の、最後の一首は、散紅葉の歌としてなかなかの精彩があり、また戀歌にも躬恆は新しい主題と文體を案出し、あの欠伸の出るやうな極り文句の代りに、神へのアンケットなど愉快なものがある。

ひたすらに忘れもぞする忘草見ずやあらまし戀ひは死ぬとも
かく侘ぶる人は昔もありやせし世を知りそめの神に問はばや
涙河いかなる水か流るらむなどわが戀を消つ人のなき

百人一首の「白菊」は古今集秋下、正岡子規はこの誇張法を「つまらぬ嘘」ときめつけて、古今集の代表的な愚歌のやうに罵倒してゐる。非現實の美を認めぬ論で、駁論を試みるまでもないが、無類の技巧派の彼としては失敗作に近い。

心あてに折らばや折らむ初霜のおきまどはせる白菊の花

＊　＊　＊

春はなほわれにて知りぬ花盛りこころのどけき人はあらじな　壬生忠岑

拾遺集春、「平貞文《たいらのさだふん》が家の歌合に」と詞書がある。駘蕩の花の春を、反語的に稱《たた》へた作は多い。一捻りした面白さが王朝人の趣向に合ふのか、つひには一つのパターンと化する。春は當然のどかなものであるにも拘らず、私は慰まない。その當の本人の私が思ひ知つたことは、花思ふゆゑに、かくも心は鬱屈に傾くのだ。早春はいつ咲くかいつ綻びるかと待ちかねて心落ちつかず、酣の春は花に心を奪はれて遊びほうけ、暮春ともなれば、散る日の迫る恐れ、春の別れへの名殘に心ここにあらざる日が續く。この花盛りの惱ましさ、私のみではあるまい。世の人なべて、同様に春は一日とて心靜かに、のびやかに暮すこともまづないだらう。「われにて知りぬ」の念押し、乃至思ひ入れで、一言多いやうでゐて、無用の用、すなはち調べの屈折を誘ひ、この一首の格調を生む。

古今集春上には、拾遺集と巻中の順序をほぼ同じうして、業平の代表作の一つとして著名な「世の中に絶えて櫻のなかりせば春のこころはのどけからまし」が見える。忠岑の作の本歌である。伊勢物語では例の渚院における櫻狩の歌で、たとへば紀有常の「散ればこそいとど櫻はめでたけれ憂世に何か久しかるべき」などの、悟つたやうな心理とは對照的だ。そして、殊更に異を稱へて、頌春歌の向うを張り、讀者は意表に出た發想に一瞬愕然とすることになる。だが、決して、反對のための反對ではない。これも亦、屈折した、更に強い意をこめた頌春歌に他ならぬ。いかに深刻であらうと花に盡す心、今一度逆轉させるならのどけさの極みであつた。「こころのどけき人はあらじな」、われ人もろともに、この春の、花の盛りののどけさに、ほとんど夢見ごこちだと言ひたいのだらう。

秋の夜の露をば露とおきながら雁の涙や野邊を染むらむ
秋風にかきなす琴の聲にさへはかなく人の戀しかるらむ
風吹けば峰にわかるる白雲の絕えてつれなき君がこころか
夏はつる扇と秋の白露といづれかまづはおかむとすらむ
あづまぢのさやの中山さやかにも見えぬ雲ゐに世をやつくさむ

「雁の涙」は古今集秋下、敏行の「白露の色は一つ」を初めとして、露盡しの五首排列、第二首がこの忠岑の作で、他の四首は、草葉の色は野邊の露によつて變るといふ發想であるが、忠岑一人は、雁の涙のせゐと見なす。まさに「異色」と言ふべき個性が、ここにも見られる。古今集戀二の「琴の聲」は白氏文集の「第一第二絃索索　秋風拂松疎韻落」あたりを寫したものであらう。松風と琴の關聯の上で秋に轉じ、戀心を歌ふ。その調べは殊に下句の、一見重複したやうな心理表出が、まさに索索の響きを生む。また古代、秋の調子は唐樂の平調《ひやうでう》、憂愁をあらはす聲調と定められてゐた。出色の美しい戀歌である。

同じく戀二「峰の白雲」は、たとへば後世、家隆が六百番歌合で「風吹かば峰にわかれむ雲をだにありしなごりの形見とも見よ」を作り、また他にも數多の本歌取のもととなる名作。「扇」は新古今集の夏の巻軸の前。醍醐帝の月次屏風歌で和漢朗詠集をも飾る爽やかな歌、理智の涼しさである。「さやの中山」も新古今集。羇旅の秀歌犇く中に、さだかにも見えぬ遠いところで一生《ひとよ》を終らうとの微衷を、むしろ冱え冱えと歌ふ。

百人一首の後朝《きぬぎぬ》は、古今集戀三の歌群中さほど目立つものならず、後鳥羽・定家らの推薦が私には信じられない。殊に定家は、これほどの歌が一首よめたなら、「此の世の思ひ出に侍るべし」などと激賞してゐるが、過大評價だらう。無情なのは、月か女か雙方か、現代でも異說があつて曖昧だ。

＊　＊　＊

ありあけのつれなく見えしわかれより曉ばかりうきものはなし

水底に沈める花の影見れば春は深くもなりにけるかな　坂上是則

續古今集春下に「延喜十三年亭子院歌合の歌」と詞書あり、この歌が惜春歌群の殿《しんがり》に据ゑられてゐる。赤人の「春の野に菫採《つ》みにと」が次に採られてゐるのも面白く、また是則のこの佳作が、それまでの十代集に一度も省られてゐないのも更に面白い。櫻が散り、かつ散りつもり、もう晩春になつてしまつたとの歎きを、水底の花瓣の嵩《かさ》にことよせて歌つてゐる。必ずしも新手法とは言へまい。たとへば同時代の貫之は、花は勿論、樣樣の事物を水底に見て至妙な屈折詠法を案出した。是則にさしたる企みはない。

古今集風の發想ながら、調べはたゆたひつつ重い。古今集も、戀や雜ならいさ知らず、四季歌には、いささか例外的な懶い重みが感じられる。「見れば＝なりにけるかな」の、惡く言へば仔細臭いことわりのせゐだらう。だが、その臭みもこの歌では、惜春の儀式にくゆらす薫香の働きをする。重みはそのまま優雅に通ずる。萬人既知、諒解の次第などをいかにみやびやかに、やさしく、うるはしく、さらつて見せるのも、和歌の機能であり、重要な目的の一つであつたとすれば、ことわりもその手段と考へねばならぬ。

うら枯るる淺茅が原の刈萱のみだれてものをおもふころかな

花流す瀬をも見るべき三日月の割れて入りぬる山のをちかた
霧ふかき秋の野中のわすれみづ絶えまがちなる頃にもあるかな
寝て待ちし二十日の月のはつかにも逢見しことはいつか忘れむ
冬の池の上は氷に閉ぢたるをいかでか月の底に見ゆらむ

「淺茅が原」「三日月」「わすれみづ」はいづれも新古今集、順に秋上、春下、戀三に採られてゐる。二十一代集中、是則歌の入撰は古今集、新古今集各七首で最高、後撰集が六首、次が續古今集の五首である。撰者の好みもあらうが、かうして、時代を經て再確認、再評價される歌人も多い。「二十日の月」は續古今集の戀三、「冬の池」は拾遺集の冬に讀人知らずで採られてゐる。二十日月と、僅《わづ》かの古い形である「はつか」の重なりが、さりげなくあはれをそそり、下句の消え入るばかりのはかなげな風情が生きる。語韻と調べで流露感を生み、心はそれに從ふのも古今時代の歌の、一つの姿であつた。「淺茅が原」は上句全部が第四句の「みだれて」をみちびき出す序詞の働きをしてゐる。しかも亂れる思ひが、枯草の鋭い葉や穗の形で、鈍色の空を背景に、絡み、靡く様が、ありありと浮ぶ。「三日月」は「月入花灘暗」なる句題による制作、紀貫之の邸における曲水の宴の折の歌である旨が詞書にある。落花を浮べて流れる川瀬を、三日月の光で見るといふ、いかにも繪畫的な、趣向の凝らされた作品で、是則の技法の見せどころでもある。「わすれみづ」

も、そこまでが第四句の「絶えまがち」を誘ふ呼び水風序詞である。戀の末路のうすら寒さ、身に沁む感あり。そしてまた、「淺茅が原」同様、序詞がそのまま、二人の望みのない戀を暗示する點、さすがと思はせる。「冬の池」は氷上に映る月を珍しい視角から捉へようとしてゐる。

三十六歌仙の一人であるが生歿年未詳、坂上田村麻呂四代の曾孫とも傳へ、蹴鞠の名手でもあつたとの記錄が殘る。百人一首の「朝ぼらけ」は古今集の冬、勿論李白の「牀前《しやうぜん》看月光《げつくわうをみる》、疑是地上霜《うたがふらくはこれちじやうのしもかと》」あたりを寫してゐるのだらうが、殊更に云云して、實景の實感のと問題にするほどの歌ではない。この時代でも既に、滿目の薄雪を月光と見紛ふたぐひの誇張は、落花を聯想したり、逆に散華を降雪に見立てたりするのと同様、いささか常套陳腐の趣が感じられる。疑ひもなく是則の本領は「花の影」や「三日月」にあらう。

朝ぼらけありあけの月と見るまでに芳野の里にふれる白雪

＊　＊　＊

昨日といひ今日と暮して飛鳥川《あすかがは》流れて早き月日なりけり　　春道列樹

古今集冬の巻軸歌は貫之の「ゆく年の惜しくもあるかな」で、その前に列樹の「飛鳥《あすか》川《がは》」が置かれてゐる。「年の果てによめる」とある通り歳暮の感慨で、これ以後の二十代集にも、四季歌の締め括りには必ず現れるたぐひの作品だ。「昨日=今日=明日」と時間の流れを畳みかけ、「明日=飛鳥川=流れて」と懸詞が縁語に變つて行く、そのリズミカルな推移が快い。月日の流れの早さを、むしろ樂しんでゐるやうにさへ錯覺するくらゐ、爽やかなアレグロ調である。古來、一年を振り返つて、それを「昨・今・明」の三日で、さらりと言ひおほせてゐるのは玄妙と褒められて來た名歌であつた。

春道列樹とは作り上げたやうに美しい姓名で、想像力の逞しい人は、うつかり、花盛りのマロニエの竝木けぶらふ、パリの大通りを思ひ浮べるかも知れない。もとは物部姓であつたが、半世紀以前の八六四年貞觀六年、列樹の祖が「春道宿禰」を賜つたらしい。彼は延喜の御代に生きた一人であるが、歌はわづかに五首しか傳はつてゐない。大和の國には春道の森とか春道の社とか、姓にゆかりの美しい地名が殘つてゐると聞く。もつと聞えた歌も殘つてゐたのだらう。だが月日と共に、讀人知らずになつて行く歌もあらう。「飛鳥《あすか》川《がは》」の歌にしろ、一種、作者不明的な淡い味の、はかない調べだ。

あづさゆみ引けばもとすゑわが方によるこそまされ戀の心は
わが宿の花にな鳴きそよぶこ鳥呼ぶかひありて君も來《こ》なくに

数ならぬみ山がくれのほととぎす人知れぬ音《ね》を鳴きつつぞふる

「あづさゆみ」は古今集の戀二、戀心は「よるこそまされ」と言ふために、長長と上句で弓の構造上の說明を續けたあげく、やつとの思ひで「寄る＝夜」にたどりつくその道程、まさに、あづさゆみはるばると持つて廻つたものだ。判りきつてゐても、その序詞儀式を、ゆつたりと樂しむ心が、その頃はあつたのだらう。末の世の心なき者どもには、いささかならず退屈だ。それは傳人麿の「あしひきの山鳥の尾」とて同樣である。

「よぶこ鳥」は後撰集の春歌中、「呼子鳥を聞きて、隣の家におくり侍りける」の詞書あり。下句の逆效果表現の皮肉な味が、何となく俳諧的で微笑を誘ふ。この春歌中も、卷軸が貫之で、その前が列樹、「つらき・つらゆき」の竝びが配慮されてゐるのが、隨分紛らはしい感じで、事實混同傳承もあるやうな氣がする。それにしても、呼子鳥、すなはち郭公が來て鳴く、春酣の木の花とは何だらう。斷つてゐないから櫻とする他はあるまいが、珍しい配合であり、そこにも何らかの諷刺をこめてゐるのかも知れない。

「ほととぎす」は後撰集の戀一、「得がたかるべき女を想ひかけて遣はしける」の詞書通りとすれば、及ばぬ戀に惱むみづからを、深山の時鳥にたぐへたのだらう。これも下句の嘆きを、上句すべてが導き出す仕組になつてゐる。ただ初句の「數ならぬ」は、「み山」の「み」が「身」となつて、謙遜卑下の心。夏の歌と思つて味はつてゐると、切ない戀が歌はれてゐる、といふのが古歌の常道だが、この戀歌では「ほととぎす」は、初めから作者自身になつて出て來る。

百人一首歌は、古今集の秋下、志賀の山越の歌で、紅葉が散りつもつて堰となり、おのづから柵になつてゐる光景だが、設問風の上句、解答調の下句が、臭くもあり、かすかな機智も感じさせる。古今以後、流水に紅葉の柵の趣向は、秋の部に必ず、いささか食傷氣味なくらゐ現れるが、「風のかけたる」といふ見立も併せて、この歌が先驅らしい。だが見立以上のものはない。人よりも歌を採つたとの說も、疑はしい。

やまがはに風のかけたるしがらみは流れもあへぬもみぢなりけり

＊　＊　＊

君ならでたれにか見せむ梅の花色をも香をも知る人ぞ知る　　紀友則

古今集春歌の上、梅花詠肩を竝べる中に、躬恆の「色こそ見えね香やはかくるる」とまさに雙璧とも言へるのがこの、友則の「色をも香をも知る人ぞ知る」であらう。色香の香はともかく、色は樣樣の意を含む語で、興・趣・美一般も皆、「色」の中に入る。必ずしも、赤・黃・靑のカラーの意のみではない。斷つてゐない限りは白梅を建前とするのに、また他には紅梅があるだけだから、色相の別を、梅の場合問題にするはずはない。その妙趣も芳香も、これにほとんど心を動かされない人もゐる。だが、貴方はそれをひたと受けとめてくれる人だ。貴方以外の誰にも、この見事な花を見せたくはない。

相手が誰かは判らない。題は「梅の花を折りて人におくりける」。事實は愛する人か、知己か、上司か、あるいは不特定少數の「有志」を想定してゐるのか。言葉の響きから察するに、前記の中、知己と有志と考へるのが妥當であらう。そして、「色をも香をも知る人」は、「君」は勿論のことだが、それ以前に、自分自身が、稀なる一人であることを前提としてゐるのは論を俟つまい。もつともこの挨拶、不特定多數の「貴方《ヴー》がた」の、その一人一人に「貴方《ヴー》」と呼びかけて、それぞれに「たれにか見せむ」と告げて廻つてゐると考へるのも、古歌の味はひ方だらう。そして、言はれてゐる當の相手も、それが優雅で洗練された殺し文句であることは、重重承知してゐるのだ。

夜や暗き道や惑へるほととぎすわが宿をしも過ぎがてに鳴く
天の河淺瀬白波たどりつつ渡りはてねば明けぞしにける
夕されば螢よりけに燃ゆれども光見ねばや人のつれなき
蟬の羽《は》の夜の衣は薄けれど移り香濃くも匂ひぬるかな
おもへどもはかなきものは吹く風の音《おと》にも聞かぬ戀にぞありける

「ほととぎす」は古今集夏、夜鳥が道に迷ふはずもないのに、わが身にたぐへてゐるところ、しかも自分の家の上を去りがたい趣と考へるところ、見どころでもあり、いかにも古今的なうるささでもあらう。「天の河」は同じく古今集の秋上、この歌、逢瀬のあまりの儚《はかな》さ短さに、逢はぬ心地してとぼとぼと渡つてゐるうちに夜が明けたと解する。「螢」は戀二、螢にも勝つて身を燃やしてゐるのに、人の心は光を洩らさないからとのなげき。「蟬」は雑上、「夜の衣」が蟬の羽を聯想させて美しい。「風の音」は玉葉集戀一の巻首に撰ばれた。それまでの十三代集に採られなかつたのが訝しいくらゐの佳品、さすが玉葉撰者京極爲兼、見るべきものは見てをり、名勅撰集玉葉の秀歌犇《ひしめ》く戀の首位は英斷であつた。忍ぶる戀より更にうつろな望みのない戀を、呟くやうに歌つてゐて、しかも人の心に、錘《おもり》をおろす。機智やことわりに馴れた目には、むしろ新鮮でさへある。

み吉野のよしの瀧に浮びいづる泡をか玉の消ゆと見つらむ
秋近う野はなりにけり白露のおける草葉もいろかはりゆく
わが宿の花踏みしだく鳥擊たむ野はなければやここにしも來る

古今集物名には友則の歌が五首見え、當代作者中最も多い。「小《を》賀《が》玉木《たまのき》」「桔梗《きちかう》の花《はな》」

「龍膽《りうたん》」が、それぞれ、それと判らぬやうに讀みこんである。百人一首「春の日」は、古今集の春下。惜春歌として品位のある、優美な、人に好まれさうな歌ではある。もっとも、この歌、齋藤茂吉に「理論も極めて平凡、常識に過ぎない」云云と酷評される。

ひさかたの光のどけき春の日にしづこころなく花の散るらむ

＊　＊　＊

夏の月光をしまず照るときは流るる水にかげろふぞたつ　藤原興風

興風集の、四季歌一群の中に紛れながら、きらりと光る一首である。夏の部と言へば花橘に時鳥で滿席、たとへば古今集には、月は深養父の「夏の夜はまだ宵ながら」だけであり、後撰集も、たまたま出れば、卯の花や五月雨のお添物、月らしい月は夏の巻末に二首、讀人知らずの風變りな作である。冷えまさる秋月ではなく、青葉闇の彼方から出て、流水をくぐる月光、他の季には見られぬ鮮麗な趣もある。その特色を興風は捉へた。「光をしまず」なる第二句は、語勢ほとばしるかに、思ひきつた表現で、春月、秋月、あるいは寒月と、おのづから異る月光を、的確に現してゐる。たぎち流れる川の、水面が千千に亂れて月光を返し、水泡も亦白くきらめき、けぶり立ち、春の野の陽炎、夏眞晝の水陽炎を思はせる。水の上に月陽炎《つきかげろふ》立つ夏の夜の歌とは、けだし二十一代集中にも、その例は多くあるまい。自然描寫、景色の眺め方が、いはゆる「月次屛風」の繪のやうに固定しつつある時代に、繪筆には恐らく寫し得ぬ光景、作者の目にだけ映ずる幻想的な世界を、簡潔に再現したこの言葉の力は、評價し直されてしかるべきだらう。夜の水の歌については紀貫之の作にも近似した手法が無くもないが、夏の月は珍しからう。

咲く花はちぐさながらにあだなれど誰かは春を恨みはてたる
春霞色のちぐさに見えつるはたなびく山の花のかげかも
恨みても泣きても言はむかたぞなき鏡に見ゆる影ならずして
あひ見てもかひなかりけりむばたまのはかなき夢におとるうつつは
夢をだに思ふ思ひにまかせなむ見るは心のなぐさむものを
戀しとも今はおもはず魂のあひみぬさきになくなりぬれば
夢にだにあひみぬながら消えねとや戀ひしきことをただしらせてむ
泣きわびて身を空蟬となりぬればうらむることも今ぞきこえぬ

「歌經標式」と呼ぶ、例の歌病のことなどを詳述した名歌論書の著者藤原濱成は、興風の曾祖父にあたる。十世紀前半、古今撰者時代の有力歌人であり、同時に彈琴を人に教へるほどの管絃の名手として聞えてゐたと傳へる人だけに、歌の姿は端正、修辭は大膽で、調べは冱え渡つてゐる。「咲く花」と「春霞」は共に古今集春の下、竝んで入撰してゐるが、それぞれに味はひを異にし、前者は錯綜した心理を現し、後者はさだかには見えぬ、霞の微妙な色目《いろめ》にまで、不思議な想像力を働かせてゐる。

彼はまた戀歌に非凡な才を誇る。「鏡に見ゆる影」は古今集戀五、「はかなき夢」は新古今集の戀三、「夢をだに」と「魂のあひみぬさき」はいづれも玉葉集の戀三、戀歌には特に目の肥えた、撰り好みの嚴しい撰者達に迎へられた作品だけに、捉へ方が常凡ではないし、奇を衒ふことなく、戀する者の心の深みを覗いてゐる。古今集は「絶戀《たゆるこひ》」の趣ある歌だが、それも死に別れたやうな悲哀が感じられる。新古今集の歌、現實への凄じい愛想づかしは古今集戀三の讀人知らず歌に「むばたまの闇のうつつはさだかなる夢にいくらも勝らざりけり」があり、屈折した調べを加味した本歌取りだ。玉葉集の二首もなかなか特色を見せ、殊に後者は心を搏つ。「消えねとや」「空蟬」は興風集中の戀の秀逸、切迫した情感が調べにまで滿ちてゐる。

百人一首歌は古今集雜上、述懷としても色褪せた感じの作ではある。これに先立つ讀人知らず歌「かくしつつ世をやつくさむ高砂のをのへに立てる松ならなくに」が本歌であらうが、いづれにしても古風に過ぎ、それも老いの繰言に似て、調子は頗る低い。

たれをかも知る人にせむ高砂の松も昔の友ならなくに

＊　＊　＊

花鳥《はなとり》もみなゆきかひてぬばたまの夜《よ》の間《ま》に今日の夏は來にけり　紀貫之

　貫之集に、天慶五年九四二年に宇多法皇の亭子院の屛風歌として、二十一首竝べられた歌群の、初夏に位置するあたりの一首だ。作者この頃既に七十歳を越えてゐるが、その文體は變化があり、萬葉風な響きも寫しつつ、一方たとへばこの「花鳥」のやうに、夢幻的な世界へも、自在に出入してゐる。上句、春の花花、すなはち櫻やその他の千種《ちぐさ》が、あるいは鶯や雲雀や燕が、春の終りと共に、夏を告げるものたち、花橘や卯の花や菖蒲、時鳥や郭公と、空の通ひ路、野の間道を、靡れ違ひ行き交ふ。華やかに寂しく、名殘盡きぬと同時に期待に滿ちた姿が、ありありと浮んでくるやうだ。

　このまま現代の幻想風具象派に描かせても、壓倒的な大作になる可能性も祕めてをり、十世期中葉の屛風歌として放つておくのがいかにも惜しいやうな秀歌ではあるまいか。貫之集に見えるのみで、二十一代集にただの一度も採られてゐないのも不思議な感じがするが、その憾みは、勿論この歌には止まらない。有名な、定家の貫之評、「昔、貫之、歌の心巧《たくみ》に、たけ及びがたく、詞《ことば》強く、姿おもしろき様を好みて、餘情妖艷の體を詠まず」—

は、果して、この「花鳥」にも通ずるだらうか。私は定家の、たとへば六百番歌合時代の、綺想抜群の試作を愛するが、それにも増して、この花鳥圖の、あふれる色彩感、森羅萬象をおのが心中に集中させたやうな鮮烈な手法を更に愛する。

篝り火の影し映ればうばたまの夜川の底は水も燃えけり
影見れば波の底なるひさかたの空漕ぎわたるわれぞわびしき
さくら花散りぬる風のなごりには水なき空に波ぞ立ちける
月影の見ゆるにつけて水底を天つ空とや思ひまどはむ

水底透視詠法は貫之においてその極に達し、これらの他にも、「藤波の影し映ればわが宿の池の底にも花ぞ咲きける」「二つ來《こ》ぬ春と思へど影見れば水底にさへ花ぞ散りける」「二つなきものと思ひしを水底に山の端ならで出づる月影」その他、同工異曲の類歌を擧げ始めたら際限がないくらゐだ。「篝り火」の、結句で水も燃えると歌ひ放つこの大膽な歌調、「影見れば」では海の底ひに映る大空を、水沒したうつし身が翼の櫂で渡つて行くといふのに等しいこの自在な發想、たとへ唐詩の本歌取ではあつても、この調べの心を盡したこまやかさは比類がない。逆に中空に幻の海を視、そこに爛漫の櫻花を散らし、さつと掃き取る巧妙無類の「水なき空」は、彼の今一つの代表作と呼ぶに價しよう。この一首は、古今集春下に採られており、「篝り火」は玉葉集の夏、鵜川の歌六首の第一首として入撰してゐる。貫之集にのみ見える「月影」も、土佐日記の、高名な「影見れば」も同趣の發想ながら、夜の歌だけに「思ひまどはむ」がより深い意味をもつ。

袖ひぢて結びし水のこほれるを春立つ今日の風やとくらむ
誰《た》が秋にあらぬものゆゑ女郎花なぞ色に出《い》でてまだき移ろふ
むすぶ手の雫に濁る山の井のあかでも人に別れぬるかな

「袖ひぢて」は古今集春上の第二首、「女郎花」は同じく秋上、「山の井」は古今集離別と拾遺集の雜戀に採られ、百人一首歌は古今集春上。いづれも名高い歌ではある。だが、高名なことは、往往にしてその作品價値を裏切る。第一、「人はいさ」は詞書の初瀬の春、舊知の女への卽妙の返歌であることを前提としなければ、決して味到できまい。

＊　＊　＊

人はいさ心も知らずふるさとは花ぞ昔の香に匂ひける

滿つ潮のながれひる間を逢ひがたみみるめの浦に夜をこそ待て

清原深養父

この激しい忍戀《しのぶるこひ》の歌、古今集の戀歌の三、平貞文の「白川の知らずとも言はじ底清み流れて世世にすまむと思へば」の前に、並んで採られてゐる。二首揃へば「寄水戀」の趣も生れて來るが、深養父の切切たる戀心は、係り結び已然形の「待て」が、ふとみづからへの命令のやうにも響くばかりである。「滿つ潮のながれひる間」とは「晝間」との懸詞を生み出すための序詞的技巧、海松《みるめ》の浦に寄るも亦、「夜」へ導く修辭だ。

晝の間は人目が多くて逢ふすべもない。じつと耐へて夜になるのを待つてゐると作者は告白してゐる。原則として、待つのは女だから、この一首も「女に代りてよめる」と解するのが常道であらう。もつとも萬葉、大津皇子の「あしひきの山のしづくに妹待つと」のやうに例外的な「待戀」もあるし、男が女を待つと解しても必ずしもをかしくはないはずだ。その、夜を待つといふ單純な意味と、緣語・懸詞が、やや高音でアクセントの強い伴奏さながらに纏綿すると、泡立つ海潮の流れに黑綠の海松がゆらゆらと漂ひ、岩蔭にまつはり寄る光景としてありありと浮んで來る。作者も、もともとは、そのやうな幻想を必須條件として、修辭を試みたものだらう。傳承、慣習の惰性で、無意識に潮や海藻を借りて來てゐるのではあるまい。無意識なら、それも重い意味を持つ。

うばたまの夢に何かはなぐさまむうつつにだにも飽かぬ心を
今ははや戀ひ死なましをあひ見むとたのめしことぞ命なりける
うらみても潮のひるまはなぐさめつ袂に波のよるいかにせむ
煙立つ思ひならねど人知れずわびては富士のねをのみぞ泣く
うれしくば忘るることもありなましつらきぞながき形見なりける

「うばたまの夢」は古今集の物名歌、「川菜草《かはなぐさ》」がよみこんである。「今ははや」は同じく古今集の戀二、「潮のひるま」は續後撰集戀三、「富士のね」と「ながき形見」は共に新古今集の戀の一と五、それぞれに戀の眞理を穿つ。續後撰入撰歌は「滿つ潮のながれひる間」と同趣向でやや曲がない。富士の煙と戀はかなりの數の類歌があり、本歌取も盛だ。眞の本歌は駿河の國の風俗歌にあらうとの說も聞くが、現代人には照應が今一つちぐはぐに思はれる。うつつにさへ滿足しないのに、夢くらゐで何の慰められようと言ふ無いものねだりが、出色であり、常に新しい。

咲きにけり今日は山邊の櫻花霞たたずばいそぎ見てまし
草ふかく寂しからむと住む宿の有明の月に誰を待たまし

幾夜經てのちか忘れむ散りぬべき野邊の秋萩みがく月夜を
冬ながら空より花の散りくるは雲のあなたは春にやあるらむ

「櫻花」から順に、新續古今集春下、新拾遺集秋下、後撰集秋中、古今集冬に採られてゐるが、後撰集の「秋萩」の鋭い感覺が拔群である。また「有明の月」には戀の趣があり、「雲のあなた」の抒情はみづみづしい。隨分後の世の集にまで撰ばれてゐるのも深養父の特徴だらう。四季歌より戀歌に冱えを見せるのも面白からう。

百人一首歌は古今集の夏、これも夏の月のめづらしさを賞するのみ、既に、作者の視野にはない月を、今何處に宿ってゐるやらと、推察する趣向が、それほど面白いかどうか。作者は清少納言の曾祖父、才ありながら三十六歌仙に洩れた一人である。

夏の夜はまだよひながら明けぬるを雲のいづくに月やどるらむ

＊　＊　＊

文屋朝康

波わけて見るよしもがなわたつみの底のみるめももみぢ散るやと

奇想拔群、月の桂の黃葉ならいさ知らず、海底の海松が紅葉して、散るのを想像するとは他に例があるまい。海藻は古代から重要な供物あるいは食料として親しまれてゐた。若《わか》布《め》、海松《みるめ》、その他「め」は海藻の總稱、紫菜《のり》・凝海菜《こるもは》等は出雲風土記に數へられ、和歌にしばしば登場して懸詞になるのが「莫告藻《なのりそ》」でこれは神馬藻《ほんだはら》の古稱。伊勢物語の八十七段には、蘆屋の女が、南風が一夜吹き荒れた翌朝、波に打寄せられた浮海松を高杯に盛り、柏の葉で覆つて客に供する場面も出て來る。日常生活に重寶がられたのと同じくらゐに、「海松＝見る目」は、殊に戀歌に頻頻と現れる。

　この海藻、比較的淺海の岩に附著してゐて濃綠色、潛水の達者な者なら、敢へて、紅葉・非紅葉、落葉・非落葉を確めようと思へば、不可能とも言へまい。「見るよしもがな」の「よし」は、紅葉して散るはずのないものを、見ようとするのは、無益、無意味と知つての上の、用ゐる理由もない「手段」であつた。もつとも海流其の他の條件で、變色する場合もあらう。變色したら、それこそ海藻の「わくらば」で、常盤木の黃變以上に珍しからう。「もみぢ散るや」の「もみぢ」は、勿論「もみづ」の連用形である。

　後撰集秋下には、紅葉の歌二十餘首連なり、その後半は龍田川を配した水邊・水中の紅葉が竝ぶ。そして朝康の「みるめももみぢ」が出て、次に興風の「木の葉散る浦に波立つ秋なればもみぢに花も咲きまがひけり」と、讀人知らずの「わたつみの神に手向くる山姫のぬさをぞ人はもみぢといひける」が置かれる。海の紅葉を繰りひろげるなかなかの趣向であり、その初めに海松紅葉といふ、非在の紅葉を飾つた心ばへも、たとへば後の世の、編輯技術の粋、新古今集にも、いささかも劣りはしない。

　秋の野におく白露は玉なれやつらぬきかくる蜘蛛の絲すぢ

朝康の白露は、「蜘妹の絲すぢ」が貫く古今集の秋上、「是貞の皇子の家の歌合によめる」と詞書があり、百人一首の「つらぬきとめぬ玉」、後撰集秋中の、同趣向二首がある。世に傳はる彼の作品は、海松紅葉と併せて計三首のみである。古今集にも後撰集にも、露の類歌は幾つか、後れ先立ちつつ飾られてゐる。殊に後撰集はあまたその光を競ふ。

　秋の野の草は絲とも見えなくにおく白露を玉とぬくらむ　紀貫之
　秋の野におく白露を今朝見れば玉やしけるとおどろかれつつ　壬生忠岑
　わがやどの尾花が上の白露を消《け》たずて玉にぬくものにもが　讀人知らず
　秋の野におく白露の消えざらば玉にぬきてもかけて見てまし　同
　白玉の秋の木の葉にやどれると見ゆるは露のはかるなりけり　同

いづれも後撰集の秋中、後半に鏤められてゐる。白珠は古代では眞珠の謂であった。古歌の傳承的發想、相互影響の譬喩、あるいは、誰しも形容は似たやうなところに落ちつくためし。百人一首歌は、後撰集の秋中、作られたのは宇多天皇の「寛平御時后宮《くわんぴやうのおほんときさいのみやの》歌合《うたあはせ》」。草葉の露を、「つらぬきとめぬ玉」すなはち、未だ繋ぎとめられてゐない、ばらばらの眞珠と見たところに、ほんのわづかの趣向の差があるばかり。皮肉な見方をするなら、この歌の初句、果して必要だらうか。古來の諸註の、大袈裟な褒め言葉は、定家の評價におもねた感がする。朝康は康秀の子、十世紀前半に宮仕へし、諸歌合に出席してゐたことの他は、何ら記録の殘つてゐない歌人である。

白露に風の吹きしく秋の野はつらぬきとめぬ玉ぞ散りける

＊　＊　＊

おほかたの秋の空だに侘しきにものおもひそふる君にもあるかな　右近

詞書に「相知りて侍りける男の久しうとはず侍りければ、九月ばかりに遣はしける」とあり、後撰集秋下に見えるが、これは戀の部に入つてゐても自然な、男への恨みである。さらぬだに秋の空は人の心を侘しくするものなのに、貴方はその上に、更に、私にもの思ひをさせる。冷い人だ。九月と言へば秋も末、古歌の「秋」は言ふまでもなく「飽き」に懸るし、心も冷えまさり、「秋の空」は移ろひ易く、男心のまたの名でもあつた。

白氏文集に「就中斷腸是秋天《なかについてはらわたをたつはこれあきのてん》」と歌はれ、秀句として廣く知られてゐた。右近も多分、一種の句題として、これを心において、この晩秋の戀歌をものしたのだらう。心理もさほど切迫したものではない。「君にもあるかな」と、ゆるやかに結句を据ゑてゐるのを見ても、恨みよりは久方ぶりの挨拶とでも考へたいやうな感じだ。命に代へてもただ一目逢ひたいやうな仲なら、「ものおもひそふる」などと、餘裕を見せはすまい。

夏の間にも訪れては來なかつた。七月の七夕にはもしやと思つたが空頼みに終つた。仲秋の名月を共にとまだひそかに待つ心もあつたが、もとより氣配すらなかつた。もう秋もゆく。望みのない相手とは思ひつつ、また何氣ない素振でふらりと訪れて來るなら、微笑を湛へて迎へるくらゐのゆとりは、心のどこかに殘つてゐる。風の便りに聞けば、息災でゐるらしい。久闊を敍す、と男なら言ふであらう心を、さらりと歌つて屆けることにしよう。作者の心の動きはそのあたりから先へも行かず、後戻りもしない。

おもはむとたのめし人はありと聞く言ひし言の葉いづちいにけむ
からごろもかけてたのまぬ時ぞなき人のつまとは思ふものから
とふことを待つに月日は小餘綾《こゆるぎ》の磯にや出でて今はうらみむ
人知れずたのめしことは柏木のもりやしにけむ世にふりにけり

あひ見ずば契りしほどに思ひ出でよ添へつる玉を身にもはなたで

「言の葉」以後、それぞれ、後撰集戀二、戀三、戀六。拾遺集の雜戀、終りの「添へつる玉」は新敕撰集戀歌四に見える。いづれも、「秋の空」同様「待戀」の心、「頼み」を裏切られつつ、なほ諦め切れぬ女心を、むしろ淡淡と、聲低く、誰にともなく歌ひかけてゐる。當の、心ない人に見せる歌でさへ、優しく、諭すやうな口調だ。「小餘綾《こゆるぎ》」とか「柏木」の歌枕が入つてゐると、歌合歌か、題詠かと思ふが、たとへば「柏木」は、「中納言敦忠、兵衛佐に侍りける時に、しのびていひちぎりて侍りけることの、世に聞え侍りければ」の詞書あり、戀があらはれたのは、あるいは敦忠のせゐと、ひそかに疑ひつつ、さして深く咎め立てもせず、「世にふりにけり」と悟つたやうな口調で歌ひ納めて、このやうな現實にわが身にふりかかつた事件すら、物語めかせてしまふ。ちなみに、「柏木」とは、敦忠の官名に關はる左・右兵衛の異名であつた。

右近は右近衛少將季縄の娘。季縄は交野少將と呼ばれ、新古今集の哀傷に「くやしくぞ後にあはむと契りける今日を限りと言はましものを」を採られてゐる。娘右近は醍醐帝の中宮穩子《をんし》に仕へ、村上朝の女流歌人として知られてゐた。

百人一首の「人の命」は、拾遺集戀四の題知らず。大和物語によるならば、相手は「柏木」と同じ敦忠といふことになる。「身をばおもはず」で二句切になるのが、現代人にはいささかなじめない。註釋書等を見るまでは「身をばおもはず誓ひてし人の」と讀んでしまふだらう。當然、「人」すなはち男に罰があたつて、命を失ふだらう、かはいさうに、などとは考へもしない。

忘らるる身をばおもはず誓ひてし人の命の惜しくもあるかな

＊　＊　＊

かげろふに見しばかりにやはまちどり行方も知らぬ戀にまどはむ　參議等

この「かげろふ」は「蜻蛉」ではない。古歌では十中六七、「かげろふのほのかに」と續く。次に多いのが「かげろふのあるかなきか」の、あるいは「かげろふのもゆるはるひの」、稀には「かげろふの小野の淺茅生」が現れる。「ほのかに」はほとんどが、相手に知られぬ遠目の逢ひで、それが「忍戀」のもとになる。そして、この戀のかげろふは、陽炎とも、遊絲とも、あるいは「翳る」の變化とも說かれる。ともあれ、「仄《ほのか》」を導き出す天然現象か光の照翳に他ならぬ。この歌では、枕詞の部分が、そのまま、「ほのかに」を意味する副詞に轉じてしまつた。稀用例の一つに數へてよからう。

第三句の「はまちどり」も「行方も知らぬ」の枕詞、この第三句、奥儀抄などには一音違ひの「放ち鳥」とあるが、これは萬葉枕詞で、同様に行方知れずにかかる詞である。ほんの一目、遠くから、あるいはもの蔭から、ちらりと見たばかりに、行末どうなるとも知れぬ望みのない戀に思ひ惑ふと歎く。この大して奇も新もない戀の常套心理が、珍しい副詞とも言へる「かげろふに」と、磯邊をよろめき歩く「はまちどり」の枕詞と、二つを織込んだ上句のために、いささか特色を持ち、他の戀歌と分つ。「ゆくへも知らぬ戀もするかな」ならば古今集戀の巻首「あやめぐさ」の本歌取、第五句を「戀にまどはむ」としたから、一首に澱みと曇りが生れて、やや巧者輕妙の趣ある上句も、ほどよい調和を見せることになつた。この歌、後撰集戀二に、醍醐天皇御製、「よそにのみまつははかなき住の江のゆきてさへこそ見まくほしけれ」と竝んでゐる。心に殘る秀歌にはさして惠まれてゐないこの巻では、等の「かげろふに」は、顧るに價する歌であり、わづか四首しか殘されてゐない彼の作品の、最良の一首と言つてよい。

あづま路の佐野の舟橋かけてのみ思ひわたるを知る人のなき

同じく後撰集戀二にあり、詞書は「人のもとにつかはしける」。佐野の舟橋は上野國群馬郡佐野村にあつた歌枕。「かけて」に架ける序詞の橋の役目を果してゐる。また、この橋、佐野の渡しの橋であつたやうに、「思ひわたる」の「わたる」の縁語にもなる。この歌も亦、歌枕や懸詞を除けば、眷戀の情を察してくれる人もない素樸な悲しみのみが残ることになる。この歌枕、後の世に、拾遺愚草の内裏百首には、次のやうに歌つた。

ことづてよ佐野の舟橋はるかなるよその思ひにこがれわたると　　藤原定家

參議源等は八八〇年元慶四年に生れ、九五一年天暦五年に他界した。彼の曾祖父は嵯峨天皇である。父は源希、祖父は源弘。臣籍降下源氏の一人、參議に任ぜられたのは天暦元年六十八歳であつた。

百人一首の「小野の篠原」は後撰集の戀一、敕撰入集四首の中の一首で、これもまた極り文句の序詞に飾られた「忍戀」。「淺茅生の小野の篠原しのぶとも人知るらめやいふ人なしに」が古今集戀一讀人知らずに見え、これに比べても、さして變り映えのしない歌だ。要《かなめ》は當然「あまりて・などか」の第四句だが、さしてこまやかな修辭とも思へない。「淺茅生＝あまりて」「篠原＝しのぶれど」の交錯する頭韻效果が、讀者には時として快く響くのだらうが、かへって眞實味を減殺してもゐるやうだ。偶然ながら、この歌も、定家が建保四年五十五歳で「なほざりの小野の淺茅におく露も草葉にあまる秋の夕暮」と、巧者な本歌取を發表したのは有名だが、技巧倒れの感がなくもない。

浅茅生の小野の篠原しのぶれどあまりてなどか人の戀しき

＊　＊　＊

天の河かはべの霧の中分けてほのかに見えし月の戀しさ　平兼盛

この天の河は新千載集戀四の後半、七夕に寄せる數首の殿《しんがり》にきらめいてゐる。先に竝ぶのが齋宮女御徽子の「あまのがはふみみることのはるけきは渡らぬ瀬ともなるにやあるらむ」、後につくのが山部赤人の「飛鳥川川淀さらず立つ霧の思ひすぐべき戀ならなくに」である。兼盛の作の詞書には「星會《ほしあひ》見ける夜、忍びて人を見て後に言ひ遣はしける」と書かれ、「月」はすなはち佳き人の顏、霧に隔てられて宵月がうるむやうに、彼の垣間見た人も几帳か、他の人人の影で、ちらりと見ただけなのだらう。

「かげろふのほの見し人」なら古歌には掃いて捨てるほど作例がある。ある中にも優劣は生ずる。それはさておき、天の河の、織女彥星相逢ふその夜の、川岸に立ちこめる霧のかなたに、「ほのかに見えし月」と言ひ、人はあくまで隱しておき、それでゐて、人と言ふよりなほ明らかである。天然の眺めでおし通して、ひそかに裏の心を訴へるところも、忍ぶる戀の姿としてはより自然だ。上句が第四句を出すための序詞のやうに見えながら、七日の夜の表現であるところも、かへつて新しく、徽子の作とよい對照にならう。ついでながら、兼盛集にはこの歌への返歌が添へられる。

戀しくば河瀬の霧の夜をこめてたちかへらずぞ明かし果てまし

私をそれほど戀しく思つて下さるのなら、夜霧の中に立ち續けて、夜を明しませうにと應へる。「徹夜で立つてゐて下さればよろしいのに」との意もこめてゐるのであらう。またそれに續けて、「あな戀し雲間の月に人を見て面影にのみそへる頃かな」が見えるが、これはやや二番煎じの感がある。戀歌は、どこかに悲劇的な趣のほの見えるあたりで、後は絶えてしまつた方が美しい。返歌に曲のないところも何かあはれだ。

石間よりいづる泉ぞむせぶなる昔をしのぶ戀にやあるらむ
人知れず逢ふを待つ間に戀ひ死なばなにに代へたる命とか言はむ
春霞たなびく空は人知れずわが身より立つけぶりなりけり
君戀ふる心の空は天の河かひなくて行く月日なりけり
君戀ふと消えこそわたれ山河に渦巻く水の水泡《みなわ》ならねど

兼盛集には戀の贈答と屏風歌があまた收められてゐる。屏風歌の意を盡した詠風は、むしろ實用價値を見るべきであらう。いはゆる秀歌には乏しい。それに比べて戀歌は纏綿の情盡きぬもの、激情ほとばしるもの、變幻自在で、まさに名手と言ひたいやうな技法を見せてくれる。「泉」は新拾遺集の雜歌中、「荒れたる宿にてよめる」の詞書がある。兼盛集では下句が「昔を戀ふる聲にやあるらむ」となつてゐる。「戀ひ死なば」は後拾遺の戀一に見える。逢つてこそ、それと引換へにしてこその命、逢はずに、忍戀のまま死んだら、この命は何の代償かといふ、悲痛な一首、兼盛の秀歌であるのみならず、古歌相聞中の白眉の一つだ。他の「春霞」「天の河」「山河」、すべて兼盛集にだけ見える。「渦巻く水の水泡」は殊に心を搏つ調べだ。

百人一首歌は拾遺集の戀一、天徳歌合の、忠見との番《つがひ》で勝つた插話の方が、歌そのものよりも遙かに面白いやうだ。ほとんどの撰歌も、その興味に引きずられてゐるのではあるまいか。ものものしい倒置法めいた文體が、この場合はなぜか耳に逆ふ。結句の「まで」も要らざる念押しではあるまいか。

＊　＊　＊

　しのぶれど色にいでにけりわが戀はものや思ふと人の問ふまで

渡れどもぬるとはなしにわが見つる夢前川《ゆめさきがは》を誰にかたらむ　　　壬生忠見

忠見集は屛風歌が巻頭から精彩を放ち、一架分の歌が華やかに繰りひろげられると、名所に歳時が次から次へと目を樂しませてくれる一方、このやうな約束の上での、型に嵌つた四季歌や歌枕遊びが、時としては煩はしくなつて來る。さういふ時にふと、偶成、嘱目、あるいはささやかな羇旅歌の中に、「夢前川《ゆめさきがは》」のやうな歌を見ると、救はれたやうな感じがする。詞書に「播磨の國夢前川を夜渡るとて」とあり、多分現實の旅であらう。九五八年天德二年、攝津大掾目に任ぜられてゐるやうだから、播磨へも旅する可能性は多多考へられる。生年歿年とも、父の忠岑同様傳はつてゐない。

「夢前川《ゆめさきがは》」は美しい地名だ。中國地方では、備前の「蟲明の浦」と雙璧だが、發音だけで樂しむと、川の方が優らう。ところがその端麗な名は、ほとんど聞えてゐないのか、古歌でも使はれた例は他に知らぬ。現に、忠見の、このやうな佳品があるにも拘らず、あれだけ歌枕の詳細を盡した「八雲御抄」にさへ、この川は漏れてゐる。夢前川は、今日も、姫路市の廣畑區、國鐵の英賀保《あがほ》の西を流れて、姫路港に注ぐ。北へ約二十粁行くと、そこが飾磨郡の夢前町、中國自動車道がすぐ南を東西に走り、夢どころの騒ぎではない。

水源はここから更に三十粁以上北、一千米餘の峰山に發するらしい。西側に竝行して流れる揖保川の妹分とも呼びたい中以下の河川ではあるが、名は廢れてゐない。忠見が渡つたとすれば山陽道の、靑山のあたりだつたらうか。第二句「ぬるとは」は、勿論「濡るとは」と「寢《ぬ》るとは」を懸けてをり、いくら夢の方が先だと言つても、誰が信じてくれようとの、獨言《ひとりごと》に似た歌であらう。懸詞もさらりと流してゐて、固有名詞の寂しく華やいだ語感を十分に生かした。他にも「播磨の國府《こふ》に宿れるを」云云の詞書が見え、また「同じ國なる船坂に」と歌つてゐるから、夢前川も、まさしく、うつつに見て歌つたものと思しい。

秋風の關吹きこゆるたびごとに聲うちそふる須磨の浦波
よろづよをわかゆる菊ぞおく露のまゆをひらくる時は來にけり
みなかみのこころ流れて行く水にいとど夏越の神樂おもしろ

「秋風」は新古今集雜歌中、屛風歌の典型であらう。繪には描けぬ「音」を以て唱和する配慮と才覺、なみなみのものではない。「よろづよ」「みなかみ」共に家集にのみ見える。重陽の菊の被綿《きせわた》、六月三十日夏越の祓へ、いづれも言葉の斡旋冴え冴えとして名手の名を汚さない出來榮えだ。

空蟬《うつせみ》はさもこそ鳴かめ君ならで暮るる夏をば誰か告げまし

水莖の行きてかへらずなりぬるを何に流るる涙なるらむ

人を待つ心は池の底なれやいひそむるより戀のつもれば

戀歌や戀の心を祕めた贈答にも、忠見には印象に残る歌が多い。「空蟬」は六月末、家に籠る人への歌、眞情があふれてゐる。同じく家集の戀に見える「水莖」と「池の底」、いづれも複雜な心理を描きつくした佳作だ。

百人一首歌は兼盛との番ゆゑ拾遺集戀一、負けたのが原因で病死したとの傳說、笑ひごとではないかも知れない。あり得ることだ。村上帝が耳ざはりのよい兼盛の歌を口遊んで勝となつたといふ逸話も亦、可能性はある。私には負けた忠見の歌の方が、悲しみを湛へた調べもあり、格段と勝れてゐるやうに見える。

戀すてふわが名はまだき立ちにけり人知れずこそ思ひそめしか

＊　＊　＊

清原元輔

春は惜しほととぎすはた聞かまほし思ひわづらふしづこころかな

惜春歌は敕撰集の春の部の巻末近くに犇く。初夏に邂ふときめきは夏の巻首あたりにあまた見える。だが、その兩方を併せた歌は珍しからう。詞書は「四月朔日よみ侍りける」とあり、なるほどと頷く。「三月晦日」では、ほととぎすがいささかなじむまい。どちらを採らうかと思ひ惱み、平靜ではゐられないと言ふ。贅澤で良い氣な氣苦勞もあつたものだと笑ひたくなるが、王朝人の季節の移ろひに寄せる愛惜と期待は、現代人には推量を許さぬ微妙深刻なものがあつたはず。榮耀に春を惜しんでゐたとのみは言へまい。

この四月朔日は拾遺集の雜春。この集のこの巻は「春・夏」を含み、雜秋は「秋・冬」を併せてゐる。この歌から夏、元輔の歌に續くのは藤の花の歌群、その次が卯の花、ほととぎす。彼の惜春慕夏はなかなか重い意味を兼ねてゐる。勿論僞らぬ感情ではあらうが、同時に春と夏への、かたみうらみのない頌歌の役目を持ち、下句はその逆說的表現に他ならぬ。言はばこの上なく嬉しい惱み、だからこそ一首に豐かなたゆたひと、鷹揚な響きが添ひ、たとへば晴の宴などに朗詠するには、まことにふさはしい。

櫻花底なる影ぞ惜しまるる沈める人の春と思へば
天の河扇の風に霧晴れて空澄みわたるかささぎの橋
いさり火のかげにも滿ちて見ゆめれば波の中にや秋を過《すぐ》さむ
紅葉散るころなりけりな山里にことぞともなく袖の濡るるは

「沈める人」も拾遺集雜春、「清愼公家にて、池のほとりの櫻の花をよみ侍りける」とあり、官位「沈める人」、すなはちみづからの不遇を訴へてゐる歌と解するのが常道。述懐哀訴は一種の儀式、儀禮ではあらうが、今日のわれわれには何となく腥い。

「天の河」は雜秋、「七月七日一品宮《いつぽんのみや》の扇合に」云云の詞書が添ふ。「扇の風」が見せ所であらう。掌上に大空を招き寄せたやうな爽やかさだ。「いさり火」と「紅葉散る」は家集にのみある歌。對照的な詠風で、それぞれに面白く、前者の下句の離れ業など瞠目に價する。後者、「山里なる所に住み侍りて、秋のころほひ人につかはしける」とは、雜歌か戀か。戀ならば「女に」とでも書くところだらうが、ともあれ、「人戀しさ、なつかしさ」としておいた方が味はひは深からう。倒置法も效果的であつた。

うつり香のうすくなりゆく薰《た》き物のくゆる思ひに消えぬべきかな
知る人もなくてやみぬる逢ふことをいかで涙の袖にもるらむ
夜《よ》をふかみ歸りしそらもなかりしをいづくよりおく露に濡れけむ
思ひ出づやひとめながらも山里の月と水との秋の夕暮

「うつり香」は後拾遺戀歌三、「涙」は同じく二、「露」は詞花集の戀下に見える、一度契つたあの時の移り香が薄れて、なほ次の逢瀬のない悲しみ、實りのない戀の涙、愛人と別れて歸るそらもなかつたのにと、心の空から降る涙の露を歌ふ。「秋の夕暮」は家集にのみ見える朗朗たる調べ、一首一首、その細緻な技法は記憶に刻まれる。

百人一首歌は後拾遺集戀四。「君をおきてあだし心をわが持たば末の松山波も越えなむ」なる古今集東歌の本歌を、果して越えてゐるかどうか。しぼるほど袖を濡らした涙も忘れて、心變りした相手を、實に婉曲に詰《なじ》つてゐる歌なのだが、それが男の側なので、いかにも女女《めめ》しく、決定的な感動を招かないのは當然だらう。

ちぎりきなかたみに袖をしぼりつつ末の松山波越さじとは

＊　＊　＊

いつとなくしづ心なきわが戀のさみだれにしも亂れそむらむ

権中納言敦忠

大鏡には「世にめでたき歌の上手」と稱へられてゐる枇杷中納言敦忠は、菅公追放で惡名高い左大臣藤原時平の三男、歌のみならずまたなき琵琶の名手で、その異名の「枇杷」も懸詞のゆかしさが感じられる。敦忠集は、この多才の貴公子の華やかな日日を反映してか、戀の贈答があまた竝ぶ。「さみだれ」は「ながあめの頃」と題した三首の中の一首、特定の相手に與へたものではなく、五月雨けぶる頃の、さらぬだに鬱鬱と慰まぬ心を、更に翳らす戀の惱み、「五月雨《さみだれ》」と「みだれ」の音韻共鳴の他にも、「さみだれ」は雨の意味を消されて、「小刻みに刻む」のやうに、亂れる様の形容に使はれてゐるやうだ。

かねてから戀ふる心は募つて、心は騷ぎ初めてゐた。夏深くなり日日雨が降り續くと、戀の成就と滅びをこもごもに想像したり、人目、人の口を慮り、思ひは千千に亂れる。そしてまた、鈍色の空から、とめどもなく天の涙の雨が降る。

われのみや夏のながめはせざりけり大空さへやものを思ふらむ

家集にのみ見えるこのはるばるとした、今日風に言ふなら「宇宙的」な擴がりを持つ戀歌を、私は珍しいものとして愛誦する。否、これこそ、むしろ古今集以來の傳統であつた。「ゆふぐれは雲のはたてにものぞ思ふあまつそらなる人を戀ふとて」「わが戀はむなしき空に滿ちぬらし思ひやれどもゆくかたもなし」など、その最たるものであつた。敦忠は、ものおもふ「われ」と「大空」を同格に置く。あるいは、大空にまで、ものを思はせる。自分が戀に泣くやうに、大空も亦、永雨《ながめ》する、彼の代表作の一つとしても良からう。

逢ふことをいざ穗に出なむ篠薄しのびはつべきものならなくに

したにのみ流れまされば冬河のこほれる水とわれとなりけり
白露のいそぎおきつる朝顔のみつとも夢よ人に語るな
忘れじと結びし野べの花すすきほのかに見てもかれぞしぬべき
生け殺し身をまかせつつ契りこし昔を人はいかが忘るる

右の五首、「篠薄」は後撰集の、「花すすき」は續後拾遺集の、いづれも戀三。他は家集にのみ見える。

敦忠の相聞は達意の名調子とも言ふべく、言葉の艶とアクセントが際やかだ。「篠薄」の下句など、最早考慮の餘地なしと迫る男の激しい息遣ひが聞えるやうだ。家集には「忍びたる人に」の詞書がある。「冬河」には「齋宮と世を經《へ》て聞え交し給ひける初めにや」とゆゆしい詞書あり、この嚴しく張りつめた心理は讀む者を肅然とさせる。「朝顔」は「夢よ」が珍しい。花の上の露も象徴の光を帶びてゐる。「花すすき」の諦観はむしろ凄じい。人から「離《か》れ」るのと、草の「枯れ」るのが、この呪詛によつて、不氣味に一致する。そして更に慄然とするのは、昔忘れた愛人に、あの生きつ死につ、生かされつ殺されつの、命を懸けた相愛の日を、身も心も互にゆだね切つた戀の歳月を、どのやうにして忘れたかと詰め寄る一首だ。

百人一首歌は拾遺集の戀二。たとへば「篠薄」、たとへば「生け殺し」と比べると、そのなまぬるさに、興味はたちまち失せる。なるほど全くその通りの心理ではあるが、これは作者がひそかに洩らすひとり言《ごと》のたぐひで、貴公子らしいおつとりした歌などと見るのは過大評價といふ他はない。

あひ見ての後のこころにくらぶれば昔はものを思はざりけり

＊　＊　＊

中納言朝忠

人づてに知らせてしがなかくれ沼《ぬ》の水籠《みごも》りにのみ戀ひや渡らむ

「天暦御時歌合に」すなはち天德四年三月三十日の歌合歌《うたあはせうた》として、新古今集の戀歌一に撰ばれてゐる。推してゐるのは撰者中家隆一人ではあるが、暗く濕つた、しかも冷えわびた雰圍氣が、彼の好みに合つたのだらう。「隱り沼《こもりぬ》の水籠り」は萬葉集に見える譬喩の一つだが、この時代になると、たとへば「澪標《みをつくし》＝身を盡し」などの蔭に隱れて影が薄く、敢へて使ふと、意外に新味がある。雜草や蔦葛に覆はれて、外からはそれとも見えぬ、灌漑用の池のたぐひが、當時も各地に散在してゐた。

勿論作者たる男性が、ひそかに思ふ女性に、侍女や下婢を仲介にして、戀歌・艶書の類を屆けたいと思ふのが上句である。にも拘らず、下句の隱れ沼は、作者が女性か罪人のやうな感を抱く。抱きつつ、この場合は、贈答の贈の立場の歌ゆゑに、男と考へるべきだらうし、すべて戀は罪に似ると頷く。だが、この戀は恐らく成就すまいといふ、不吉な豫感も、下句の中に漂つてゐる。相手も引摺りこまれれば、しあはせな未來はないだらう。

新古今集では、この歌の次に藤原高遠の「みごもりの沼の岩垣つつめどもいかなるひまに濡るる袂ぞ」が續いてゐる。やや重苦しいが、朝忠の歌ほど、陰濕な感じがしない。同時に涙を歌ひつつ、さしてあはれは覺えさせず、「戀ひや渡らむ」とみづからに問ひかける作者の方に、萬斛の涙が察しられる。作者の個性の差であらうか。

いたづらにたちかへりにし白波のなごりに袖のひる時もなし

池水の言ひ出づることのかたければ水《み》ごもりながら年ぞ經にける

もろともにいざと言はずば死出の山越ゆとも越さむものならなくに

白波のたちかへるまの濱千鳥あとやたづぬるしるべなるらむ

うすけれどうすくもあらず山吹の八重の色にし思ひそむれば

しぐれつつこずゑこずゑにうつるとも露におくれし秋な忘れそ

淀川のみぎはに生ふる若草の根をしたづねばそこも知りなむ

「いたづらに」は後撰集戀四、「池水」はその巻軸に敦忠作として撰入され、「死出の山」

は戀五に見える。「大輔がもとにまうできたりけるに、侍らざりければ、歸りてまたの朝に遣はしける」と詞書したのが、そのまま「いたづらに」の歌。朝忠の「みごもり」は沼ならぬ池にも見える。これも亦「大輔がもとに遣はしける」とあり、おほよそ、負《ふ》のさだめと陰影のある相聞ばかり。笙の名手であつたと傳へるが、その音を寫したやうな悲しみがつきまとふ。「死出の山」の詞書は「公賴朝臣のむすめに忍びて住み侍りけるに、患ふことありて、死ぬべしと言へりければ遣しける」。珍しく激しい語調で迫る。

死ぬ時は一緒、偕老同穴の仲なのだから、私がさあ共にと誘ひもしないのに、どうして君一人が死出の山を越えるやうなことがあらう、死ぬものかと、勵まし、呪禁する。あたかも負と負をかけあはせて正に轉ずるに似た、蒼白い情熱の火花が見える。異色の秀作であり、大和物語にも、「などかは一人越えむとはせし」の下句となつて引かれてゐる。「濱千鳥」「山吹」「こずゑ」「淀川」は朝忠集にのみ見える。尋常で心のこもつた作ばかり、「梢＝來ず」も臭くない。

百人一首歌は拾遺集戀一、「未逢戀」か「逢不逢戀」かはともかく、戀愛心理の微妙な文《あや》を狙つてゐるが、「人をも身をも」の身を揉むやうな切なさが心に殘るのみ。ともかく、有り得ないこと、つゆ望みもせぬことを、假にさうであつたらと考へる、その前提自體、一種の擬似自虐趣味で、慣用されると無意味な大仰さだけが殘ることになる。

逢ふことの絶えてしなくばなかなかに人をも身をもうらみざらまし

＊　＊　＊

謙徳公

風早き響きの灘《なだ》の船よりも生きがたかりしほどは聞ききや

謙徳公藤原伊尹《これただ》は四十七歳で太政大臣に昇り、翌年正一位、後撰集撰進の頃は二十代末期、和歌所の別當として參畫してゐる。詩才と美貌を併せもつ貴公子として世に謳はれ、家集「一條攝政御集」は、大倉《おほくらの》史生《ししやう》倉橋豐蔭《くらはしのとよかげ》と呼ぶ架空の人物を創作して、物語風に纏めたもので、「口惜しき下衆《げす》なれど若かりける時」云云と、殊更に翁の思ひ出話に仕立ててあるが、おのづから、謙徳公の華やかな青春の日日が透いて見え、秀歌も多い。「響きの灘」は家集にのみ見える女への贈歌、つれない女への恨み言《ごと》ではあるが、また巧みな間接話法ながら、「響きの灘」の歌枕が見事に奏效して、一讀心を搏つやうな劇しい調べとなつてゐる。響灘は玄界灘の東北、潮の流れが早く、暗礁があり、航海の難所として知られる。この歌には女からの返歌があり、「よるべ無み風間《かざま》を待ちし浮舟のよそにこがれしわれぞまさりし」。

かぎりなく結びおきつる草枕いつこの旅をおもひ忘れむ

春風の吹くにもまさる涙かなわが水上も氷とくらし
水の上に浮きたる鳥のあともなくおぼつかなさを思ふ頃かな
思ひ出でて今は消ぬべし夜もすがらおきうかりつる菊の上の露
人知れぬ寝覺の涙降り滿ちてさもしぐれつる夜はの空かな
長き世のつきぬなげきの絶えざらば何に命をかへて忘れむ
そらみみか今朝吹く風の音聞けばわれ思はるる聲のするかな

新古今集の、それも戀の部ばかりに計十首入撰、新勅撰集も戀歌中心に九首と、大いに認め直されてゐるのも、ロマネスクな趣向は勿論、際立つた技巧を愛でられたのだらう。「草枕」は新古今集戀三、隠し妻を人目につかぬ所に連れて行つて契り、その翌朝に贈つた後朝《きぬぎぬ》の歌である。われらが戀限りなしと幾度も言葉の契りをも結び、旅の草枕の草引き結んだ紀念の一夜、たとへいつになつたとて、この旅が忘られようかと、男は女に、思ひを殘しつつ、かう囁きかける。一本には「いづくの旅と思ひ忘れむ」で入撰、家集には「この旅ならず思ひ忘るな」。

「わが水上」と「浮きたる鳥」は新古今集戀歌一、「菊の上の露」は三、「寝覺の涙」と「つきぬなげき」は五に入撰、「今朝吹く風」は家集にのみ見る。いづれも出色の相聞だが、「菊の上の露」の鋭く冱えた幻想は殊に印象的であり、「長き世のつきぬなげき」は死後の世界、永劫の他界での恨みを言ふ。陰陰滅滅、深みと凄みのある口説だ。「われ思はるる」には、類のない技巧を見る。

緋櫻の花かとぞ見るわが宿の野焼くけぶりにまがふ雪をば
面影に見つつを折らむ花の色を鏡の池に移し植ゑては
夢にだにたもととくとは見えざりつあやしく匂ふ枕上《まくらがみ》かな

前栽を焼く煙に雪の降る様を緋櫻に見立て、鏡の周圍に櫻・山吹を折り立てて林泉を寫し、梅を插頭《かざし》に置いて戀人を夢みるなど、趣向の特殊なことも抜群。いづれも家集。
拾遺集戀五の百人一首歌は、家集冒頭の捨てられた男の歎き、伊尹の個性など全く映つてゐない。片思ひの悲しさを訴へ、死を豫告する歌にしては、調べがゆるみ、表現がくだくだしい。新古今集入撰の「菊の上の露」の響きの重さ、ゆらめきとは比較を絶する。

＊　＊　＊

あはれとも言ふべき人はおもほえで身のいたづらになりぬべきかな

妹《いも》とわれねやの風戸《かざと》に晝寝《ひるね》して日高《ひだか》き夏のかげを過《すぐ》さむ　　曾禰好忠

好忠集の六月の下、すなはち夏の終り十首の四首目に、この爽やかにあからさまな歌は現れる。風が吹き入る寝室の戸口で晝寝して、妻と二人、陽光天高く照り渡る暑いさ中、その光届かぬ蔭で涼しく暮さうと歌ひ放つ。まさに放歌、そのくせ、萬葉東歌などの、素樸で稚拙で、それゆゑに璞の光を祕めた作者不詳歌とも、おのづから異る面白い歌だ。

花のをり生きたらば來むみ吉野の萩の燒生《やけふ》はなべて見つるを　　二月の下
閨《ねや》の上に雀の聲ぞすだくなる出立方《いでたちがた》に子やなりぬらむ　　三月の中
日暮るれば下葉を暗き木のもとのもの恐しき夏のゆふぐれ　　四月の下
蟬の羽《は》の薄ら衣になりにしを妹と寝る夜の間遠なるかな　　五月の中
空を飛ぶをとめの衣一日より天の川波たちてきるらし　　七月の上
鳴けや鳴け蓬が杣のきりぎりす過ぎゆく秋はげにぞ悲しき　　八月の下
妹がりと風の寒さにゆくわれを吹きな返しそさ衣の裾　　九月の中

一月から十二月まで、三百六十六首に序の長歌と反歌。春秋に從ひ、歳時を配し、その構成は他の、當時の四季歌とさして變るところはないが、著想が新鮮で、修辭・文體が、傍若無人と言へさうなくらゐ自在であり、左右を顧慮してゐない。櫻の吉野を歌ふのに燒野の萩をまづ數へ、花は、命があつたら見ようと嘯く。痛快この上なし。屋根の雀子は天眞爛漫、夏の夕暮は物の怪《け》でもひそんでゐるやうな、理由のない恐怖を、眞正直に告げ、妹と寢る夜と蟬の羽の、奇妙に淸らかな脈絡は、思はず微笑を誘はれる。

七夕の織女を飛天少女とは、胸の透くやうな表現だし、その少女が銀河の波を裁つて著る幻想も珍しく涼しい。「きりぎりす」は後拾遺集秋上、好忠の代表作として知られ、彼の個性橫溢、稀なる詩人の心の中の腕白少年が、はだしで走りながら叫んでゐる。もつとも蓬などが杣山さながら茂つてゐる場所を「蓬が杣」と造語したことについては、うるさ方から苦言も出てゐるし、晩秋の愛人訪問も「風の寒さにゆく」あたりが、耳に逆つて聞える。ともあれ破格の、百年二百年に一度の新風を作つた一人であつた。

五月闇雲間ばかりの星かとて花たちばなに目をぞつけつる
曇りなき青海《あをみ》の原を飛ぶ鳥のかげさへしるく照れる夏かな
水無月の夏越《なごし》を思ふ心にはあらぶる神ぞかひなかりける
君戀ふとしのびに身をやこがらしの風の嘲《あなづ》る灰となしてむ
へつくりに知らせずもがな難波江の蘆間をわけて遊べ鶴の子

瑠璃《るり》の壺ささ小さきは蓮葉《はちすは》にたまれる露にさも似たるかな

四季・戀・述懐等の百首歌が二篇收められ、歳時三百六十六首に劣らず面白い。引用の六首、いづれも好忠集にのみ見える歌で、「たちばな」、「青海《あをみ》」の上の鳥と烈日、「夏越《なごし》」の祓の凄じい心、「灰」になりたい心、料理人《へつくり》には密告しないから「鶴の子」よ遊べと告げる優しさ、蓮葉「瑠璃の壺」の冱え、好忠以外の誰がこのやうに歌へよう。

百人一首歌は新古今集の戀歌一に三首入撰の最後の一首、この前に置かれた「蚊遣火のさ夜ふけがたのした焦がれ苦しやわが身人知れずのみ」の方が、遙かに作者の本領を傳へてゐる。一首の最後に到り、「戀のみち」で、初めて歌意が明らかになるところが好忠たるゆゑんと言へば言へぬこともない程度の歌ではあるまいか。

由良のとを渡る舟人かぢを絶え行方も知らぬ戀のみちかな

＊　＊　＊

百千鳥《ももちどり》聲のかぎりは鳴きふりぬまだおとづれぬものは君のみ　惠慶法師

惠慶法師集に「年還りて二月になるまで、待つ人のおとづれねば言ひやる」との詞書と共に見える。僧侶の戀歌は珍しくないが、この歌、「待つ人」は、必ずしも愛人とは限るまいし、この大らかな歌の響きは、知己、同好の士も併せて考へた方がふさはしい。春の鳥は雉子・鶯・歸る雁・雲雀さまざまに鳴き交し、軒におとづれ、その春も酣、囀る聲も耳に馴れ、いささか古びれた感さへあると言ふのに、待つ君はまだ顔も見せぬ。あの人も春の初めに遊びに來た。その人も早春の暮夜ひそかに戸を叩いた。彼は花のふふむ曙に久闊を敍しにやって來た。そして、ただの一度も訪ねてくれないのは君だけ。

恨んでゐるのではない。かうでも言ったら來ずにはゐられまいと、やや諧謔を交へて、わざと切つて棄てたやうな結句を案出したのだ。かういふ、からりとした、線の太い、待つ人の歌は、古歌には甚だ稀である。嫋嫋綿綿たる「待戀」に食傷すると、聲高らかに歌ふバリトンが快い。彼の歌には、みなこの特長がうかがへる。

いさりする與謝《よさ》のあまびといでぬらし浦風ゆるく霞みわたれり
露霜もとまらぬ宿にいとどしく彈《ひ》く琴の音に袖ぞ濡れぬる
月影に笛の音いたく澄みぬなりまだ寢ぬ秋の夜やふけぬらむ
もみぢ葉を惜しむ心のわりなきにいかにせよとか秋の夜の月
春を淺み旅の枕に結ぶべき草葉も若き頃にもあるかな

屛風歌の趣向も、度度飛躍し、時に沈潛し、例外的な、いきいきとした言葉の繪を描いて見せてくれる。「與謝《よさ》のあまびと」は初めの春の景色、「彈《ひ》く琴」は霜月、男の訪れる場面。「笛の音」はまた別の屛風で月明の夜、男が笛を吹きつつ行くところ、次は同じく月明の「もみぢ葉」、秋を惜しむ心であつた。「旅の枕」の春は題を缺く。若草を引き結ぶところが嬉しい。月次屛風につける歌は、有名歌人のものでも、ほとんど例外なく極り文句の切り貼りであるが、惠慶の景色は、創作態度がみづみづしい。

降る雪にかすみあひてや到るらむ年行きちがふ夜はの大空
水莖の跡踏みならすわれならば草の螢をよそに見ましや
紅葉ゆゑみ山ほとりに宿りして夜の嵐にしづこころなし
たまぼこの道行きちがふ狩人の跡みえぬまでくらき朝霧
天の原空さへ冱えやわたるらむ氷と見ゆる冬の夜の月
すだきけむ昔の人もなき宿にただ影するは秋の夜の月

歌合歌、偶成四季歌、述懷のたぐひも、その發想文體獨自のものがある。河原左大臣源融の形成する河原院歌界の中心人物とさへ目されてゐた惠慶、歳末の雪から、冬の氷の月まで、一首一首、鮮やかな風光と心理を描いてゐる。右に引用の前後計十一首中、「與謝《よさ》のあまびと」は新千載集春上、「旅の枕」は新續古今集羇旅、「天の原」は拾遺集冬、「昔の人」は後拾遺集の秋上に、他はすべて恵慶法師集にのみ見える。

拾遺集秋の「やへむぐら」は河原院の歌會の歌、「秋の夜の月」も河原院の作で、下句だけでも、この秋月の方が、作者の好尙と力倆を傳へてゐるやうだ。百人一首歌は「人こそ見えね」が眼目とされてゐるが、この程度の修辭に、自然と人生との照應まで云云するのは、迎へに迎へた、ためにする鑑賞ではあるまいか。私は採らない。

やへむぐらしげれる宿のさびしきに人こそ見えね秋は來にけり

＊　＊　＊

夏刈《なつかり》の玉江《たまえ》の蘆を踏みしだき群れゐる鳥のたつそらぞなき　源重之

湖畔や河岸の蘆は普通晩秋初冬の候に刈り取るものだが、場合により所によつて伸し切つた盛夏に刈ることもあるやうだ。「夏刈《なつかり》」とことわつてあるゆゑんだらう。簾等の細工物には自然に枯れたものの方が適すると聞く。蘆の葉交に棲んでゐた水禽のたぐひは、塒を荒らされて、ゐるところもない。刈つて、まだ束ねもせずにある蘆、束ねて縄をかけ、小舟に積む前の蘆、斜に削がれて凶器めく切株、行き場もなく、ゐるにもゐられぬ小鳥の群は、その上を踏みしだいて右往左往、新しい巣を何處に造らうかと迷つてゐる。「たつそらぞなき」の「そら」は「天《そら》」であると同時に「心」であらう。玉江と呼ぶ美しい地名は二つあり、一つは越前の國足羽郡麻生津村のあたりの蘆の名所。今一つは、大阪淀川河畔、三島江の美稱、萬葉集の「三島江の玉江の薦《こも》を標《し》めしよりおのがとぞ思ふいまだ刈らねど」はこれである。重之は越前玉江の歌枕をよんだのであらう。後拾遺集夏の後半、螢や夏衣、氷室の歌と竝んで、この晩夏の蘆刈は異色を誇る。

夏刈の荻《をぎ》の古枝《ふるえ》は枯れにけり群れゐし鳥は空にやあるらむ

これは冷泉天皇が東宮時代に奉つた百首歌の中のものとして、新古今集の冬に入撰してゐる。ところが源重之集を見ると、「夏二十首」の七首目に「夏刈の荻の古枝も萌えにけり」の上句で現れる。なるほど初夏に荻や蘆、其他雜草を刈ると、その株の傍から、やがて勢よく蘖《ひこばえ》が芽吹くものだ。晩秋に枯れてから刈つた株、夏刈りして既に腐つた株、枯れた蘖の莖、それらを一一區別して、冬歌に「夏刈の」と斷るだらうか。ある本は、蘆の方も百首歌に入れて、夏を二十一首、總歌數百一首にしてゐるが、これは別の時の作であらう。いづれにしても、「たつそらぞなき」の方が勝る。

夏草は結ぶばかりになりにけり野飼《のがひ》し駒やあくがれぬらむ
五月山照射《ともし》に出づる狩人はおのがおもひに身をや燒くらむ
旅人の焚く火と見つる螢こそ露にも消えぬ光なりけれ
わが手にも夏は經《へ》ぬとや思ふらむ扇の風の今はものうき
空蟬のむなしきからは音もせず誰に山路を問ひて越えまし

いづれもその百首歌の夏、この二十首には水準以上の作が集中してゐるやうで、他の部に比べて精彩を放つ。「駒」は後拾遺集の夏を飾り、「狩人」「螢」「扇」「空蟬」は、いづれも敕撰集には見えないが、一つ一つ、常套を脱して、作者獨自の觀方を敢へてしてゐるところが嬉しい。目立たぬ技巧も隨處に忍ばせてゐる。

天の原波の鳴戶を漕ぐ船の都戀しきものをこそ思へ
言の葉にいひおくこともなかりけりしのぶぐさには音をのみぞ泣く

名筆藤原佐理が大宰大貳在職中、筑紫へ旅した歌が「都戀しき」、陸奥へ赴任して現地で愛兒を喪つた時の挽歌が「しのぶぐさ」。共に心に殘る佳品だ。
百人一首の作は、件の百首歌の戀十首の三首目。序詞的譬喩の部分の二句までが、凝つた割にうるさい。見所《みどころ》はその次の第三句「おのれのみ」であらうが、新味も眞實味も面白みも、あまり感じられない。この歌、詞花集戀上でも目立たぬ一首だ。

風をいたみ岩うつ波のおのれのみくだけてものを思ふ頃かな

＊　＊　＊

花散らば起きつつも見むつねよりもさやけく照らせ春の夜の月

大中臣能宣朝臣

續後拾遺集の春歌下に、良經・定家・公任等の秀作に混つて、この歌は撰ばれてをり、晩春一時《ひととき》目も彩《あや》な眺めだ。御子左爲藤・爲定の撰者としての烱眼であらう。「またも來む春にくらせるふるさとの木の間の月に風かをるなり・良經」「花の香の霞める月にあくがれて夢もさだかに見えぬ頃かな・定家」「共に行く月なかりせば朝ぼらけ春の山べを誰にとはまし・公任」、この公任の前に夜の落花を置くと、おのづから繪物語の背景が展がるやうで陶然となる。「起きつつも見む」とは、さう斷らねば、この春宵、つひうとうとまどろむ。かたへには美酒も佳人も侍つてゐよう。長閑《のどか》で悠悠として艷な眺めと調べ、殊に第四句「さやけく照らせ」の命令形切れは、長身の公達が扇を構へて春月に對したやうな趣があつてめでたい。丈高くうるはしい歌として愛誦に價する。

梅の花匂ふあたりの夕暮はあやなく人にあやまたれつつ
暮れぬべき春の形見とおもひつつ花の雫に濡れむこよひは
濃紫匂へる藤の花見ればみづなき空に浪ぞ立ちける
ほととぎす寝覺に聲を聞きしよりあやめも知らぬものをこそ思へ
燃ゆる火の中の契りを夏蟲のいかにせしかば身にも代《か》ふらむ
よもすがらした燃えわたる蚊遣火に戀する人をよそへてぞみる
東路を別るる萱の亂れつつたがためとかは吹きてなびかむ

四季歌の春秋、あるいは夏、皆ゆたかな聲調で、巧緻纖細な修辭の粹はないが、一筋徹るものが感じられる。後拾遺集春上の「梅の花」は歌そのものが朧な陰翳をもつ。「花の雫に濡れむ」は、「春の夜の月」と竝んで、能宣の代表作と言つて良い。惜春譜に妙音を奏でるゆかしい歌人だ。「藤の花」の「みづなき空」は珍しく、貫之のまねびもほほゑましい。「ほととぎす」も「夏蟲」も「蚊遣火」も、それぞれに味があり、「萱の亂れ」は複雑な感情をそのまま調べに生かしてゐる。

なげきつつ涙に染むる花の色の思ふほどより薄くもあるかな

かくばかり寝であかしつる春の夜にいかに見えつる夢にかあるらむ

天の河隔つる中の戀よりも久しき秋を戀ひやわたらむ

いつもいつも心はおける露の身にしらせもはつる秋の色かな

戀歌のたぐひは能宣集の中に比較的少いが、題詠ならぬ、折に觸れての贈答や消息の中に、獨特の聲音が響き、この歌人の人となりに觸れる思ひがする。「花の色」は「女のもとに、紅梅插して遣はしし」の詞書あり、かすかな、澁い諧謔がこめられてゐて忘れがたい。「夢」の歌は新古今集の戀歌五、後朝に女に贈つた歌だが、優美で氣品がある。逢瀬と契りを眠らずに見た夢とは洒落《しやれ》てゐる。「天の河」は「秋と契れる人に遣はす」歌とて、簡潔、清新の戀歌、「露の身」の歎きの稀なる初句と共に、能宣の佳作として忘れられない。以上引用歌、前後計十首の中、「梅の花」と「夢」以外は勅撰集に見えない。

百人一首歌は、誤傳によつて詞花集戀上に、別人の作が撰入されたとする說が有力である。この歌は際立つた秀歌で、そのため能宣作ならずとは、僻目《ひがめ》の類だらう。能宣の作は理詰、觀念的との評もあるらしいが、前掲の四季歌すべて、これの反證となる佳品ばかりだ。「みかきもり」は凡歌ではないが、能宣にとつて名譽の加はる作とも思はない。

みかきもり衞士《ゑじ》のたく火の夜はもえ晝は消えつつものをこそ思へ

＊　＊　＊

露くだる星合《ほしあひ》の空をながめつついかで今年の秋を暮さむ　藤原義孝

義孝の歌は十世紀歌人中の白眉である。二十一歳を一期として急死した貴公子は、謙徳公藤原伊尹の詩才と美貌をそのまま享けた四男。子の行成のために出家を断念したが佛に歸依する心篤く云云の、數多の插話・逸話のたぐひを一切前提としなくとも、義孝集に鏤められた歌のあまたは、同時代の他の名手にも見られぬ特異な光と翳と香氣がある。「星合《ほしあひ》の空」は、藤原義孝集の冒頭から五番目、すなはち、「秋はなほ夕まぐれこそただならね」と「夕まぐれ木繁《こしげ》き庭をながめつつ」の間に見える歌で、二十一代集のいづれにも採られてゐない秀歌である。一讀、この七夕の夕まぐれも亦、「ただならぬ」氣配が漂つてゐる。「露くだる」は一本には「露結ぶ」とあるが、いづれ、若い義孝の心に溢れる涙を思はせる。たとへば、制作時期も「木繁《こしげ》き庭」にやや先立つものとすれば、涙は、恐らく病篤くなつた父を思ふゆゑのものであらう。父謙徳公の死は霜月朔日、義孝十九歳、そして、「木繁き庭」は「殿、病みたまひし頃、いかがと人の問ひたるに」の詞書を伴つてゐる。既に秋の初めには、死の遠からぬことを示す徵候も認められたのだらう。「いかで」は、「どのやうにして」であると同時に「何とかして」の意をも併せ持つ。前者は疑問で問ひかけ、後者は願望であつて決意。この歌では、兩者分ちがたく絡みあふ、切實な感情であらう。王朝、數ある七夕歌の中で、これほど胸を搏つ作は他にない。義孝は、「木繁《こしげ》き庭」の、暗い梢の隙間から、死後の銀河を凝視してゐたのだ。

秋はなほゆふまぐれこそただならね荻の上風《うはかぜ》萩の下露
夕まぐれ木繁《こしげ》き庭をながめつつ木の葉とともに落つる涙か
夢ならで夢なることを歎きつつ春のはかなきものおもふかな
春春の花をあだにと見しものを昔の人の夢ごこちする
行く方もさだめなき世に水早み鵜船を棹のさすやいづこぞ
さ夜ふかくたつ川霧もあるものを泣き泣き來ゐる千鳥悲しも
時雨とはちぐさの花ぞ散りまがふ何ふるさとに袖濡らすらむ

早世歌人の詞華を論《あげつら》ふ時、人は實朝を擧げ良經を數へるが、彼らの絶唱に交へても、義孝の最も若書きと言はれる「荻の上風」さへ遜色はない。まして詞花集雜下の「木繁《こしげ》き庭」、あるいは「春のはかなき」「夢ごこち」「さだめなき世」「千鳥悲しも」、いづれも、その澄み徹つた調べ、冱え渡つた文體、尋常一樣の才ではないことが、一讀して理解できよう。一首一首には、かすかに、悲痛な響きさへこもつてゐる。しかも、何よりも清新無類だ。殊に「木繁《こしげ》き庭」に父の死を豫感する暗涙の賦、夢の歌の下句の淡墨色の虚無感、鵜飼船の歌の息もつかせぬ疊みかけの迫力は、特筆に價する。いづれを一首と決めかねる秀作ぞろひの中に、私は敢へて「星合《ほしあひ》の空」への暗澹たる調べを撰んだ。

「ちぐさの花ぞ散りまがふ」は極樂淨土の世界、死後の義孝が賀縁法師の夢に現れ、淨土も時雨の頃と思ふだらうが、否、曼荼羅華・曼珠沙華、其他樣樣の花が咲き亂れ、散り紛ふ。このやうにめでたい所に生れ變つたのに、現世故郷の母は何ゆゑ哭き給ふかとの意をこめて、かく歌つたと傳へる。後拾遺集の哀傷に詳細な詞書と共に見える。

百人一首歌は同集戀二に見え、「女のもとよりかへりてつかはしける」の詞書あり、理の勝つた戀の歌で、義孝集中の最も目立たぬ低い調べだ。殊に後朝歌《きぬぎぬうた》としては、深刻な割には、時も處も違へたやうな、間の拔けたものに感じられる。夭折の貴種の「ながくもがな」に敢へて涙するのは鑑賞者の自由だが、一般論にはなるまい。

きみがため惜しからざりし命さへながくもがなと思ひけるかな

＊　＊　＊

桂川かざしの花の影見えし昨日のふちぞ今日は戀しき　藤原實方朝臣

續後撰集の雜歌上に、「爲雅朝臣、石清水の臨時の祭の使に侍りける年、舞人にて、歸りてまたの日、插頭の花にさして遣はしける」と詞書して見える美しい一首だ。これに續いて藤原親繼の「移ろはば忘れ形見のかざしかなさすがになれし山吹の花」あり、插頭の藤に重なるやうに、插頭の山吹が現れるところ、なかなかの眺めである。

實方朝臣集には、卷頭から二首目に、この插頭の花が現れる。石清水八幡宮は京都の綴喜郡八幡町、清和天皇の時、宇佐八幡を男山に勸請して、帝都の鎭護とした。恆祭は八月の放生會だが、天慶五年に平將門・藤原純友の亂平定を祈願して、晩春に、特に祭を行つたのが、後は例祭竝《なみ》になり、祭日は三月の午の日、あたかも櫻は散り、藤花の盛りの頃に當る。賀茂と共に伊勢神宮に次いで代代の帝の尊崇殊に篤く、例祭・臨時祭には行幸あり奉幣使が遣はされ、舞樂の奉納、後の法樂、賑はしく華やかに、臨時祭の名殘の春の、懷しく、一抹の淋しさを含んだ風情は、諸物語に活寫される通りだ。

晴の日の華やかな、祝意をこめた歌であるが、陳腐な極り文句は避けて、調べに一抹の翳りのあるところがこの歌の特徴だ。「ふち」は言ふまでもなく藤を懸けてゐる。桂川の淵と插頭の藤。淵に藤が映り、桂川と插頭が響きあふ。音韻の上でも、さほど耳には立たないがこまやかな效果がある。意味の上でも、二つの要素が、互に溶けにじみ、搦みあふやうな、微妙な味はひが生れてをり、この種の歌によくある單なる挨拶に終つてゐない。

眺むるをたのむことにて明かしてきただ傾《かたぶ》きし月をのみ見て
葉を繁み外山の影やまがふらむ明くるも知らぬひぐらしの聲
はぶきつつ今やみ山をいでつらむ杉かけて鳴く山ほととぎす
誰《た》が里にいかに契りしほととぎす妹が垣根の花や散りにし
明けがたき二見の浦による波に袖のみ濡れし沖つ島人
もろともに起き臥しものをおもふともいさ常夏の露となりなむ
誰《たれ》ぞこの三輪の山もと知らなくに心の杉のわれをたづぬる

「傾《かたぶ》きし月」は玉葉集の戀二巻頭第一首、「題知らず」。思ひ耽るのみが頼りの忍《しのぶるこひ》戀だ。「外山の影」は新敕撰集の夏歌、「石山にて曉ひぐらしの鳴くを聞きて」と詞書が添つてゐて、これが家集では「山里にてひぐらしの聲を聞きて」とある。詞書も作品の一部として味ははざるを得ぬ古歌では、この異同は時に深刻だ。もつともこの歌では、第四句が「曉」を表現してをり、「石山」も決定的な關聯性はあるまい。他の歌は家集にのみ見えるものであるが、敕撰集入集作よりかへつて自由な調べを樂しんでゐて見映えがする。實方のほととぎすは、いづれも、同時代歌人のそれよりも、新しい聲で鳴いてゐる。「いかに契りし」などその一例だ。「二見の浦」には詞書「格子のつらに一夜居明かして朝に」とあり、相手は百人一首歌「さしも知らじな」と「同じ人」らしい。「常夏の露」は「いとどしげう愼《つつ》むことも、心やすくもあらぬに」と、まことに含みの多い詞書があり、歌も亦、はつとするほど抑揚の際やかな、特色のある文體になつてゐる。「三輪の山」も、古今集雜下の讀人知らず「杉たてる門」の數知れぬ本歌取中、出色の一首である。「さしもぐさ」は後拾遺集の戀一にあり、技巧的な歌ではあるが、實方の個性が現れてゐるとも思へない。複雜な修辭の彩を競ふのは、拾遺時代の一特色だが、この歌のはせこましく、こうるさい感なきにしもあらず。定家が、むしろ嫌ひさうな文體なのに、あへて採つたのは不審だ。

かくとだにえやは伊吹のさしもぐささしも知らじな燃ゆるおもひを

* * *

近江にかありといふなる三稜草《みくり》生《お》ふる人くるしめの筑摩江の沼　藤原道信朝臣

歌の上手とその名あまねく聞えた從四位左近中將道信は、九九四年正暦五年、二十三歳を一期として世を去る。哀惜の情は大鏡にも盡され、百人一首では、夭折の天才としては、義孝と竝んで心に殘る作者だ。歌風は義孝とはまた響きを異にし、五句の端端にまで淡墨色の諦觀が漂ひ、調べは更に優雅である。だが、後拾遺集戀一に選ばれた「三稜草《みくり》」

の歌などは、その平均的な印象からはみ出してゐるばかりでなく、十世紀末の歌群の中でも異色を誇るものだ。「人くるしめ」と、口に出して言つたところ、他に例を見ぬ。「女のもとに遣はしける」と詞書したその人は、彼の心を苦しめ惱ます存在であつた。家集には「三稜草《みくり》繰《く》る」と第三句はあり、そのやうに、この沼澤植物は、根莖が水中を這ひ廻り、手操り寄せて刈るほど長い。その「繰る＝苦しめ」に懸けるための、序詞としてのみ上句があるわけではない。三稜草の生ふのは、また菖蒲でも知られた琵琶湖岸の、朝妻筑摩の筑摩江と、そのあたりの沼。そこは「近江＝逢ふ身」といふ次第である。
「人くるしめ」の怖るべき女ながら、「逢ふ身」には、その苦しみすら一種の快樂、忘れられるはずもない。苦しみのやむ時は命終る時であらう。この一首、意味の上では、その地名、「筑摩江の沼」が近江の國にあると言つてゐるだけだ。逆に、戀歌として味はひ直せば「人くるしめ＝女《め》」と言ひたかつたに過ぎぬ。二つの單純な要素が裏表に貼り合される時そこに呪詛とも呪禁《じゆごん》ともつかぬ、冷たくて不氣味な、恨戀《うらむるこひ》の歌が浮び上る。

人なしし胸の乳房をほむらにて燒くすみぞめの衣きよきみ
逢坂の關の關風身にしみて關の名立《なだ》てにねをぞ泣きぬる

「乳房」は拾遺集の哀傷、流罪になつた人は君父の喪の際の重服《ぢゆうぶく》を著て行くのにちなみ、「ほむら＝焼く＝炭＝墨染」と、複雑な技巧を試み、かつ母の乳房で人と成つたことも、すべてあだとなつた流人を悼む。特異な點ではこの集屈指の作だ。「關風」は、家集にのみ見える戀歌で、浮名の立つことと「名立て」を悔いる心。「いかでとて思ひ人に、逢坂にて」と詞書あり、「せき」の意識的なルフランが耳に立ち、一瞬首を傾《かし》げるほどだ。

朝顏をなにはかなしとおもひけむ人をも花はさこそ見るらめ
露にだに心おかるな夏萩の下葉の色よそれならずとも
行き歸るたびに年經《ふ》るかりがねはいくその春をよそに見るらむ
散り殘る花もやあるとうち群れてみ山がくれをたづねてしがな
さ夜ふけて聲さへ寒きあしたづは幾重の霜かおきまさるらむ

順に拾遺集哀傷、風雅集戀五、後拾遺集春上、新古今集春下、同冬に見える秀歌。一首一首、道信獨特の、見え過ぎるほどの視線が、對象を視とほしてゐる。夭折の宿命を知らずとも、歌を統べる短調の、銀灰色のトーンは、何か不吉なものを豫感させるやうだ。百人一首歌は家集に第二句「歸るものとは」とあるが、「暮るるものとは」の方が婉曲で匂ひやかだ。後拾遺集戀二には今一首、同じ相手の後朝歌「歸るさの道やは變る變らねどとくるにまどふ今朝の淡雪」が見え、この歌の方が、遙かに夭折の貴公子の面影を偲ばせてあはれ深い。「なほうらめしき」は、意を盡してはゐるが、いささかくどい。理の當然の、言はずとも知れた歎きを、それでも告げずにはゐられぬのを、戀のあはれと思つて、我慢して味はふ要もあるまい。これも愚癡の一種、眞情とはほど遠からう。

明けぬれば暮るるものとは知りながらなほうらめしき朝ぼらけかな

＊　＊　＊

春の野につくるおもひのあまたあればいづれを君が燃ゆるとか見む　右大將道綱母

野を燒く焰は、早春の野の遠《をち》こちに點點と見える。あのあまたの火の中、どの一つが貴方がつけたとか言ふ「こひ」の「ひ」なのやら。この巧みに身をかはして、冷やかに一矢報いた歌は、後拾遺集の戀四の卷末近く大納言道綱母の名で出てゐる。彼女の家集、傅《ふ》大納言殿母上集には見えない。敕撰集には左の一首が先行する。

わが戀は春の山邊につけてしを燃えても君がめにも見えなむ　入道攝政

作者入道攝政はまたの名東三條攝政、謙德公藤原伊尹の同母弟兼家である。彼は九五四年天暦八年二十七歳で結婚、翌年道綱が生れた。彼の漁色は、その後間もなく始まる。美人の聞え高い藤原倫寧《みちやす》の娘を手に入れながら、巷の小路の賤しい女の許に通ふ。「わが戀」は、多分その當時の、ぬけぬけとした贈歌であらう。敕撰集には十五首も採られてゐるが、おほよそこの歌と似たり寄つたりの鷹揚で平凡な作、道綱母の才氣煥發とも言へる隙の無い返歌と比べると、同じ主題で、酷似した用語でも、これだけ違ふものかと溜息が出る。「思」「戀」の連用形語尾を「火」に懸けて歌ふのは、古歌の常套ではあるが、道綱母の歌、「いづれを君がつけし火と見む」などと鸚鵡返しにせず、大膽に、「君が燃ゆるとか見む」としたところも、才媛の面目明らかだ。放火して廻る浮氣な風流貴公子ゆゑに、「君が燃ゆるとか」と言つた方が、遙かに手きびしいだらう。彼女は兼家よりほぼ十歳年下のはず、この當時二十歳になるならずゆゑ、したたかな力倆だ。

たなばたに今朝引く絲の露を重みたわむけしきを見てややみなむ
さみだれやこぐらき宿のゆふされを面《おも》照るまでも照らす螢か
駒や來る人やは來ると待つほどに繋りのみます宿の夏草
夜のうちは松にも露はかかりけり明くれば消ゆるものをこそ思へ
思ひつつ戀ひつつは寢じ逢ふと見る夢はさめてもわびしかりけり
もろごゑに鳴くべきものを鶯は睦月ともまだ知らずやあるらむ

天の川七日を契る心ならば星會ばかり影を見よとや
知らせばやつがはぬ春の浮蓴《うきぬなは》いかなる瀬瀬にみだれゆくらむ

「たなばた」と「螢」と「夏草」は家集にのみ見る四季歌、抑揚明暗ただならぬ力作ぞろひで、必ずしも閨怨の歌に限つて云云する歌人ではない。戀歌と言へば玉葉集に五首採られ、「松」は戀二、「夢」は三、「鶯」と「天の川」は四、それぞれしつかりした調べだ。中でも「夢」の索漠とした告白は心を搏つ。戀歌の中の異色は續千載集の戀歌三に入撰の「浮蓴《うきぬなは》」、まだ若芽が、水面で結ばれ合はぬ蓴菜に寄せてさわだつ心を歌ふ。初句切の氣魄の烈しさも稀に見るものだ。

夫兼家は永延二年六十の賀を賜はり、翌翌年九九〇年永祚二年七月二日に薨ずる。彼女は六年後の長德元年に逝き、蜻蛉日記《かげろふのにき》の歎きの記録はここに終る。

百人一首歌は拾遺集の戀四、但し、兼家をすげなく返した翌朝、散りぎはの菊に添へてこの歌を贈つたといふ、日記の文章による方が、話としても面白からう。だが、歌そのものは、何となく、躙《にじ》り寄つて、いかに、いかにと言ひ募る趣、いささか嫌みではなからうか。菊を添へればこそ、その嫌みも臭みも消えるので、一首のみ、裸で取上げるものではあるまい。原典、初出にまで還つて鑑賞せねば、美質のさだかならぬ歌の一つであらう。

なげきつつひとりぬる夜の明くるまはいかに久しきものとかは知る

＊　＊　＊

ひとりぬる人や知るらむ秋の夜をながしと誰《たれ》か君に告げつる　儀同三司母

独寝《ひとりね》のみを強ひられる人、すなはち私こそ、秋の夜のたへがたい長さを身に沁みて知つてゐる。他所《よそ》にゐても貴方は、まづ一人で寝たりすることはあるまい。そんな貴方に、一體誰が、夜の長さなど告げたのか。傳・人麿作の「ながながし夜をひとりかも寝む」も屈折を極め、このやうな待戀《まつこひ》の、閨怨となつて、別趣の悲しみを傳へる。

この歌、後拾遺集の雜二の四首目に、「中關白通ひはじめけるころ、夜離《よが》れして侍りける翌朝《つとめて》、こよひは明かしがたくてこそなど言ひて侍りければよめる」と詞書して、作者名は女房名の高内侍《かうのないし》。戀歌に部立されて當然の作が、雜に入つてゐるところが面白い。ちなみに、この巻の首は、大納言道綱母の「柏木の森の下草暮ごとになほたのめとやもるを見る見る」。衛府《ゑふ》の官人の別稱が「柏木」、道綱母の夫兼家は、この頃兵衛佐であつた。二首目が馬内侍の、頼めぬ男への皮肉、三首目は讀人知らずの同趣の歌と續き、この巻すべて戀の名殘が綿綿とあとを引く。巻末には齋宮女御徽子の「吹く風に靡く淺茅はわれなれや人の心の秋を知らする」が冷え冷えと据ゑられる。

儀同三司母は高階貴子、一條院皇后定子の母でもある。父は成忠、道長の娘彰子が中宮に上り、宮廷は道長の辣腕と威光に靡き伏すかの氣色、儀同三司伊周《これちか》も、その弟の隆家も、相次いで流謫、失脚の憂き目に遭ひ、道長との勢力爭ひに敗れ去つた晩年は、まことに悲慘であつた。圓融院に高内侍名で仕へて後道隆に迎へられ、六十歳近く、彼の死と共に出家し、逆境を喞ちつつ世を去る。賦詩・作文にもただならぬ才あり、榮花物語や大鏡でも、その名は語られてゐる。十世紀末宮廷のあはれな插話の、重要な登場人物。詞書の中關白は藤原道隆、百人一首歌の「今日を限りの命」も、詞書はほぼ同じ、男の心變りに辛い目を見るよりは、幸福の絶頂で死にたいと言ふ、自虐的恍惚感を歌つてゐて、新古今集戀三の巻首に撰ばれるに足る熱唱ではある。

　夢とのみおもひなりにし世の中をなにいまさらに驚かすらむ
　あかつきの露は枕におきけるを草葉の上と何思ひけむ
　よるの鶴みやこのうちにこめられて子を戀ひつつもなき明かすかな

「夢」は拾遺集の雜賀、「中納言平惟仲《たひらのこれなか》久しくありて消息《せうそこ》して侍りける返事に書かせ侍りける」とあり、疎縁を極めて、最早夢とのみ思つてゐた縁を、今頃になつて、何故と恨む心だ。「驚く」には、「目を覺ます」の意もある。「露は枕に」は後拾遺集の戀二、「中關白、女の許より暁に歸りて、内にも入らで、外《と》にゐながら歸り侍りければよめる」と、同じやうな詞書がある。他所の女のところで夜を明かし、自分の所へは聲をかけるだけで姿を消す男への、露と涙の恨み言だ。この歌、馬内侍の作とする本もある。

「よるの鶴」は詞花集の雜上、長徳二年四月二十四日、儀同三司伊周が播磨に左遷され、明石に行つた時の哀歌である。白氏文集に「第三第四絃冷、夜鶴憶子籠中鳴」とあるのにもとづいた、彼女らしい修辭であらう。母なる鶴は「みやこ」と呼ぶ「籠《こ》」にこもつて、西方に遣《やら》はれた子を戀ひつつ泣き明かすと言ふ。この間の事情は榮花物語にくはしく、道隆の北の方は沈み切つて、死にたい死にたいなどと口走つてゐたと傳へてゐる。左遷の原因は、鷹司殿の第四の姫を花山法皇が、第三の姫を伊周が愛してゐたことに端を發するとか。

「今日を限りの命」は新古今集戀三の冒頭、戀歌にもかかはらず、あたかも哀傷歌のやうな悲痛な調べだ。それが後の世の、後鳥羽院に好まれたのだらう。この巻頭歌、隱岐本でも殘されてゐる。

* * *

忘れじの行末まではかたければ今日を限りの命ともがな

秋深き汀《みぎは》の菊のうつろへば波の花さへ色まさりけり　大納言公任

前大納言公任卿集には、九月九日、「水のほとりの菊」の題の作として見える。十一世紀前半随一の知識人、作文《さくもん》・和歌・管絃の三才を具へ、有職故實に通曉、あの豐饒無比のアンソロジー、和漢朗詠集の撰者として、永遠に記憶される藤原公任の家集は、五百數十首を含む拔群の大歌集で、その蘊蓄、造詣をうかがふに足る作も隨處に現れるが、必ずしも歌人としての才能に、特に惠まれてゐたとは考へられない。秀作として推すべき歌は、駄作として消したい作同樣、ほとんど見つからず、百首、二百首、晴に褻《け》に、時に應じ、折に觸れてものした歌、いづれも尋常で、心ばへ匂ひ立つ調べばかりだが、聳え立ち輝き渡るやうな一首がない。いつの世にも圓滿具足の敎養人、言語感覺も亦類を絶するとは限らない。和歌制作には、それ以外の、運命的な才質が要求されるらしい。

「汀《みぎは》の菊」は、彼が和漢朗詠集の秋、「九日《くにち》」に採つた本朝文粹の次の詩句などを本歌としてゐるのだらう。彼は朗詠に關しても奥義に達し、藤家《とうけ》の祖とされる人、何よりも韻《ひびき》と調《しらべ》を重んずる。その歌も朗朗誦しつつ、おのづから景色立つことに意を用ゐたあとが見え、菊花の色が波に映じる樣、誦《ずん》じるうちに心に浮んで來る。

三遅《さんち》に先だつてその花を吹けば　曉の星の河漢に轉《てん》ずるがごとし
十分《しふぶん》を引いてその彩《いろ》を蕩《とら》かせば　秋の雪の洛川を廻《めぐ》るかと疑ふ

これは酒杯に白菊を浮べて賞する興趣であり、第三節は、美酒滿ち滿ちた杯を引き寄せて、中の菊花を搖り動かすと、冬ならぬ秋の雪が、洛水の上を舞ふやうだと、大景を見事に描き出してゐる。公任の菊は、それを屛風繪の一曲ばかりに縮めて、散りぎはの菊が水邊にあり、打ち寄せる波が危《あやふ》くその花を浸さうとする。波の花、花の波、秋も終りの冷やかに侘しい美を、端正な調べに托してゐるのだ。いかにも公任好みの世界である。またこの「九日《くにち》」には、終りに「わが宿の菊の白露今日ごとに幾代たまりて淵となるらむ」と言ふ中務の作として、清原元輔の歌ともいはれる重陽歌を飾つてゐる。なほまた、詩は今一篇、甘谷《かんこく》の眺めを引き、その冒頭も亦、「谷水花を洗ふ」とあり、水邊の菊だ。

あづま路《ぢ》の木のしたくらくなり行かば都の月を戀ひざらめやは
ほどもなく覺めぬる夢のうちなれどそのよに似たる花の色かな
水の上に燃ゆる螢にこととはむ深きこころのうちは燃えずや

「あづま路《ぢ》」は拾遺集の別。藤原實方が宮中で行成と爭ひ、冠を打ち落した罪により、奥州へ左遷されるに臨み、馬の「下鞍」を贈る物名《ぶつめい》風の餞歌《はなむけうた》。第二句にそれが隠してある。「夢のうち」は新古今集雑歌上、花山院が摂政兼家の策謀によつて出家された後、佛《ぶつ》名會《みやうゑ》に、わづか三年の在位を夢として、削り花にその日を偲ぶ優しい思ひやりの歌である。殊に「そのよ」の仄かな味はひが、逆境の院を慰め、かつ涙させたことであらう。

「螢」は家集に見える歌合歌、「水邊螢」題、ねんごろな修辭がめでたい。

百人一首の「瀧」は、千載集雑歌上では初句「瀧の音は」、拾遺集雑上では「瀧の絲は」として重出撰入されてゐる。「な」の頭韻を下句に活用して、これまた朗詠の達人にふさはしい趣向だが、それ以上の面白みはない。定家が選りに擇つてこの一首を採つたのも、同じ意味あひだらう。この歌から、人も亦後世に名を遺せなどと、道歌まがひの教訓を引き出した解もあるやうだが、明治以前の下《げ》の下《げ》の鑑賞法と言ふべきだらう。

瀧の音は絶えて久しくなりぬれど名こそ流れてなほ聞えけれ

＊　＊　＊

秋吹くはいかなる色の風なれば身にしむばかりあはれなるらむ　和泉式部

詞花集の秋、秋風の歌群の中に一際冱え冱えとこの歌は立ち混つてゐる。普通なら、たとへば「秋風はいかなる色に」などと續けるものだらう。また古歌の中に、秋風によつて草木が色づくことを主題や素材としたものは數知れないが、秋風そのものの色をテーマとしたものは稀有であつた。「秋吹くは」の初五を持つ歌が、和泉式部のこの作以外に傳はつてゐないゆゑんは、すなはち、彼女があらゆる點で獨自であり、強烈な個性の持主であつたことの、證明の一例と考へてもよからうか。

秋風は身に「沁《し》む」。色も亦「染《し》む」。元來同義であり、「染」から始まつた言葉であつた。染むからには色があらう。では、その秋風は何色なのか。理詰めに考へればこのやうな思考經過となる。古今集時代には、このことわりに徹して、はたと膝を打つやうな、理智的な歌も生んだことだらう。だが、和泉式部の歌の眼目はむしろ下句にあり、上句の「沁む＝染む＝色」の因果關係は、むしろ序詞風に、さりげなく、情趣のうしろに隱されて行く。この時、彼女の心には、春＝東＝青のパターンの對比としての、秋＝西＝白よりも、紅涙のその紅が、秋風の色として浮んでゐたのではあるまいか。和泉式部集では、秋季の十題詠の試みが三度現れ、「七月七日・風・月・露・霧・蟲・雁・萩・女郎花・菊」を歌ふ。その中の、二回目の「風」が「秋吹くは」であつた。

秋吹けば常盤の山の松風も色づくばかり身にぞしみける
世の中に戀てふ色はなけれども深く身に沁むものにぞありける

いづれも「いかなる色の風」と同趣であらう。常盤木の松をもみぢさせるほど、身にしむ秋風、深緋《こきひ》はあつても「こひ」は色名にないが、身を染《そ》めることただならず。「色＝染む」のことわりは、彼女の念頭を去らなかつたのだらう。三首並べてみても、「秋吹くはいかなる色の風」が、最も深く、濃く、讀者の心に沁み入るやうだ。

夢にだに見であかしつるあかつきの戀こそ戀のかぎりなりけれ
思ふことみなつきねとて麻の葉を切りに切りても祓《はら》へつるかな
黒髪のみだれも知らずうちふせばまづかきやりし人ぞ戀しき
つれづれと空ぞ見らるる思ふ人天《あま》くだりこむものならなくに
をしと思ふ命にかへて恐ろしく戀しき人の魂《たま》かはるもの
絶え果てば絶え果てぬべし玉の緒に君ならむとは思ひかけきや
わが魂は旅の空にも惑ひなむとむべき袖の中は朽ちにき
逢ふことを息のをにする身にしあれば絶ゆるもいかが悲しと思はぬ

「夢にだに」は新勅撰集戀三に初めて採られた胸を抉る戀歌であり、「麻の葉」は後拾遺集の誹諧歌に入れられながら、慄然たる氣魄を見せる名歌である。「黒髪」は後拾遺集の戀三に見える代表作の一つ。官能性の濃く立ちこめた絶唱と言ふべきか。「思ふ人」「戀しき人」「玉の緒」「旅の空」「息のを」、いづれも敕撰集には見えないが、暗い情熱の所産と思はれる秀歌で、殊に「魂《たま》」を歌ふ時の凄じい氣魄は比肩するものもあるまい。彰子に仕へた數多の才媛の中でも、その歌才は飛び拔けてゐる。

後拾遺集戀三に見える百人一首歌も晩年の作ながら切切の情、人を搏つが、詞華として選ぶならば、いくらでもこれを越える歌があらう。否、多過ぎて擇りわづらふくらゐだ。

あらざらむこの世のほかの思ひ出に今ひとたびの逢ふこともがな

＊　＊　＊

おぼつかなそれかあらぬか明暗《あけぐれ》のそらおぼれする朝顔の花　　紫式部

續拾遺集戀歌四に、「方違《かたたが》へに詣《まう》で來たりける人の、おぼつかなきさまにて歸りにける朝《あした》に、朝顔を折りて遣はしける」と詞書して、この歌が見える。家集・紫式部集には少少の異同があつて、「方違へにわたりたる人の、なまおぼおぼしきことありとて、歸りける早朝《つとめて》、朝顔の花をやるとて」となつてゐる。いづれにせよ、男は天一神巡行の方角を避け、吉方に一夜宿り、方向を變へて目的地に行つて用を濟ませて來た。しかし、男の前夜の行動には、何となく判然としないところがある。どうやら、女の所で泊つて、何食はぬ顔で朝帰りしたやうだ。その、そらとぼけた表情が憎い。

夜明前の薄暗がりで、はつきりとはしないが、全く氣になることだ。胡散《うさん》臭いこの朝の顔、まだ匂ひもさだかならぬ、開きかけの朝顔を一花くれてやらう。この時の花は、諸説ある中の、錦葵《ぜにあふひ》科の木槿《むくげ》よりも、旋花《ひるがほ》科の朝顔の方がふさはしからう。「おぼつかなし」は、氣がかりと不安ともどかしさの入り混つた感情であるが、曉闇の朝顔と、不得要領な男の態度と、そのポーカーフェイスを表現して、これ以上の言葉はないだらう。

見しをりの露忘られぬ朝顔の花のさかりは過ぎやしぬらむ
秋果てて霧のまがきにむすぼほれあるかなきかにうつる朝顔
咲く花に移るてふ名は包めども折らで過ぎ憂きけさのあさがほ

源氏物語の「槿《あさがほ》」の巻には「露忘られぬ」と「霧のまがき」があり、「折らで過ぎ憂きけさ」は「夕顔」の巻に出て來る。紫式部集の「そらおぼれ」には男の返歌が續く。その詞書は、彼女の感想で「返し、手を見分かぬにやありけむ」。歌は「いづれとぞ色分くほどに朝顔のあるかなきかになるぞわびしき」。誰から貰つたのか、見分けもつかないほど花がしをれてしまつてゐるのが侘しいと彼は答へる。果して「手」が見破れなかつたのだらうか。否、男は彼女の鋭鋒を交しただけのことだ。紫式部もそれを重重承知で、苦笑を交へて、この返歌を記録したのだらう。優雅な瞞し合ひである。

ことわりや君が心の闇なれば鬼の影とはしるく見ゆらむ
澄める池の底まで照らすかがり火のまばゆきまでも憂きわが身かな
影見てもうきわが涙おちそひてかごとがましき瀧の音かな
閉ぢたりし上の薄氷《うすらひ》解けながらさは絶えねとや山の下水
垣ほ荒れさびしさまさる常夏《とこなつ》に露おきそはむ秋までは見じ
水鳥を水の上とやよそに見むわれも浮きたる世を過ぐしつつ

「鬼の影」の、返歌としての凄み、「かがり火」の強烈な自我、「瀧の音」の暗鬱な調べ以外は、「薄氷《うすらひ》」「常夏《とこなつ》」「水鳥」等、おほよそ發想・文體共に常識を出てゐない。かの六百番歌合、「枯野」の判詞に、藤原俊成は「紫式部、歌詠《うたよ》みの程よりも物書く筆は殊勝の上」云云と、痛烈な批評をしてのけた。萬人の見る目等しからう。天は二物を與へぬものである。だが、物語歌が、これら家集歌よりも殊勝であることを、ついでのことに顯彰しておくべきではなかつたらうか。新古今時代、彼女が再評價されたとの說も疑はしい。百人一首の作は家集の巻頭第一首、新古今集の雜上、幼友達と久久に逢ひつつ、ほんのわづかな時間語らつたのみだつたといふ意味の詞書あり、格別の趣向とも思へず、修辭に非凡な才の閃くでもなく、百人の中に無理して入れた一首としか思へない。

めぐり逢ひて見しやそれともわかぬまに雲隱れにし夜はの月かな

＊　＊　＊

はるかなるもろこしまでも行くものは秋の寢覺《ねざめ》の心なりけり　大貳三位

藤原俊成撰進の千載集、秋歌下の巻頭第一首に、この「秋の寢覺《ねざめ》の心」は撰ばれた。俊成の烱眼、さすがと言ふべきだ。單に、大貳三位一代の傑作であるばかりではない。王朝女流の代表作十首の中に入るだらうし、二十一代集の秋歌中、これぞと思ふ絶唱をすぐつた時も、多分十首以内に數へねばなるまい。それほど、この歌簡潔にして爽快、調べ朗朗として、響き遙けく、しかも澄み切つた、淡いかなしみさへ湛へてゐる。「枕上片時春夢中　行盡江南數千里」を秋に轉じた心であらうか。今日たとへば、「地の果の喜望峰まで行くものは眞夏眞晝の心なりけり」と言つたところで、作者の心の遙けさには及ぶまい。秋の寢覺と言へば、閨秀歌人、否歌人の心に去來するものは數多あらう。纔に哀傷に述懷に、盡きぬ思ひを盡すのはこの時であらう。それらすべてを消して、彼女は頭《かうべ》を上げ、目をみひらいて、淸らかな聲音で、「はるかなるもろこしまでも行くもの」と歌つた。歌ひ放つた。古人も許して「限りなき心」と讚へた。千五百番歌合に、定家が「心のみもろこしまでも浮かれつつ夢路に遠き月の頃かな」と、大貳三位の本歌取を試みたのも、明らかに鑽仰の意であらう。だが、この名手にして本歌には及ばない。「夢」や「月」を添へる時、歌は途端に華やぎ、かつ騷がしくなる。

吹く風ぞおもへばつらき櫻花心と散れる春しなければ
待たぬ夜も待つ夜も聞きつほととぎす花橘の匂ふあたりは
山の端《は》は名のみなりけり見る人の心にぞ入る冬の夜の月
人の世にふたたび死ぬるものならば忍びけりやと心見てまし
春ごとに心をしむる花の枝に誰《た》がなほざりの袖か觸れつる
秋風は吹きむすべども白露のみだれておかぬ草の葉ぞなき
たとふべき方なきものは四方山を霞こめたる春のあけぼの
散る花は水にもしばしよどみけり來て見る人ぞ風も吹きあへぬ
春はいかに契りおきてか過ぎにしと後《おく》れて匂ふ花に問はばや
色ならで身にしむものは秋の野に妻戀ひかぬるさを鹿の聲
涙さへたぎりて落つる夏の夜の戀こそさむる方なかりけれ

「櫻花」「ほととぎす」「冬の夜の月」はいづれも後拾遺集。春下、夏、冬に見える。花がみづからの心に從つて散つた者はないと歎き、ほととぎすは自分の戀には關りなく、無心に鳴くと歌ふ。人の心に入る冬の月もさることながら、詞花集の雜上に採られた「忍びけりや」は、重病の折、貴方が死ねば後を追ふと誓つた男への返歌、二度死ねるものなら、まこと死を共にしてくれたかどうか見屆けたいものだとの凄じい言葉に、これこそ紫式部の娘の性根と、慄然たる思ひがする。「花の枝」の輕やかな諷刺、「白露」の冷やかなリリシズム、共に新古今集入撰、春上と秋上に見える。「春のあけぼの」以下は大貳三位集にのみ見えるが、いづれ劣らぬ、達意の、しかもただならぬ修辭の冱えを誇る。「春はいかに」は新敕撰集雜歌一に「京極前關白家肥後」の名で出てゐる。この人は金葉初出の十二世紀歌人、錯記であらう。

百人一首歌は後拾遺集戀二に「かれがれなる男のおぼつかなくなどいひたりけるによめる」の詞書を添へて見えるが、彼女の輕快で、當意卽妙の才氣のみちらりと見えるだけの歌で、代表作には遠い。「そよ」を導き出すために費された上句十七音の序詞は、長長しいが效果はある。ただ輕快な調べは、同時に、免れがたく輕薄で眞實味に缺けるやうだ。

有馬山猪名の笹原風吹けばいでそよ人を忘れやはする

＊　＊　＊

有明の月は袂に流れつつかなしき頃の蟲の聲かな　　赤染衞門

詞書は「葉月の二十日頃、月隈《くま》なかりける夜、蟲の聲いとあはれなりければ」。續古今集の秋下、秋月の歌連なる中に、赤染衞門の蟲の聲は一入心に沁む。この歌群、目も彩な眺めで、連なる歌、後鳥羽院、良經、次が赤染、一人置いて雅經、續いて實朝、俊成女の順序、さながら新古今時代の花形歌人の中に、拾遺歌人が代表で參入してゐるやうだ。

赤染衞門集では、「夜深き月をながむるに、蟲の聲のして人は皆寢しづまりたるに、定基僧都の母の言ひたる」の詞書と、その母なる人の「雲ゐにてながむるだにもあるものを袖にやどれる月を見るらむ」の歌があり、その返歌として、赤染衞門の「有明の月」は見える。いづれにせよ、「かなしき頃」の意味するところは深く、詞書のいづれにもよらずに、歌のみで、おのづと察しられる。歌の要《かなめ》は第二、三句、「袂に流れつつ」であらう。古歌に出て來るのはほとんど「袖」で、「袂」の用例は稀である。袂の方が、かすかに重く、女性の影を更に濃く搖曳させる。緣語も懸詞も用ゐぬ、さらりと歌ひ流した調べながら、纖細な心ばへが隅隅にもにじみ、作者の才が十分に偲ばれる。

鳴かぬ夜も鳴く夜もさらにほととぎす待つとてやすくいやは寝らるる
起きもゐぬわが常世《とこよ》こそかなしけれ春歸りにし雁も鳴くなり
消えもあへずはかなきほどの露ばかりありやなしやと人の問へかし
もろともに起きゐる露のなかりせば誰とか秋の夜を明かさまし
世の人もまだ知らぬ間の薄氷見わかぬほどに消えねとぞ思ふ
在りし世の旅は旅ともあらざりきひとり露けき草枕かな
おとづれぬ人の心に秋やときいかなる荻の葉かはそよめく
月影の菊にや霜はうつろはむ夜こそ色のちりまさりけれ
忘れゆく心の秋のつらければ秋とは蟲の聲にてぞ知る

赤染衛門の歌には、さしたる特徴も強烈な個性も見えぬ。一首一首、技巧の跡が、かへつてたどたどしさを思はすほど殘つてゐるものもあるが、さすがに心は徹る。時鳥の歌の反語、「常世《とこよ》」の下句の、單純な調べ、二首の露の歌のくつきりした陰翳と抑揚、「薄氷」の苦みの勝つた思惟、ひとり旅の惻惻と迫る情感、それぞれに印象的だ。始め三首は後拾遺集入撰、夏・秋上・雜三。次の二首は詞花集で戀下と雜上。「露けき草枕」は新古今集の羇旅。「荻の葉」「菊」「蟲の聲」は家集に見え、侘しさを歌つてこよない味はひを持つ。

さもあらばあれ大和心しかしこくば細乳《ほそぢ》につけてあらすばかりぞ
うつせみの露の命の消《け》ぬべきをたまたま結びとどめたるかな

「細乳」は後拾遺集全二十巻の巻軸歌。夫、儒家大江匡衡が、乳母《めのと》志願の女の乳が小さいので、智《ち》も亦不足かと危んだ歌に應じたもの。漢才無くとも和魂があればとの意。「うつせみの露の命」は家集にのみ見え、「人の許より蓮《はちす》の上葉に露おきて、蟬の死にたるを入れておこせて」の詞書を持つ「なにごとの憂きぞ浮葉にうつせみの涙を露とおきてくいける」といふ歌への返歌だ。竝竝ならぬ機智である。

百人一首歌は後拾遺集の戀二、別に珍しくもない待宵の歌で、妖美などとは義理にも言へまい。詞書によると姉か妹かのための代作らしい。またこの作者を馬内侍とする書もある。作者は誰でも一向に構はないやうな、あり來りの調べだ。褒めれば普遍性があるとも言へようか。

＊　＊　＊

やすらはで寝なましものをさ夜ふけてかたぶくまでの月を見しかな

春の來《こ》ぬところはなきを白川のわたりにのみや花は咲くらむ　小式部内侍

詞花集雜上、詞書は「二條の關白、白川へ花見になむと言はせて侍りければよめる」。二條關白は藤原敎通《のりみち》、彼は道長の三男に生れ、右大臣に上つたのが四十八歳、關白に任ぜられたのは六十九歳、承曆二年一〇七八年九月二十五日に天壽八十歳を惠まれて薨じてゐる。敕撰入集二首、白川の花見も歌で誘つたのではない。小式部內侍は萬壽二年一〇二五年に、二十代半ばで夭折してをり、敎通とはほぼ同年齡、彼が二十代になるならずの頃の愛人であらう。一顰一笑に胸がときめき、あるいはふさがる戀の日日の、これは華やかにほほゑましい應酬の斷片であつた。

花、花と言つて、春になれば、花はどこにでも咲いてゐませう。何しろ、この都中《みやこぢゆう》、春の來ないところはないんですから。花を見にならまづ第一番に、私をおたづね下さつてはいかが。それとも、貴方の御覽になりたい花は白川あたりにしか咲いてゐないんでせうか知ら。どうでもお好きなやうになさいませ。彼女は甘え、かつ存分に拗ねて見せたのだらう。かうは言ひつつ、敎通が迎へによこした車に乘つて、いそいそと出かけたかも知れず、言はれた貴公子は、苦笑ひしつつ、とり敢へず小式部の家へやつて來たとも考へられよう。世はたけなはの春、のどかな眺めはいづこにも繰りひろげられる。

　死ぬばかりなげきにこそはなげきしかいきて問ふべき身にしあらねば

後拾遺集雑三、「二條前大臣《さきのおほいまうちぎみ》、日頃わづらひて、おこたりてのち、などとはざりつるぞと言ひ侍りければよめる」と詞書あり、「おこたりて」とは病氣平癒しての意。一説によれば、重病より蘇つた教通が上東門院に參上、その歸りに、小式部のゐる臺盤所の前を通りがかりに、あの時は危く死ぬところであつたのに、なぜ見舞にも來なかつたのかと、捨科白《すてぜりふ》のやうに言つて過ぎて行つた。彼女は走り出て彼を引きとめ、「死ぬばかり」の返歌をした。「死ぬばかり＝生きて＝往きて＝問ふ」の懸詞に、忍ぶ仲ゆゑ、晴れて見舞に參上するわけにも行かなかつたと、苦衷を訴へた。教通の憾みも、考へてみれば駄駄つ子の無理無態、翻然と覺るところあつて、彼女をかき抱いたとか。

　もろともに苔の下には朽ちずしてうづもれぬ名を見るぞ悲しき　　和泉式部

三奏本金葉集の雑下に長い詞書を添へて採られてゐる。すなはち、「小式部内侍亡《う》せて後、上東門院より年頃賜はりける衣《きぬ》を、亡き後にも遣はしたりけるに、小式部内侍と書きつけられたるを見てよめる」とある。衣には籍、すなはち名前書きがつけてあり、それを見ての悲歌といふ。名は消えぬ。いつそのこと、この世から、娘の名もその身と共に消え失せてさへくれたらと、子に先立たれた母親の、逆説的な願ひであつた。また別の物語には、小式部が病を得て危篤に陥つた時、「いかにせむいくべき方も思ほえず親に先立つ道を知らねば」と顫へる聲でよむと、病魔も感じ入つて退散、一度は快癒したとも言ふ。
百人一首の大江山は、金葉集の雜上、彼女の歌才を見縊つてからかつた中納言定頼《さだより》が、この一首で驚き、返歌にも及ばず逃げて歸つたといふ插話が、後の世には殊の他興味を持たれたのだらう。だが十代なら、これくらゐの才、珍しくはあるまい。殊に定家は、和泉式部の娘の、愛嬌あるしたたかさを傳へる金葉集の詞書に、一入《ひとしほ》心を動かされて、この歌を採つたにちがひない。早逝の佳人への哀悼も加はつてゐるだらう。生年は不詳だが歿年は萬壽二年一〇二五年で、二十五、六歳と推定される。

大江山いくのの道の遠ければまだふみも見ず天の橋立

＊　＊　＊

おきあかし見つつながむる萩の上の露吹き亂る秋の夜の風　　伊勢大輔

萩の花の露吹きみだす夜風、「もの思ふことありける頃、萩を見てよめる」の詞書を添へて、後拾遺集の秋上の後半に入撰してゐる。五句の何處にも切れ目がなく、纏綿と續く調べは、そのまま、作者の、夜を徹《とほ》しての沈思を現す。たとへば、夜もすがらもの思ふ云云の修辭など敢へて省いて詞書に讓り、初句は「おきあかし」、第二句で、歌の心は一應區切られる。以下は囑目である。だが、「ながむる萩の」と、連體形で第三句に繫がり、誦《ずん》じる時もここで切るべきではあるまい。

「見つつながむる」眼前の景色とは言ひながら、夜の萩の、細《こまか》い葉や花の上の、さらにささやかな露の見えるはずはない。夜明に、近づいて、顏さし寄せてまじまじと眺め、やっと見取れるものだ。「見つつ」と「ながむる」の二つの動詞が、微妙な差を持つのは自明のことだが、これを敢へて併用した歌は珍しい。「ながむる」は強ひて言ふなら、心の窓から見渡し、もの思ひつつ凝視することであらう。「歌ふ」と「ながむ」の違ひが、後者は聲を長く引いて唱ふことを意味するのと似てゐる。眺めは心象風景だ。それゆゑに、この風景も亦、心に從って風情を變へる。かすかな白珠の露が、心ない風のために、處定めず散りまがふのも、そのまま作者の亂れやすい胸中を反映する。

目も離《か》れず見つつくらさむ白菊の花よりのちの花しなければ
おもひやるあはれ難波のうらさびて蘆のうきねはさぞながれけむ
みるめこそあふみの海にかたからめ吹きだに通《かよ》へしがの浦風

荒れにける宿の軒端のわすれぐさかく茂れとは契らざりしを
落ちつもる木の葉隠れの忘れ水すむとも見えず絶間のみして

後拾遺時代の代表閨秀歌人伊勢大輔は、上東門院彰子に仕へる才媛群の中の一人でもあつた。敕撰入集はいづれも修辭の粹を盡さうとして、こまやかに心を配つてゐる。白菊の歌の面白さは、第四句以下のきつぱりした調べであらう。優しい斷言とも言はうか。「蘆のうきねはさぞながれけむ」は「音《ね》は泣かれけむ」を懸け、源信宗がその父小一條院ゆかりの難波に泊つてものした哀歌への同情の賠歌だ。小一條院は三條院の皇子であつた。淡海には海松《みるめ》は生えない。逢ふことがむづかしいのなら、せめて便りをとの心を、彼女は石山に籠つた高階成順に告げる。これらいづれも後拾遺入撰、順に秋下、哀傷、戀三に見える。「わすれぐさ」は玉葉集の戀四、「忘れ水」は新續古今集の戀五に撰入された。

今日も今日菖蒲《あやめ》も菖蒲變らぬに宿こそありし宿と覺えね
煙《けぶり》こそ立つとも見えね人知れず戀にこがるる秋と知らなむ
眞孤草《まこもぐさ》かりそめにても明かさなむながくもあらじ夏のしののめ

伊勢大輔集には、彼女の水際立つた技巧を示す歌が隠れてゐる。敕撰入集以上に特色のある秀歌として、「菖蒲《あやめ》」の大膽な同語重出、あるいは「戀」の屈折した文體、また「眞孤草」の結句の見事な轉調は記憶に値しよう。

百人一首歌は詞花集の春、まことにめでたい卽詠である。例年の通り奈良の僧都《そうづ》から宮中に獻上される八重櫻受領の役を、紫式部が新參の大輔に讓つてやり、衆目聚まる中で、彼女が見事この歌を詠じて、感歎をほしいままにするといふその場の物語の、華やかさを考へあはせてのことであらう。

いにしへの奈良のみやこの八重櫻けふ九重ににほひぬるかな

＊　＊　＊

花もみな繁《しげ》き梢になりにけりなどかわが身のなる方もなき　清少納言

清少納言集に「春、桂の枝の萠えたるに插して」と、繪のやうにうるはしい詞書を添へて、この一首が見える。花も若葉して梢は繁り、樹樹も濃綠になるこの春、春とは言へ、私自身は、どうなるといふあてもない。實の生る望みも、何になり變るすべも知らぬと、清少納言はもの憂い歎きを傳へる。「なる＝成る・生る」には、さまざまの意味が含まれてゐるが、「變る」を考へるのが妥當であらう。「花」から緣語風に結實の意の「生る」を導き出すのも一案だが、歌がややうるさくなる。

忘れずよまた忘れずよ瓦屋《かはらや》の下たく煙したむせびつつ
忘らるる身はことわりと知りながら思ひあへぬは涙なりけり
よしさらばつらさはわれに習ひけりたのめて來ぬは誰か教へし
われながらわが心をも知らずしてまたあひ見じと誓ひけるかな
いつか誰《た》が茂りまさると忘草よし住吉のながらへてみよ
たよりある風もや吹くと松島によせて久しきあまのはし船
これを見よ上《うへ》はつれなき夏草も下はかくこそ思ひみだるれ

勅撰集に入つた歌は、戀と雜ばかり、その雜も戀の趣がある。そして、戀とは言へ、例の嫋嫋として絶え入るやうな、忍戀、待戀の歌よりも、理路整然として、愛戀のあるべき姿を知らすやうな、醒めた調べが心を引く。時には、かへつてこの種の歌に新味が感じられるものだ。「瓦屋」の歌は後拾遺集の戀二、瓦屋根の住居は煙が下に籠るので、このやうに使ふが、今日見れば必ずしも美しい詩語ではない。「忘れずよ」の重詞も煩はしい。そこが、彼女のねんごろな技法と言へぬこともないが、あの簡潔で明晰な文章の魅力を思へば、別人の感もある。「忘らるる身」と「よしさらば」は詞花集、戀下と雜上、歌の言葉通り、ことわりの勝つた歌だ。このやうな賢い戀人も、相手によつては珍重したことだらう。

「われながら」「忘草」「松島」「夏草」、人に告げる歌さへ、みづからに歌ひ聞かせ、ひとり頷いてゐるやうな響きがある。續後撰集戀三、續古今集雜中、玉葉集戀一、續千載集戀一と、採られてゐるが、必ずしも代表作と目すべき作もない。いはゆる、したたかな歌だ。技法上よりも、その心ばへが、曖昧性や妥協を拒んでゐる。數多の才女ほとんどすべて、道長の威光に靡き伏し、彰子の後宮で姸を競つたあの時に、彼女は馬內侍と共に、皇后定子に仕へて、和魂漢才を誇つた。歌に關しては、馬內侍に一歩も二歩も讓らねばなるまいが、才氣煥發、胸の透くやうな言動は、何ものにも代へがたい。家集に見える他の歌も、しかと言ひ据ゑたものが優勢で、仄かに匂ひやかな調べは稀である。

言の葉は露もるべくもなかりしを風に散りかふ花を聞くかな
いつしかとまつの梢は遙かにて空に嵐の風をこそ待て
のがるれど同じ浮世の中なればいづくも何か住吉の里

百人一首歌は、歌そのものよりも、行成との丁丁發止の應酬、言葉合戰が更に更に興味津津、後拾遺集雜二の長い詞書の、その後日譚は枕草子にも詳しい。應酬の相手が名筆の聞え高い藤原行成、清少納言は例によつて、史記の孟嘗君の故事を引いて蘊蓄のほどを示す。終始受身の行成がこの一首で完敗する様《さま》は、歌よりも面白い。

夜をこめて鳥のそらねははかるとも世にあふさかの關はゆるさじ

＊　＊　＊

榊葉《さかきば》の木綿《ゆふ》しでかげのそのかみにおしかへしてもわたる頃かな

左京大夫道雅

儀同三司伊周の子道雅と伊勢の齋宮、三條院皇女當子《たうし》内親王との悲戀は、榮花物語の中にも傳へられてゐる。「木綿四手《ゆふしで》」の巻の名も、道雅の歌による。當子内親王が齋宮を退下して伊勢から歸つて來たのは長和五年一〇一六年、道雅は二十二、三の若者であつた。彼女は皇后宮から他の御殿に移されてゐたが、道雅は頻頻とそこへも通ひ、いつしか世の噂にも上るやうになり、つひに上聞にも達した。二人の仲は絕たれ、當子には看視役の女房まで側に侍る。榊葉の歌は、彼がひそかに屆けた歌の一つであつた。

齋宮であつた頃は榊に白木綿《しらゆふ》の幣《しで》をかけて、神・人の境を劃《かぎ》り、みだりに人を寄せつけぬ日常、まして男などタブーの最たるもの。その禁斷の聖女もやつと人になり、京へ歸つて來てからは、たとへ忍びつつも、通ひつめることもできた。ところがまた、關守のやうな女房があたりを見張つて近づけず、まるで伊勢の頃に押し返したかにきびしい状況になつてしまつた。そして荏苒、日を過すのみである。一首は、齋宮であつた昔、潔齋嚴しいあの頃にかへつてしまつたと、吐き出すやうに言つた、ただそれだけの內容である。悲しい、苦しい、堪へられぬ等等の極り文句は消されてゐる。縁語や懸詞が瓔珞のやうにまつはりついた、例のごとき文體を豫期してゐると、一瞬肩透かしを食つた感じだ。だが、この缺落感こそ、道雅の「木綿《ゆふ》しで」の命であらう。必ずしも歌才豐饒ではない青年の、一途な歎きが、かういふ一首にこそ迸つてゐるのだ。幼名松君と呼ばれ、その頃は、祖父の關白道隆にも殊の他愛寵をうけ、華麗な將來を約束されながら、父は失脚、みづからは密通あらはれて主上からも咎められ、つひに從三位で世を終らねばならなかつた貴公子の、殘した歌は、今日ただの六首に過ぎない。

逢坂はあづま路とこそ聞きしかど心づくしの關にぞありける
みちのくの緖絕の橋やこれならむふみみふまずみ心惑はす
涙やはまたも逢ふべきつまならむ泣くより他《ほか》のなぐさめぞなき
もろともに山めぐりする時雨かなふるにかひなき身とは知らずや

後拾遺集の戀三には、前齋宮當子との密通と、これを絕たれた經緯を綴つた詞書と共に

「逢坂」「榊葉《さかきば》」、次に百人一首歌の「人づてならで」、更に「緒絶の橋」の四首が竝んでをり、やや先立つて「涙」が見える。「時雨」は詞花集の冬に入撰してゐる。

逢坂の關は東方ならず、人目の關、守り女《まもりめ》の隔てる關がそれであつた。「心づくし」とは、樣樣に思ひ惱み、心を勞する謂であつて、現代の、眞心をこめてする、たとへばもてなしなどの意は、從の從にしか用ゐられない。またこの歌では「東路＝筑紫」の照應も兼ねてゐる。緒絶の橋は宮城縣にあつたといふ名高い歌枕。「踏みみ踏まずみ＝文見文見ずみ」と半ば懸け、結句のみが歌の心だ。

涙は、今一度逢ふ手がかり、たよりにもなるのだらうか。仲を絶たれて泣き暮す姿も彼の眞實ではあらうが、百人一首歌の、諦めたとだけ傳へたいのだが、直接にはとても無理だといふ哀訴は、逆境と悲戀に苛《さいな》まれた作者の、なりふり構はぬ眞情がうかがはれて、事實を背景とする時、いささかならず心を搏つ。だが、たとへば男が女に代つて作る「待宵」の失敗作などと同樣、何か女女しくて、歌の丈があまりにも低い。詞花集の「時雨」は、かういふ歌もあつたといふ程度のもの。殘された六首の中、「榊葉《さかきば》」の、何一つ傳へ得ず、聲を殺して洩らした無意味な一行が、かへつてこの貴公子の反面を、如實に映し出してゐるやうだ。

今はただ思ひ絶えなむとばかりを人づてならでいふよしもがな

＊　＊　＊

梢には殘りもあらじ神無月《かみなづき》なべて降りつる夜半《よは》のくれなゐ　權中納言定頼

奇拔な「紅《くれなゐ》」の歌は、權中納言定頼卿集の、四季順偶成歌群の中に現れる。十月、紅葉《もみぢ》も散りまさる頃の或る夜、葉は地上に降りつもり、木には何も殘さなくなる光景を、作者はまざまざと思ひ描く。現實はさもあらばあれ、定頼の心象の中なる地は、紅におほはれ、天には纖い裸の枝枝が鋭く差し交す。「なべて降りつる」もさることながら、結句の「夜半《よは》のくれなゐ」は、意表を衝く表現と言へよう。家集中の異色であり、散紅葉の歌すべての中でもその存在を強調し得る。夜の暗黑の中の紅、作者の瞼の裏に積る血紅の病葉《わくらば》の幻影は華やかに、かつ凄じい。

だが、この歌、眞の動因は「紅葉」でも「くれなゐ」でもなく、實は「なゐ＝地震」にあつた。かつまたよく出來たことに、「紅葉降る」であると同樣、地異の方もまた「なゐふる」と言ふ。詞書あり「十月ばかり、夜、地震《なゐ》のいたくふりければ」。勿論、定頼邸庭前の紅葉も散りつつあつたらう。事實、この地震のために散り急ぎ、散りつくした紅葉もあらう。しかしその散紅葉は、あくまでも、この風流人の遊びの、創り出した空間の中に凍りつく。さすがあの知識人、大納言公任の息子だ。細工の見事なことは、あるいは父親以上かも知れない。公任には、「夜半《よは》のくれなゐ」と言ひ放ち、言ひ納めるほどの、實作者としての言語感覺の冱えはなかつたやうだ。
つれづれとながめのみするこの頃は空も人こそ戀しかるらし
八重葎繁れる宿につれづれと訪ふ人もなきながめをぞする
曇りなくさやけきよりもなかなかに霞める空の月をこそ思へ
春雨に花咲きしより秋風にもみぢ散るまでものをこそ思へ

定頼の榮譽は、名敕撰集玉葉に七首も入撰したことと、同じく人も知る風雅集の、戀四の巻首、雜中の巻軸に撰ばれたことであらう。父の公任は玉葉五首、かつ巻頭・巻末の例はなかつた。「空も人こそ」と「訪ふ人もなき」が、その風雅集の戀歌と雜歌であり、「空の月」は玉葉集春上、「春雨」は戀四に見える。「眺《なが》め・長雨《ながめ》」は、後拾遺時代既に使ひ古された懸詞ではあるが、その舊態を一新するのが、第四句だ。人が空を眺めるのは、遣りどころのない戀の惱みゆゑ、そして空が長雨するのも亦、あるいは人戀しさのためではあるまいかと、定頼は思ひがけぬ發想を試みる。ありさうで聞いたためしのない表現だ。「つれづれと」は、徒然草とはやや趣が變つて、もの思ひに耽りつつ侘しくの意をこめてゐる。眺めにも同様に、もの思ひに沈む意あり、「八重葎」の歌は、ただ茫茫と、草と心がけぶり合ふ趣であらう。「空の月」も先蹤はあまたあらうが、おのづから大江千里の「朧月夜にしくものぞなき」を、人は思ひ浮べるだらう。こもごもに唱和する時、定頼の第三句が、無用の用を果して、殊に朗詠などするとめでたからう。彼は誦經の名手であつたとか。「春雨」「秋風」の對照、いかにも唐詩の對句を思はせるが、前歌空月にしても、「こそ思へ」の強勢が凡調から救ふ妙手になつてゐる。後拾遺集の羇旅と千載集の雜中には、公任・定頼、定頼・公任の、父子問答風に、二首づつ、番《つがひ》で入撰、いづれも父公任が出家して長谷に赴く折の歌で、出來映えよりも、そのうるはしい心ばへを賞されたのだらう。
百人一首歌は千載集の冬、言はずと知れた人麿の「もののふの八《や》十《そ》氏河《うぢがは》」の本歌取、早朝のすがすがしさなどより、屛風歌風な趣向が、實景寫生にも先づ感じられる。定家は勿論、源氏物語の宇治十帖を思ひ浮べつつ、この歌を撰んだらう。平凡な敍景歌の彼方に、纏綿たる物語の世界を重ねる手續きを厭はねば、退屈も大いに紛れるに違ひない。

朝ぼらけ宇治の川霧たえだえにあらはれわたる瀬瀬の網代木

＊　＊　＊

わが袖を秋の草葉にくらべばやいづれか露のおきはまさると　相模

相模は敕撰入集百九首、殊に後拾遺集は四十首、時を隔てること二世紀半近い、定家撰進の新敕撰集には十八首、新古今集は十一首、十一世紀前半の才媛群の中では、赤染衛門と竝ぶ作者であらう。「いづれか露の」の第四句の、引き緊つた調べは、彼女の才智の閃きである。草の露と袖の涙の照應も、既に十世紀で使ひ馴らされ、しかもこの後も飽くことなく繰り返されるが、それだけに、作者の個性と手腕によつて、蘇りもしようし、黴の生えることもあり得る。相模の願望三句切は、後の世の連歌風に、上句・下句の對照を生んで發想の陳腐を見事に救つた。しかも、意味の上では、上・下は倒置されてゐるところも、この歌のめりはりを明らかにする。後拾遺集の戀四は、この歌の次に同じ作者の歌今一首、「ありそ海の濱のまさごを皆もがなひとりぬる夜の數にとるべく」を竝べた。構成これまた俳諧の長句・短句に似る。一人寢る夜のあまりの多さに、數取りの具として濱の砂全部を所望する極端な誇張法は、しかしながら、今日は既に諧謔すら感じさせてくれない。

霞だに山路にしばし立ちとまれ過ぎにし春の形見とも見む
かぞふれば年の終りになりにけりわが身のはてぞいとど悲しき
われも思ふきみも偲ぶる秋の夜はかたみに風の音ぞ身にしむ
冬の夜を羽も交さず明かすらむ遠山鳥ぞよそにかなしき

霜凍る冬の河瀬にゐる鴛鴦《をし》のうへしたものを思はずもがな
手もたゆくならす扇のおきどころ忘るばかりに秋風ぞ吹く
あかつきの露は涙にとどまらでうらむる風の聲ぞのこれる
神無月しぐるるころもいかなれやそらに過ぎにし秋の宮人
逢ふまでのみるめかるべきかたぞなきまだなみなれぬ磯のあま人
稲妻は照らさぬよひもなかりけりいづらほのかに見えしかげろふ

「春の形見」こそ新敕撰集夏の巻首、「わが身のはて」の歎きは雑歌一の巻軸歌であった。以下、「秋の夜」は戀五、「冬の夜」は雑一、「鴛鴦《をし》」は雑二、いづれも、當時の定家の採りさうな冷やかな味のある歌ばかり、佳作には入れてよい。「秋風」以下すべて新古今集の入撰歌、「秋風」「露」が秋上、「秋の宮人」は哀傷歌、「みるめ」は戀一、「稲妻」は戀五、これらは最終的には後鳥羽好みの、相模の複雜な技巧を誇る作が撰ばれてゐる。「露は涙」の微妙な味もさることながら、枇杷皇太后宮三條天皇中宮、道長女妍子の死を悼み、女房達に弔問の歌として贈った「秋の宮人」のゆかしさ、「稲妻」の鋭い三句切と、仄かにあはれな下句の照應は、ふと新古今歌人を思はせる。次はいづれも後拾遺集、「卯の花」と「たちばな」は夏、「わが戀」は戀四、殊に「わが戀」の大膽な詠風が爽やかだ。

見渡せば波のしがらみかけてけり卯の花咲ける玉川の里
さみだれの空なつかしく匂ふかな花たちばなに風や吹くらむ
いつとなく心そらなるわが戀や富士の高嶺にかかる白雲

百人一首歌は後拾遺集戀の四、相模五十歳を越えてからの、五月五日菖蒲《あやめ》の根合《ねあはせ》の折の歌で、その歌合の次第は榮花物語にも詳述されてゐる。袖が朽ちるのみか、名さへと解する說、濡れた袖は乾さぬままに、朽ちずあるものをとする說、いづれにしても常套に近く、いかにもくだくだしく重苦しい。

恨みわびほさぬ袖だにあるものを戀に朽ちなむ名こそ惜しけれ

＊　＊　＊

木《こ》の間《ま》洩るかたわれ月のほのかにも誰《たれ》かわが身を思ひいづべき　前大僧正行尊

詞書にはさり氣なく「山家にて有明の月を見てよめる」と記してゐる。下弦の月が木の梢の彼方に見える。さらぬだにはかない月光の、しかも有明、仄に淡く淡く、あるかないかの月光が、世を捨てた身には沁む。このやうに隠れ住む自分の身の上を、誰か世に在つて思ひ出すだらうか。三條天皇皇子敦明親王の孫に生れた貴族の身が、三井寺の小阿闍梨から修行を始めて、大峰・葛城を始めとして、名ある山山には遠近を問はず赴き、修行に努め、行者としても無雙の聞えがあつた。竝竝の苦勞ではなかつたらう。

草の庵を何露けしと思ひけむ漏らぬ窟《いはや》も袖は濡れけり
見し人はひとりわが身に添はねどもおくれぬものは涙なりけり
心こそ世をば棄てしか幻の姿も人に忘られにけり

「かたわれ月」のほか、たとへば「窟《いはや》」「涙」「幻」等を含めて、金葉集の雑上にだけでも行尊の歌は六首入撰してゐる。「窟《いはや》」には「大峰の笙の窟にてよめる」、「涙」には「大峰の神仙と言へる所に久しう侍りければ、同行ども皆限りありて罷りにければ、心細さによめる」、また「幻」には、「年久しく修行しありきて、熊野にて驗《げん》比べしけるを、祐家卿參りあひて見けるに、ことのほかに痩せ衰へて、姿も怪しげに窶れたりければ、見忘れて傍《かたはら》なる僧に、いかなる人ぞ、ことのほかに驗《しるし》ありげなる人かななど申しけるを聞きて遣はしける」と詞書に語らせてゐる。作歌動機は自明であらう。

制作時は前後しても、いづれ荒行苦行中のものと思しい。苦行僧の、人間離れのした、悟入の偈や、道歌紛ひの釋教歌とは、行尊の作は全く關りがない。「誰かわが身を思ひいづべき」「袖は濡れけり」「涙なりけり」「忘られにけり」と、詞書を變へれば、そのまま戀歌として通用しさうな、人戀しさに溢れた、涙脆い歌ばかりである。しかも、そこに惰弱の嫌ひは毫もない。世を脱れつつ人の情を捨て切れぬ人の僞らぬ心の歌だ。

鶯は花の都も旅なれば谷の古巣を忘れやはする
思ひいづる心や君はなかるらむ同じ有明の月を見るとも
この世にはまたも見るまじ梅の花ちりぢりならむことぞかなしき
わがごとくわれをたづねばあま小舟人も渚の跡とこたへよ
春來れば袖の氷もとけにけり漏り來る月のやどるばかりに

行尊の敕撰入集歌四十八首の中に二首戀歌がある。中の一首が「鶯」で詞花集の戀下。律師仁祐の寵愛の稚兒が行尊の所へ行つたので「鶯は木傳ふ花の枝にても谷の古巣を思ひ忘るな」と書き送る。行尊の作はこの返歌、私に心を移すやうなことはないと仁祐の憂慮を慰めてやる味な一首だ。これが「戀」に入つたので、當時も物議を釀したやうだ。「有明の月」は風雅集の戀四、「曉片思《あかつきのかたおもひ》」の題で作つたとある。歌合歌でもあらう。「梅の花」は重病の折の作、これが辭世になつたとも、詞花集の雜下に附記がある。「渚の跡」

は新古今集羈旅、「袖の氷」は雜歌上、行尊にしては珍しく技巧の勝つた歌だ。百人一首の山櫻は金葉集雜上、「大峰にて」の詞書がないと一首だけでは感興も頗る淺い。すなはち「大峰にて思ひかけず櫻の花を見てよめる」は、深山の常盤木の中に混つて、珍しい櫻を發見してのことであり、一首がまづ花への呼びかけで始まるところに、西行の先驅を見るべきだ。

もろともにあはれと思へ山櫻花よりほかに知る人もなし

＊　＊　＊

朝な朝な折れば露にぞそぼちぬる戀の袖とや磐余野《いはれの》の萩　周防内侍

周防内侍集に「女院の前栽合　萩」と詞書がある。前栽歌合は殊に秋、たとへば十世紀末頃からしばしば催されてゐた秋草、蟲等の題の歌合だが、他の場合の、抽象的で架空な題詠と異り、この場合は、庭前の景色を見ながらの制作であつた。「御前の庭の面《おも》に、薄《すすき》・荻《をぎ》・蘭《らに》・紫苑《しをに》・芸《くさのかう》・女郎花《をみなへし》・刈萱・瞿麥《なでしこ》・萩など植ゑさせたまひ、松蟲・鈴蟲を放させたまふ」とは、九七二年天祿三年葉月末近くの、規子內親王前栽歌合の記録の冒頭部分、この他に、左右兩方、文臺の洲濱に、それぞれ花野のミニアチュールを造つて、その趣向をも競べ合ふ。歌は原則として即詠、また當然、その日の天候によつて、月を愛で、あるいは白雨に興ずることもあつたらう。周防内侍は、後冷泉・白河・堀河の三代に出仕し、一〇九三年寛治七年の郁芳門院媞子《いくはうもんゐんていし》の菖蒲根合から、數數の歌合や歌會に、その出色の歌才を謳はれた當時の代表歌人の一人であつた。

磐余野《いはれの》は大和の磯城《しき》郡と高市《たかいち》郡にわたる野で、古來萩の名所としてしきりに歌はれてゐる。「戀の袖」一語で、遂げ得ぬ戀に泣き濡れる袖、來ぬ夜あまたの悲しみに乾く間もない袖を現してゐる。しかも、あくまで題は「萩」、戀は季節の秋の、從たる彩りであらねばならぬ。「とや言はれ＝磐余野《いはれの》」は、この邊の呼吸を心得ての、即妙の修辭であつた。結句は、ふたたび始めに還り、「磐余野の萩、朝な朝な、折れば露にぞそぼちぬる」と、循環的に、秋の愁ひを訴へる仕組にもなつてゐるのだ。

戀ひわびてながむる空の浮雲やわが下燃えの煙《けぶり》なるらむ

郁芳門院根合の五番「戀」、この時彼女は「内周防掌侍」名で、右方に連なつた。左方大貳の歌は「衣《ころも》では涙に濡れぬくれなゐの八入《やしほ》は戀の染《そ》むるなりけり」。これが最終番であつたが、それまでの判と、菖蒲の根の長さで、既に左方の勝が決定してゐたので、左右共に座を立つてしまつた。從つて未判のままとなつたが、周防内侍の歌は後に金葉集の戀下に採られるほどの秀歌、宮廷でも「下燃えの内侍」と異名を取り、彼女の代表作の一つとされる。後の世に、俊成女が本歌取を試み、「下燃えに思ひ消えなむ煙だに跡なき雲の果てぞかなしき」は、後鳥羽院の推奨を得て、新古今集戀二の巻頭の榮を賜る。

何か思ふ春の嵐に雲晴れてさやけき影は君ぞ見るべき
淺茅原はかなくおきし草の上の露を形見と思ひかけきや
都にも久しき壹岐の松原のあらば逢ふ世を待ちもしてまし
ほととぎす山路に歸るあけぼのの忘れ形見の聲は聞きつや

「さやけき影」は金葉集雜上の巻軸歌、源俊重が式部丞を望んでの申文《まうしぶみ》に添へた歌に、堀河院の命で代つて返歌したもの。俊重は昇進を遂げたとか。「淺茅原」は新古今集の哀傷に見える。白河院の中宮賢子亡き後、荒れ果てた御殿の夏草の露を、七夕の夜、童らが取り集めるのを見ての作。「壹岐の松原」は新續古今集離別、大納言經信筑紫赴任の餞《はなむけ》。「ほととぎす」は家集にあり、近衞佐行宗への贈歌、いづれも巧者であるが、殊に「思ひかけきや」「聲は聞きつや」の疑問形結句は心に響く。

百人一首の作は千載集の雜上、輕妙な應酬である上に、華やかな味はひ、出色の作の一つ。大納言忠家の返歌、「契りありて春の夜深き手枕をいかがかひなき夢になすべき」も即妙の作であり、併せて讀めば、關白教通《のりみち》邸の雰圍氣も、まざまざと浮んで來るだらう。

　春の夜の夢ばかりなる手枕にかひなく立たむ名こそ惜しけれ

＊　＊　＊

あしひきの山のあなたに住む人は待たでや秋の月を見るらむ　三條院

　東方に昇る月を夕暮ひととき、急ぐゆゑよしもないのに、焦がれるやうにその時を待ち望む。ふと考へる。月は山の彼方に姿を現す。それならば、山の向う側に住んでゐる人人は、日が暮れたら、待ちかねることもなく、すぐに月を見ることができるのだらうかと。山と月の關りは古歌に種種のパターンを見せる。山のあの端さへなかつたら、月も沈むことができないだらうとは、伊勢物語の紀有常の歎きであつた。

　新古今集の秋歌上、秋の初風に七夕、やがて三夕の歌が揃ひ、ふたたび身に沁む秋風が吹き、次に、俊成女の「杜間月」を先頭に、秋月作品群がその光耀を競ふ。家隆・有家・慈圓・式子内親王等の、當代屈指の秀作が續き、次に、圓融院・三條院・堀川院の御製が飾られるといふ、念入りな趣向である。三條院の歌は、さながら宵の月のやうに、どこかに無垢な魂の翳が添ひ、淋しさと大らかさを兼ね持つてゐる。かへつていたましい。

即位の時既に三十六歳、在位わづか五年、病を得て位を、上東門院彰子を母とする四歳の東宮、すなはち權勢竝びない關白道長の外孫に讓る。後一條天皇である。位を下りて後重い眼病にかかる。病の治療に用ゐた藥、金液丹の副作用とする說も生じた。あり得ることだ。眼疾癒えず、重い風邪にかかつてゐる天皇の頭髮に、治療のためと稱して、醫師達は、氷混りの寒の水を注ぎ、病人三條院は色を喪つて顫へ上つたといふ、怖るべき挿話も傳はつてゐる。悲運の帝は多い。夭折の天皇は長壽の天皇の數を遙かに越えるだらう。三條院の崩御は四十二歳の重陽の當日であつたが、既に失明、菊の色も、たとへ存命でも見え分かぬ身、それでゐて、かたはらからは、どこが惡いのか判らぬほど、美しい眼であつたとか。一讀、暗然とするやうな幾つかの御製が、薄命を際立たせる。

忘られず思ひ出でつつ山人《やまびと》をしかぞ戀しくわれも眺むる
いにしへの近きまもりを戀ふるまにこれは偲ぶるしるしなりけり
秋にまたあはむあはじも知らぬ身はこよひばかりの月をだに見む
月かげの山の端わけて隱れなばそむく浮世をわれや眺めむ
春霞野邊に立つらむと思ふにもおぼつかなさを隔てつるかな
つくづくと浮世にむせぶ河竹のつれなき色はやるかたもなし

「山人《やまびと》」は後拾遺集雑三、「偲ぶるしるし」雑五、「こよひばかり」は詞花集の秋、「そむく浮世」が新古今集雑上、「春霞」新千載集の戀四、「河竹」は新拾遺集雑中、それに「山のあなた」と、後拾遺雑一の百人一首歌を併せての計八首が、御製として傳はるものだ。相聞「山人《やまびと》」と「そむく浮世」は、東宮の頃、少納言藤原統理《むねまさ》が出家を決意した時の歌。に似た、やや誇張に過ぎるかとも思はれる修辭にこまやかな心の交流が偲ばれる。

「近きまもり」とは「近衛」、左近衛大将濟時を偲ぶ言葉、道長から敦儀親王誕生に際して太刀を贈られた折の挨拶。「こよひばかりの月」は、「戀しかるべき夜はの月」と同工異曲の、悲調ただならぬ、一讀辭世かと思ふやうな調べだ。戀歌は「皇后宮に聞えさせ給うける」とあり、優雅な閨怨でもあらう。珍しい御製と言へよう。「河竹」には「世を歎かせ給うて」の詞書が添ふ。河竹は清涼殿東庭の御溝水《みかはみづ》に近く生えてゐる女竹と言ふ。最ももの悲しく重い響きのこもる佳作であつた。

百人一首歌は後拾遺集雑一に見え、御製八首中、切羽詰つた悲哀の表現では殊に印象に残る。長和四年一〇一五年師走、十日餘りの月を眺めての御製と榮花物語にも傳へる。月四首の中では、しかしながら、「秋の月」と「こよひばかりの月」が、殊に心に沁む。

＊　＊　＊

心にもあらで浮世にながらへば戀しかるべき夜はの月かな

山里の春の夕暮來てみれば入相《いりあひ》の鐘に花ぞ散りける　　能因法師

新古今集春歌の下、躬恆の晩春詠、「花の散るのみ」に始まる落花詠歌群、數へて約四十首、その前半に、能因のこの長閑《のどか》な一首は飾られる。單純無類の文體、他の歌が、憂しだとか、侘しとか、事こまかな感情表現を試みたり、それに代る特別の秀句を競ふ中に、能因は、あり來たりの詞を、あたり前の順序に配列してゐるだけのやうに見える。にも拘らず、新古今時代の天才、才媛の彫心鏤骨の作に少しも遜色がない。否、かへつてこの曲の無さが、破墨の太太とのびやかな線さながら、千紫萬紅の中で、その存在を強調する。かつまた、逆に、このやうな健かな、直線的な、單色の作品を配することによつて、十二世紀末の、爛熟調が映える。後鳥羽院の鋭い審美眼のなせる業でもあらう。

よそにてぞ霞たなびくふるさとの都の春は見るべかりける
櫻咲く春は夜だになかりせば夢にもものは思はざらまし
世の中を思ひすてて し身なれども心よわしと花に見えける
世世ふともわれ忘れめや櫻花苔の袂に散りてかかりし
秋はなほわが身ならねど高砂の尾上の鹿もつまぞ戀ふらし

思ふことなけれど濡るるわが袖はうたたある野邊の萩の露かな

後拾遺歌人能因の歌は、この敕撰集に三十一首採られてゐる。次が新古今集の十一首、これで總入撰六十五首の七割弱となる。「霞」「夢」「心」「苔」はその後拾遺春上、「鹿」「袖」は秋上に見える。「都の春」を、やや離れて再確認するのは、新しい美の發見、この趣向は、他にも「山高み都の春を見渡せばただ一むらの霞なりけり・大江正言」もあり、素性の「都ぞ春の錦なりける」とはやや異つた捉へ方である。「夜思櫻《よるさくらをおもふ》」は、古今集業平の「絶えて櫻のなかりせば」以來の逆説表現だが、曲のある調べは、魅力の薄れぬものだ。特に漆黑の闇に、仄白い櫻の浮び上る幻想は比類がない。「心よわし」は世を捨てても花を捨て得ぬ人の情、「苔の袂」は宇治關白賴通に被物《かづけもの》を賜はつたことへの、間接的な挨拶だ。「鹿」は戀する身ではさらさらないが鹿の聲にあはれを催し、「萩」も亦、既に世の常の涙は忘れた身にかかる秋のあはれの露、この萩の露のものうげな調べは、後拾遺歌の中の白眉とも思はれる。

瑞垣《みづがき》にくちなし染《ぞめ》の衣著て紅葉にまじる人や祝り子《はふこ》
よそにのみ思ひおこせし筑波嶺《つくばね》のみねの白雲今日見つるかな
夏草のかりそめにとて來しかども難波の浦に秋ぞ暮れぬる

夕されば潮風越してみちのくの野田の玉川千鳥鳴くなり

昔こそ何ともなしに戀しけれ伏見の里に今宵宿りて

「瑞垣《みづがき》」「白雲」は新敕撰入撰。祝り子、すなはち神主が黄の衣を著て、瑞垣の白を背景に、紅葉散る中に立つ繪畫的技法抜群、神祇歌の巻軸。雜歌四の「白雲」も、新古今集秋下の「難波」、冬の「みちのく」、玉葉集旅歌の「伏見」、いづれも漂泊の旅に生きて、逸話の多かつた能因の心の記録の一齣一齣であつた。無雑作な調べながら獨特の味を持つ。百人一首歌も後拾遺集秋下、上古の正風體ではあらうが、この曲のなさは美には遠い。そして後拾遺時代でも、かつ晴の歌にでも、技巧を盡した「餘情妖艶」の歌はいくらも見られる。百人一首の、陳腐な歌あまたある中に、これは筆頭に置かれても文句はあるまい。

あらし吹く三室の山のもみぢ葉は龍田の川の錦なりけり

＊　＊　＊

五月闇《さつきやみ》はなたちばなに吹く風は誰《た》が里までか匂ひゆくらむ　良暹法師

詞花集の夏、この巻に橘の花は二首現れるのみである。前《さき》に良暹の「藤原通宗朝臣歌合し侍りけるによめる」と詞書した「誰が里まで」、後に花山院の御製「宿近く花橘は掘り植ゑじ昔を偲ぶつまとなりけり」。金葉集夏も同じく二首、千載集は六首、新古今に到つて數は俄に増し、その數は十首となり、秀歌目白押しの、空前の眺めとなる。

萬葉の昔は言ふに及ばず、古今集の夏も、山ほととぎすの谺に満ち、卯の花や橘の花は蔭にひつそり息づいてゐた。後世の本歌取作品をあまた生んだのは、伊勢物語にも見える「さつき待つ花橘の香をかげば昔の人の袖の香ぞする」であつた。後撰・拾遺に見るべき橘無く、後拾遺にまた二首の入集を見るが、同工異曲、異工同曲は他の素材の場合も同じながら、闇に柑橘の花の芳香を聞かすゆかしい心ばへは、夏の儀式としても欠けてはならぬものだ。「誰《た》が里まで」は、遠く、遙かに、その香を風が吹き送る謂であるが、「誰」の中には、敢へて戀人とは言はずとも、知己・友人・ゆかりある人人の一人一人を容れてゐるだらう。この歌の、さういふ擴がりとふくらみが忝い。「匂ひゆく」の「ゆく」と言ふ用法のむつかしい動詞が、ここでは命を得た。

かすめては思ふ心を知るやとて春の空にもまかせつるかな

朝寝髪亂れて戀ぞしどろなる逢ふよしもがなもとゆひにせむ

良暹の敕撰入集歌三十一首の中に戀歌が二首ある。「春の空」は金葉集戀歌下の巻頭第一首に推された。題は「初戀」、「かすめては」は、それとなく、ほのめかせて、おぼろげに等の意を持つが、はつきりとは形をなさず、うちつけには言ひがたい、初初しい戀心を言ふのだ。そのやうな、いらだたしい切なさは、春天のまにまに、空頼みにするほかはなく、知るやと問うて、屆く心でもあるまいと言外に歌つてゐる。「朝寢髪」は後拾遺集の戀一、艷書向きの歌をといふ歌會の趣向に應じて作つたらしいが、結句がいかにも無器用なこじつけになり、一首の調べが低い。

尋ねつる花もわが身も衰へて後の春ともえこそ契らね
袖ふれば露こぼれけり秋の野はまくり手にてぞ行くべかりける
天つ風雲吹きはらふ高嶺にて入るまで見つる秋の夜の月
板間より月のもるをも見つるかな宿は荒して住むべかりけり
夜もすがら擣《う》ちも撓《たゆ》まず唐衣たがためたれか急ぐなるらむ

「花」は新古今集春下、「秋の野」は後拾遺集秋上、「高嶺」は詞花集秋、「宿」は雜上、「唐衣」が續後撰集の秋下、いづれも一癖ある異風堂堂の調べだが、中でも「秋の野」の「まくり手」は有名。すなはち住吉の神主がこれを難じたところ、作者次次と既往の證句を提出、丁丁發止の末、つひに神主の國基を沈默させたといふ。だが、好ましい詩語ではないし、遂に熟さなかつた。「高嶺」は叡山上の詠、「宿は荒して」は稚氣滿滿の趣も捨てがたい。これらの中ではやはり新古今集の「花」が、作者の本領を傳へてゐるやうだ。

百人一首歌は後拾遺集の秋上、ことごとしく新古今集の三夕等と比べるまでもなく、全く新味がなく、また、良暹法師の、一種獨特の、個性的な文體、體臭に似た調べも、ほとんど匂つて來ない凡歌だ。たとへば、せめて初句だけでも、他の歌のやうに常識を拒んだ表現を得てゐたら、眞に先驅的な、まことの寂しさが漂つたことだらう。

さびしさに宿を立ちいでてながむればいづくも同じ秋の夕暮

＊　＊　＊

雲拂ふ比良《ひら》の嵐に月冱えて氷かさぬる眞野《まの》の浦波　　大納言經信

續古今集の冬には第二句が「比良山風に」と「嵐」を拆字《たくじ》風に二字に拆《ひら》いて讀ませて入撰してゐるが、「あらし」の方が音韻の上からも美しく、大納言經信卿集に從ひたい。題も敕撰は「題知らず」、家集では「氷」になつてをり、部立のある家集の秋歌に「蘆のまろやに秋風ぞ吹く」は見え、戀・雜・述懷が四季の後に續く。

歌枕の眞野は萬葉以來のもので、能因歌枕は攝津、八雲御抄は近江と諸說あり、後者が有力に見えるが、なほ「潮」を歌ふ秀作もあつて疑義は殘る。もつとも歌枕はその九割方が一種の心象風景だから、一一檢證する要もあるまい。實在の風光以上に生き生きとした想像詠が生れれば祝著至極、經信の眞野浦もその一例かも知れぬ。「繪に描いたやうな」と言ふ月並な形容詞が横行するのは笑止なものだが、この歌など、まさに、屛風歌の典型に見える。經信の制作動機はさにあらず、にも拘らず、初句からまことに入念な墨の濃淡の使ひ分け、遠近法の效果を計算に入れ、まづ比良の高嶺の遙かにおごそかな姿を描き、中空には寒月、しかも「雲拂ふ」で、その動きまで表現する。場面は一轉近景に移り、薄氷の消えやらぬ上にまた氷が張る微妙な刻刻を、「氷かさぬる」で描き盡す。見事な修辭と言ふ他はない。實景を近江なり攝津へなり見に行つたところで、このやうな大景、なかなか一望の中に收められるものではない。想像力と修辭力の賜物だ。第十敕撰集まで埋れてゐたこと自體訝しいやうな秀作と言ふべきだらう。

沖つ風吹きにけらしな住吉の松のしづ枝を洗ふ白波
玉柏《たまがしは》庭も葉廣になりにけりこや木綿四手《ゆふしで》神祀《まつ》る頃
大井川岩波高し筏師よ岸の紅葉にあから目なせそ
月清み瀨瀨の網代による氷魚《ひを》は玉藻に冱ゆる氷なりけり

初雪は眞木の葉白く降りにけりこや小野山の冬のさびしさ
神垣にむかしわが見し梅の花ともに老木となりにけるかな
ふるさとの花のさかりは過ぎぬれど面影去らぬ春の空かな
ふるさとに衣擣《う》つとは行く雁や旅の空にも鳴きて告ぐらむ
ひさかたの空にかかれる秋の月いづれの里も鏡とぞ見る

經信の敕撰入集は八十六首の中、金葉集に二十七首、新古今集十九首で過半數を占めてゐる。「住吉の松」は後拾遺集雜四で自讃歌、次から順番に、金葉集の夏及び秋、冬二首となり、「老木」は雜上の巻頭第一首、「花」「雁」は新古今集の春・秋下、「秋の月」は續千載集の秋下巻首に採られた歌である。いづれも構へて作つた姿と、調子の高さを買ふべきだらう。「玉柏《たまがしは》」は賀歌の感も濃厚だ。「紅葉」の「あから目」はよそ見、脇見の意で、この歌、威儀を正して冗談を言つてゐるやうだ。「氷魚《ひを》」は經信一代の秀作に數へられてよい。纖麗透徹、凜然として響きも清い。「小野山」は伊勢物語惟喬親王を心においての歌であろう。新古今集の「花」の下句は匂ひやかで氣品に溢れ、歸雁も同様に下の七七で精彩とみに加はる。桂大納言と呼ばれ、作文《さくもん》の他にも有職に通じ、管絃に堪能であつた彼は、公任と相通ずる面を持つてゐたやうだ。

百人一首歌は金葉集の秋、癖のない詠風だが、代表作とするには、あまりにも平凡に過ぎるだらう。作者經信は大納言公任を、詩歌・管絃・有職三船の才の大先輩として尊敬、定家は、經信を重んじつつ公任は敢へて無視する態度をとつた。「蘆のまろや」に、新古今調の魁をなす新風の香りなどはさらにない。

夕されば門田の稲葉おとづれて蘆のまろやに秋風ぞ吹く

＊　＊　＊

袖の上の露けかりつる今宵《こよひ》かなこれや秋立つはじめなるらむ　祐子內親王家紀伊

新秋の爽やかな訪れを歌つた一首、ではない。祐子內親王家紀伊集には、「秋の節《せち》に入る夜、常に來る人の來ざりければ、翌朝《つとめて》」と詞書あり、男に宛てたものであらうが返歌は載つてゐない。だから、この秋は、人の心に立つ秋。袖の露けさは、待ちわびて泣き濡らしたためであつたことも、さこそと思はれる。

閨秀歌人特有の嫋嫋たる調べはほとんど見られず、きつぱりとした三句切、すつくと立上つて指し示すかの下句、共に捨扇《すてあふぎ》の憂き目を見た女の歎きの歌とは思へない。袖の濡れるのも口上だけで、むしろ、一種の絶縁状かと思ふほど、歌そのものには未練が感じられず、それがすがすがしい。なほこの歌、詞花集戀下には、「夜離《よが》れせず詣《まう》で來ける男の、秋立ちける日、其夜《そのよ》しも來ざりければ、朝《あした》に言ひ遣はしける」と詞書して、初句が「常よりも」の形で見えるが、「袖の上の」が遙かによい。詞書一つにしても、詞花集の方はいかにもくだくだしい。

陽炎《かげろふ》のほの見し人の戀しさにあるにもあらず戀ひぞ消《け》ぬべき

この身を揉むやうな苦しい忍戀の歌も家集中の白眉と目されるが、續後拾遺集の戀四、巻首から二首目に、「堀河院に百首の歌奉りける時、逢不會戀《あひてあはざるこひ》」と詞書あつて入撰、但し第二、三句が「ほの見し人にあひ見ねば」と異同がある。この場合も、「見《み》」の重なるのが煩しく、ややあらはながら、「戀しさに」の方が訴へる力がより強からう。

わが戀は天の原なる月なれや暮るればいづる影をのみ見る
朝まだき霞なこめそ山櫻たづねゆくまのよそ目にも見む
恨むなよ影見えがたき夕月夜おぼろげならぬ雲間待つ身ぞ
おく露もしづごころなく秋風にみだれて咲ける眞野の萩原
浦風に吹上の濱の濱千鳥波立ち來らし夜半に鳴くなり
待つほどのいつとも知らぬ別れ路に添ふる扇の名をたのむかな

人知れぬ戀には身をもえぞ投げぬとどまらぬ名をせめて思へば
たぐひなく見ゆるは春のあけぼのに匂ふ櫻の花ざかりかな
おく霜はしのびの妻にあらねどもあしたわびしく消え返るらむ

「わが戀」は後拾遺集の戀二、晝間通って來て、夜泊ってくれぬ男への精一杯の皮肉だ。縹渺として暗さが微塵もない天晴な戀歌。「山櫻」は有名な高陽院七番歌合のもの。寛治八年一〇九四年前關白師實主催。女房七人男七人。周防内侍・大江匡房・源俊頼の名も見える。紀伊はこの歌、文章博士《もんじやう》藤原行家との番《つがひ》で勝、詞花集の春に入撰。「夕月夜」は金葉集戀下。志のない男への言葉で嚴しい。「秋風」「濱千鳥」は新古今集の秋上と冬に採られ、「扇」「とどまらぬ名」は新續古今集の離別と戀一、「あけぼの」「しのびの妻」は、「陽炎」「とどまらぬ名」と共に堀河百首中の家集にのみ見える。この百首、秀作が多い。

百人一首歌は、その堀河院主催の内裏艷書合の歌、これにも俊頼・周防内侍が名を連ねてゐる。手きびしい拒絶の歌として特色がある。金葉集戀下入撰、既に七十前後の老女紀伊にしては、大出來と言へよう。當時三十歳にもならぬ中納言俊忠、すなはち俊成の父が、この歌合で紀伊との番、彼の歌は「人知れぬ思ひ荒磯の浦風に波の寄るこそいはまほしけれ」。荒磯の浦は越中伏木の歌枕。

音に聞く高師の濱のあだなみはかけじや袖の濡れもこそすれ

＊　＊　＊

こほりゐし志賀の唐崎《からさき》うちとけてさざなみよする春風ぞ吹く　中納言匡房

堀河百首の第一首「立春」。かつまた匡房の作は、詞花集春の一番。すなはちこの敕撰集の巻首であつた。劈頭に置かれる歌は、單に巧みなだけではその資格は滿たせない。晴の歌ゆゑに、品位、調べの高さ、思ひの深さ、すべての點において「めでたさ」が求められる。古今集の巻首は在原元方の年の内の立春。後撰集は敏行の元日に大袿《おほうちぎ》拜領の歌。拾遺集は忠岑の立春の吉野山。後拾遺集は異色、小大君の正月一日歌。金葉集は六條家の顯季の、これも堀河百首の立春だ。匡房の歌で、歌枕は二度目、それも吉野などの常套を破つて志賀の唐崎、東風に湖の薄氷が解けそめる風光は、きらめくやうに清新だ。下句の二句が共に連體の用言で流れつつ終るのも、この歌の輕やかな調べをなすゆゑんだ。

わかれにしその五月雨《さみだれ》の空よりも雪降ればこそ戀しかりけれ
夕されば何か急がむ紅葉ばの下照る道は夜も越えなむ
四方山に木の芽春雨ふりぬればかぞいろはとや花の頼まむ

夏衣花の袂に脱ぎかへて春の形見もとまらざりけり
照射《ともし》する宮城が原の下露にしのぶもぢずり乾く間ぞなき
河水に鹿のしがらみかけてけり浮きて流れぬ秋萩の花
御狩野はかつ降る雪にうづもれて鳥立《とだち》も見えず草隠れつつ
鳥屋返《とやかへ》る鷹尾山《たかのをやま》の玉椿霜をば經《ふ》とも色は變らじ
秋果つる羽束《はつか》の山のさびしきに有明の月を誰と見るらむ
常磐《ときは》なる千々の松原色深み木高き影のたのもしきかな
天の川逢ふ瀬によする白波は幾夜を經ても歸らざらなむ

「五月雨《さみだれ》の空」は後拾遺集の哀傷。「五月のころほひ、女におくれ侍りける年、冬雪の降りける日、よみ侍りける」の詞書あり。愛人の死んだあの日、夏の長雨が降つてゐたあの空から、今日は早くも雪、「雪降ればこそ」の第四句に萬斛の涙を湛へたこの歌、匡房一代の異色作として記憶に價する。平凡な結句さへ肺腑を抉る感がある。

「紅葉ば」は詞花集の秋、二句と結句が「む」「なむ」で切れる珍しい調べが印象的だ。心は緩徐調、文體は快速調である點も面白い。「四方山」「夏衣」「照射《ともし》」は千載集の春上、夏が二首。木《こ》の芽の「子」に「兩親《かぞいろ》」を縁語として樂しみ、更衣と共に春を忘れ去ることを悲しみ、狩と狩衣にみちのくのしのぶもぢずりを懐しむ。殊に「夏衣」は千載集の夏の巻首に採られた。さして傑れた歌ではないが見映《みば》えがする。

新古今集入撰歌では、秋上の「萩の花」、冬の「御狩野」、賀の「玉椿」、更に雜上の、源頼綱への慰問の歌である「羽束《はつか》の山」が、それぞれ、叡智才質を謳はれ、後三條・白河・堀河三代の侍讀を勤めた匡房の、特質が如實に感じられる。もつとも、後拾遺以下の入撰歌百十九首を眺めても、その家集江帥集《がうのそちしふ》を經巡つても、必ずしも壓倒的な秀歌は多くない。歌才は別ものの感を深くするばかりである。

「千々の松原」は大嘗會《だいじやうゑ》の風俗歌で續千載集賀歌の巻軸、「天の川」は風雅集の秋上、重みを備へた詠風が珍重されるのか、續千載集には、賀歌の巻中歌にも別に一首見える。

百人一首歌は調べものどかで、後拾遺集の春上の中でも見劣りするものではないのだが、代表作とするほどの特色は見當らないやうだ。詞書によれば、時の內大臣藤原師通《もろみち》の邸での、酒宴の後の題詠。「遙望山櫻」は作者自身の出題であらう。匡房は當代屈指の學者で同時に歌人、後冷泉帝以後四代に仕へて正二位に昇つた。

＊　＊　＊

高砂の尾上の櫻咲きにけり外山の霞立たずもあらなむ

何《なに》となくものぞかなしき菅原や伏見の里の秋の夕暮　源俊頼朝臣

単純、無雑作に見えながら無類の味あり、それらしい技巧の痕も止めてゐないのに、朗詠鑑賞に耐へ、永い命を傳へる歌は稀だが、俊頼の、この「伏見の里」など、その一首に數へてもよからう。千載集の秋上では、撰者みづからが、みづからの、殊に存念の、「夕されば野邊の秋風」の深草の里と竝べてゐる。「ものぞかなしき」などと、言つてしまへば、元來はもう既に念押しか、種明かしじみるのだが、誦《ずん》じてゐるうちに、古今集雜下、讀人知らずの「いざここにわが世は經《へ》なむ菅原や伏見の里の荒れまくもをし」や、後撰集雜六讀人知らず「菅原や伏見の里の荒れしより通ひし人の跡も絶えにき」が、互に重なり、かつ透きとほつて、薄衣の彼方の過去の風景として見えて來る。

その重層效果を拔きにして、この種の歌は成立しない。俊成の歌の伊勢物語も同様だが、しかも、古歌本歌そのものを銘記してゐなくても、しみじみと、またくきやかに匂つてくる世界がある。言ひがたい力が祕められてゐる。それこそ歌人、作者の天才によるものと言へよう。俊頼は大納言經信の三男であるが、新風の創造にかけては十一、二世紀を通じての第一人者、俊成以下の十二世紀後半歌人に與へた影響は大きい。

春の來るあしたの原を見渡せば霞も今日ぞたちはじめける
難波江の藻にうづもるる玉がしはあらはれてだに人を戀ひばや
七十《ななそ》ぢに滿ちぬる潮の濱びさし久しく世にもむもれぬるかな
蘆火たくまやのすみかは世の中をあくがれ出づるかどでなりけり
櫻花咲きぬる時はみ吉野の山のかひより波ぞ越えける
初雁は雲ゐのよそに過ぎぬれど聲は心にとまるなりけり
千年とも御代をばささじ敷島や大和島根の動きなければ

「霞」は千載集巻頭第一首。「難波江」戀一の巻首。「濱びさし」金葉集雜下の終り、すなはち金葉集の巻軸歌。「蘆火」詞花集雜下巻首。「櫻花」新後拾遺集春下の巻首。「初雁」が風雅集秋中巻首。「大和島根」は續後拾遺集賀歌の巻首。これだけでも、俊頼の名聲と實力と影響力のほどは推察されよう。ちなみに金葉集は俊頼自身の撰進、千載集は俊成である。また、新古今集には俊頼の巻首巻軸は一首もない。

風吹けば蓮の浮葉に玉越えて涼しくなりぬひぐらしの聲
鶉鳴く眞野の入江の濱風に尾花波よる秋の夕暮
わが戀はおぼろの清水いはでのみせきやる方もなくて暮らしつ

夜と共に玉散る床の菅枕見せばや人に夜半のけしきを
白川の春の梢を見渡せば松こそ花の絶間なりけれ
おぼつかないつか晴るべき侘人の思ふ心やさみだれの空
松風の音だに秋はさびしきを衣擣《う》つなり玉河の里

「蓮」以下、金葉集の夏・秋・戀上二首、「松」は詞花集の春、「侘人」は千載集夏、「松風」の歌は秋。いづれも高名な秀歌だが、殊に戀の二首は出色だ。すべて代表作に數へてよからうし、どの一首を採つても、千載集戀二の「山おろし」より遙かに見映《みば》えがする。

この百人一首歌も上句は初瀬に戀の成就を祈願參籠し、不首尾に終つた次第を表現してゐるが、下句は冗長だ。六百番歌合の祈戀、定家の「祈る契りは初瀬山」が遙かに佳い。

うかりける人を初瀬の山おろしよはげしかれとはいのらぬものを

＊　＊　＊

高圓《たかまど》の野路《のぢ》の篠原すゑさわぎそそやこがらし今日吹きぬなり　藤原基俊

秀歌犇く新古今集の秋歌上百五十二首のほぼ中程に、基俊の初こがらしが現れる。關白忠通家の歌合に「野風」の題で作つたものだが、深沈とした氣分と輕快な律調とが交錯して、特殊な味はひの晩秋諷詠になつてゐる。まづ第三句の「すゐさわぎ」が心にくい。篠竹の、木なら梢に該當する部分のざわめく姿を、五音でぴしりと表現した。第四句の頭、「そそや」も珍しい用語で、「すは・そら・それつ」とでも言ひかへる他のない間投詞・感歎詞で、同時に篠原の風に騒ぐ「そよそよ」も響かせてゐる。

初句の大らかに明るい語感を持つ萬葉歌枕と三、四句に連なり、冷え冷えとした響きが互に共鳴し合ふあたりも、この歌の命であらう。結句が「今日吹きにけり」ではなく、殊更に「今日吹きぬなり」としたあたりも、老巧と言へるだらう。高圓山の裾にかけての臺地に群生する篠竹の藪が、一齊に、さやさやと、冷い風に騒ぐ光景が浮ぶ。通り一遍の秋風ではない。また深刻なもの思ひを誘ふそれでもない。單に晩秋、初冬のあの風が吹き初めたと言ふ感慨を、「そそや」三音で、控へ目に表現しながら、十二分の効果を生んでゐるところを、殊に心にとめて讀むべきだらう。新古今集への推薦は有家・雅經の二人であるが、二人の歌風にも通ふところがある。

なにごとに思ひ消ゆらむ朝露のうきわが身だにあればある世に

月草に摺れる衣の露とおきて歸る今朝さへ戀しきやなぞ

誰《た》がためにいかに擣《う》てばか唐衣千《ち》度《たび》八《や》千《ち》度《たび》聲の恨むる

敕撰集入集歌百五首と、清輔をも淩駕する基俊ではあるが、中《うち》、千載集が二十七首、他は十四の集に六、七首散在し、これぞと目する秀歌を拾ふのにはやや努力を要する。だが、「そそやこがらし」と、續古今集の雜下「朝露」、新千載集の戀三「月草」、そして本據とも言ふべき、弟子俊成撰の千載集秋下の「唐衣」の四首は、彼の代表作と認めてよい。永い鑑賞にも堪へる。露のやうに儚い命を悲しむ歌は數限りなくあるが、この憂鬱で厄介なわが身にしても、ともかく存在するのが目つけもの、生きてゐればゐられるもの、何を搔けたり、露の身と思ひなして、敢へて散らさうか、そのやうな屈折した思考を籠めた作は珍しい。疑問の二句切「思ひ消ゆらむ」と吐き出すやうな口調の結句「あればある世に」の照應が際立つてゐる。基俊とはかういふ烈しさも潛めた人らしい。

鴨跖草《つきくさ》の縹色の、移ろひ易い愛と、後朝の未練を、匂ひやかに、あはれに歌つたこの歌の結句「戀しきやなぞ」。歸りかけた足を、もう一度愛人の方へ引き戻さうとするやうな氣配さへ仄見える。露草をあしらつた數多《あまた》戀歌の中でも、拔群の美しさを持つ。家集では「あしたの戀」の題で、第三句が「朝露に」とある。

千載集の「唐衣」も、この時代の數知れぬ擣衣の歌の中では、十指の中に數へられて然るべき作であらう。白氏文集にも見える、「聞夜砧」の題で、「誰家思婦秋擣帛、月苦風凄砧杵悲。八月九月正長夜、千聲萬聲無了時」とあり、これを映《うつ》してゐるのだらうが、見事な本歌取と言つて差支へあるまい。

千載集の雜上にある百人一首歌、息子が講師になれるやう配慮を依賴したが、忠通が約しつつかなへてくれなかつた恨みの歌、特にこの一首と言へる作ではない。述懷、それも遺趣・遺恨を婉曲に、しかも巧に表現してゐる歌などで、一歌人を代表させるのは惡趣味ではあるまいか。定家は基俊の歌を元來、必ずしも高く評價はしてゐない。彼が父の師でなかつたら、この一首さへ採らないだらう。

契りおきしさせもが露を命にてあはれ今年の秋もいぬめり

＊　＊　＊

思ひかねそなたの空をながむればただ山の端《は》にかかる白雲

法性寺入道前關白太政大臣

詞書拔きで、この一首を眺めてゐると、「遠戀」「寄雲戀」、それも纏綿として、盡きぬ思ひを、愛人に傳へようとする歌の趣である。否、歌合歌などで、これらの題によるものに、「思ひかね」より淡淡として、四季歌か述懷のたぐひとしか思へぬ作がいくらもある。詞花集では關白前太政大臣、藤原忠通の歌、實は雜下に部立《ぶだて》された年長の友への贈歌で、詞書は「左京大夫顯輔近江守に侍りける時、遠き郡《こほり》に罷りけるに、便りにつけて言ひ遣はしける」とある。懐しさにたへず、友のゐる方の空を眺める。もとより山また山の彼方、何が見えるわけでもない。見えるのは山、山の端の白雲。そこまで言つて作者は口を鎖す。よく戀歌に見るやうに、その雲が何かを象徴するなどの言ひ廻しもない。雲は必ず死者を葬つた煙と解せねばならぬ古歌一般の習慣も、これには關りがない。

　あやしくもわがみ山木の燃ゆるかな思ひは人につけてしものを
　見せばやな君しのびねの草枕玉ぬきかくる旅のけしきを
　いはぬまは下這ふ蘆の根を繁みひまなき戀を人知るらめや
　來る人もなき夕暮は青柳のいとほしきまで思ひみだるる
　尋ぬれど君に逢ふ瀬は涙川ながれて戀に沈むべきかな

忠通は學者貴族後法性寺關白兼實や、歌人天台座主慈圓の父、從つて新古今歌人の筆頭、後京極攝政良經の祖父にあたる。なるほど、子や孫の、詩才と言語感覺等、この忠通に享けたかと頷かせるやうな、從來の攝關歌人には滅多に見ぬ歌心に技法が、これらの作にも明らかである。「あやしくも」は詞花集の戀上、巻頭第一首。この巻頭必ずしも、撰者顯輔の友情による顯彰でも、貴人への挨拶でもないやうだ。巻首に据ゑて恥づかしからぬ達意の、丈高い作品である。「思ひ」の「ひ＝火」は、自分が人に點《つ》けたはずなのに、怪しいことには、「わがみ」の「み山木」が燃える。恐らく燃えてほしい相手は冷やかに、あらぬ方を眺めてゐるのだらう。逐語的に説明など試みると縁語と懸詞が煩はしくなるが、表だけさらりと讀み下しても、戀歌の面白みは十分味はへる。「草枕」と「蘆の根」は金葉集戀上、前者の細緻な技巧は出色である。題が「旅宿戀《りよしゆくのこひ》」、陸路の旅の枕詞である「草枕」を導き出すのだ。「忍び音」の「ね＝根」、聲を殺して泣いて、その涙は、草枕の草の莖に「玉貫《ぬ》き懸《か》くる」ことになる。この切ない、あはれな光景を見てさへくれたらと思ふ。初句はほとんど意味は持たない。見せたいものだとは、心の中で呟くのみ。秋歌で露の玉を草に貫くのは、既に常套であるが、それを戀の涙から、旅の草枕に轉じて、このやうに溢れるやうな感情を表現した例は少からう。

「蘆の根」の這ひ廻り繁り生ふ「沼」は、「言はぬ間《ま》」の「ぬま」。水底に隱れて、蘆の根を知る人もなく、戀ふる心にひまのないのを、戀人は知つてはくれぬ。この歌は縁語がやや煩はしい。陰に籠つてゐないのが取柄だらう。

「青柳」「涙川」は忠通の名を一音づつ別字に寫した家集「田多民治集《ただみちしふ》」に見える。前二首に比べると、やや素直で、調べも單純な戀歌だが、青柳の「絲＝いとほしき」や、「逢ふ瀬」の川とか、脈絡させてみせるところは變らない。ただ、「青柳」の下句、「いとほしきまで思ひみだるる」は、「寄柳戀」風の表現として、なかなか斬新であらう。

百人一首歌は、詞花集に、「思ひかね」の次に竝んで入撰してゐる。抒情と敍景の差ばかりではなく、この歌、獨活《うど》の大木めいて、凡作の上程度の出來だ。保元の亂では崇德院を讃岐に流し、弟頼長を倒した政治家の、歌人としての持味の一面かも知れない。

わたの原漕ぎ出《い》でて見ればひさかたの雲居にまがふ沖つ白波

＊　＊　＊

花は根に鳥は古巣にかへるなり春のとまりを知る人ぞなき　崇德院

公任撰の和漢朗詠集、「閏三月」の題の一群の詩歌の中に、清原滋藤作の漢詩一首。「花は根に歸らむことを悔ゆれども悔ゆるに益無し、鳥は谷に入らむことを期すれども定めて期を延ぶらむ」があり、これは老子の「夫物芸芸《うんうん》、各復歸其根」を寫したものとされる。三月こそ春の終りだと思つて、散り急ぎ、翔り急いだ花鳥が、一方は今更樹には歸れないのを悔い、一方は出發日を一箇月延期するといふ。歌は千載集春下。崇德院は本歌を一歩進めて、花鳥はそれぞれ歸すべき所を定めてゐるが、春、過ぎて行く春の、その行方、行く先、最後の落ち著き場所を知つてゐるものはないと歌ふ。後《ご》の世に寂蓮は、「暮れて行く春の湊《みなと》は知らねども」と歎じた。これは「泊《とまり》」すなはち碇泊地。類想はあまたある。惜春歌として、崇德院御製は本歌の漢詩訓讀朗詠調を巧みに採り入れ、下句で情を盡す。堂堂としてゐて、しかも哀切な、愛誦に耐へる作品だ。

惜しむとて今宵書きおく言の葉やあやなく春の形見なるべき

崇徳帝が三歳の近衛天皇に位を讓り、院宣を下して、顯輔に撰進させた詞花集の春、四十八首の終りにこの一首を掲げる。新古今集春の掉尾、後京極良經の「誰かは訪《と》はむ春のふるさと」と共に、二十一代集中の、惜春歌の隨一であらう。崇徳院は、その惜春歌さへも、儚く、無益にも、春の形見となることを、聲低く告げてゐる。悲運の、いたましい帝の、ありあまる詞才は、ここにも明らかであらう。

春の夜は吹き舞ふ風の移り香に木毎《きごと》に梅と思ひけるかな
朝夕に花待つ頃は思ひ寢の夢のうちにぞ咲きはじめける
尋ねつる花のあたりになりにけり匂ふに著《しる》し春の山風
さみだれに花たちばなのかをる夜は月澄む秋もさもあらばあれ
玉寄する浦わの風に空晴れて光を交《かは》す秋の夜の月
秋深みたそがれ時のふぢばかま匂ふは名のるここちこそすれ
この頃の鴛鴦《をし》の浮寝ぞあはれなる上毛《うはげ》の霜よ下《した》の氷よ

狩衣袖の涙に宿る夜は月も旅寝のここちこそすれ
歎く間に鏡の影も衰へぬ契りしことのかはるのみかは
かきくらし雨ふる川のうたかたのうたてほどなき世とは知らずや

勅撰集入撰は七十八首、中《うち》、千載集二十三首、しかも崇徳院の代表作もしくは秀歌は、ほとんどこれに集中してをり、惜しみつつ捨てながら撰び上げると、その才質、歴代中では後鳥羽院に次ぐことが改めて確認される。今様に心を盡した同母弟後白河法皇とは、深刻な對照を見せる。「梅」以下順に千載集の春上三首、夏、秋の上・下、冬・羇旅・戀五、最後の「うたかた」一首は、院崩御の一世紀後に後龜山院勅撰の續古今集、哀傷の巻頭歌である。千載集九首、甲乙のない珠玉作であるが、殊に秋歌の月と蘭《らに》（ふぢばかま）、その鮮麗な眺めと典雅な調べは崇德院一代の御製中の白眉であらう。

百人一首歌は詞花集の戀上、久安百首中に初出あり、思へばこれも、保元の亂の「あやなき形見」の一つではあつた。凡作とも言へないが、上の句の序詞的部分の切迫感を下句が受けかねてゐる。血で血を洗ふあの亂の、最もいたましい犧牲者としての院を思ふ時、戀歌であることを忘れるほど、悲痛な調べは感じられるが、秀歌とは言へまい。

瀬を早み岩にせかるる瀧川のわれても末に逢はむとぞ思ふ

＊　＊　＊

夕霧に梢も見えず初瀬《はつせ》山《やま》入相《いりあひ》の鐘の音ばかりして　　源兼昌

兼昌より約一世紀昔、能因法師が「入相《いりあひ》の鐘に花ぞ散りける」と歌つたのは、不特定な山里の、名も無い寺の晩鐘だつた。この、兼昌の晩鐘は名刹長谷寺のもの。初瀬の觀音は長谷寺の本尊、十一面觀音、衆生のいかなる願望も聽き給ふとか、參籠する人が絶えなかつた。戀の成就を祈願する者もあまたあり、後の世の、六百番歌合「祈戀」の、定家の傑作「祈る契りは初瀬山」も生れるゆゑんだ。萬葉集「朝倉」以來の歌枕の地である。

ほほゑましいほどに素直で率直な、この時代には稀なる結句「音ばかりして」。少少詰らなさうな、言はば「憮然」をややはらげた感じの作者の表情さへ浮んで來る。たとへば「音ぞ聞ゆる」などとするなら、一首に安定感が生じ、もつともらしい姿にはなるだらう。だが、同時に、この輕やかな澁み、素樸な安らぎは消えてしまふ。

題は「霧をよめる」。霧立ちこめて、初瀬山は色づきそめた紅葉も、常盤の松の緑もおぼろである。「梢も見えず」で、もともと、見下せば梢以外は繁みの暗がりに隠れて見えない樹樹の、その梢さへも、濃い霧のまにまに沒してゐることが、簡潔に盡されてゐる。模糊たる視界、秋の初瀬に來て見るものもなし。折からの夕べの鐘が、その霧中の梢の彼方から響いて來なかつたら、長谷寺のあることも判らぬくらゐだ。鐘は響く、谺する。だが霧はいよいよ濃く、黄昏は、さらぬだにさだかならぬ視界を狹く、暗くする。「音ばかりして」の「ばかり」に、作者の不興氣な表情が浮んで來て、それも面白い。

今日こそは磐瀬《いはせ》の森の下紅葉《したもみぢ》色に出づれば散りもしぬらむ
榊とる夏の山路や遠からむゆふかけてのみまつる神かな
わが門のおくての引板《ひた》におどろきてむろの刈田に鴫《しぎ》ぞたつなる
夕づく日いるさの山の高嶺《たかね》よりはるかにめぐる初時雨かな
秋の野に宿りをすればきりぎりすかたしく袖の下に鳴くなり

敕撰歌人とは言ひながら、兼昌の作は入撰ただ七首のみで、甚だ印象に乏しい感がある。神祇伯從三位、待賢門院堀河の父、敕撰入集二十六首の源顯仲とは義兄弟と傳へるが、生歿年共に不詳で、十二世紀初頭、源國信《くにざね》主催の歌合に出席した記録が殘つてゐるのみである。「下紅葉《したもみぢ》」以下、金葉集戀下・詞花集夏・千載集秋下・新敕撰集冬・新千載集羇旅に見える作である。歌枕の「磐瀬《いはせ》」が「言はせ」に懸かるのはもう聞き飽いた。飽かせないだけの修辭力が彼には缺けてゐる。「木綿《ゆふ》かけて＝夕かけて」の懸詞も常套である。距離と時間の經過が暗示されてゐるので讀むに耐へる。「鳴」は言及の術もなく、「初時雨」が大景を捉へてなかなかの技倆、これ一首でやや救はれるが、「きりぎりす」は凡歌だ。

わかれぬる葦田《あした》の原の忘水《わすれみづ》ゆくかた知らぬわが心かな

康和二年一一〇〇年國信卿家歌合で、源家職《いへもと》との番で勝。題は「後朝《きぬぎぬ》」。敕撰洩れのこの歌、あるいは、彼の最良の作かも知れぬ。出席者に俊賴・基俊・顯仲の名も見える。他の題の、負や持の歌は水準以下。

百人一首歌は金葉集の冬、「關路千鳥」は源氏物語の須磨寫し、情趣に乏しくはないが、陳腐なことは否みがたい。題に卽して、當然「友千鳥もろごゑに鳴く曉はひとり寢覺の床もたのもし」を、作者は念頭に置き、關守で新味を出したかつたのだらう。源氏の中へ置いても通りさうな歌だ。

＊　＊　＊

淡路島かよふ千鳥の鳴くこゑに幾夜寢覺めぬ須磨の關守

聲高しすこしたちのけきりぎりすさこそは草の枕なりとも　左京大夫顯輔

長承元年一一三二年、天皇は崇德、上皇は鳥羽、宮廷にやうやく濃密な雲霞のたなびき初めてゐた年の十二月二十三日、內裏で當座歌會が催された。四十四歲の左京大夫顯輔も召に應じて、春・歸雁・梅・夏夜・照射《ともし》・瞿麥《なでしこ》・蟲・霜・千鳥・落葉・初戀・忍戀《しのぶるこひ》・會不逢戀《あひてあはざるこひ》等の題を詠進する。「きりぎりす」は「蟲」の題の秋歌、他の歌にも、いづれも顯輔獨特の抑揚際やかな響きは添ふが、殊にこの歌は調子が高い。

曾丹集の有名な「鳴けや鳴け蓬が杣のきりぎりす」を明らかに意識したものだが、「鳴け」と誘はず、「たちのけ」と逐ふあたり、仄かな諧謔と同時に、かすかに情の強《こは》さも感じさせるし、「さこそは」の思ひ入れと共に興趣が盡きない。一樣に感傷の涙に濡れ、月光も悲しみの種となる秋歌の、空怖ろしい濕氣の中に、かういふ、からりとして響きの高い男歌に出會ふと、一瞬吐息をつく。詞花集撰者顯輔、敕撰入撰八十四首、秀歌に事缺くわけではさらさらないが、私は特に、入撰洩れの「きりぎりす」を愛する。

思ひやれめぐりあふべき春だにもたち別るるは悲しかりけり
戀すてふもじの關守幾度かわれ書きつらむこころづくしに

年ふれど人もすさめぬわが戀や朽木《くちき》の杣の谷の埋れ木
逢ふと見てうつつのかひはなけれども儚き夢ぞ命なりける
夜もすがら富士の高嶺に雲消えて清見が關に澄める月影
難波江の蘆間にやどる月見ればわが身一つも沈まざりけり
難波潟入江をめぐる蘆鴨の玉藻の床に浮寢すらしも
誰もみな花の都に散り果ててひとりしぐるる秋の山里
わが戀はむすぶいづみの水なれや絶えず流れて袖濡るるかな

「めぐりあふべき春」は金葉集春の巻末、三月盡の、しかも服喪中の歌。また最後の「いづみの水」も續後拾遺集の戀一巻末歌。「もじの關守」「文字＝門司」の懸詞。「朽木《くちき》の杣」は近江湖北、比良の遙か東の歌枕、「儚き夢」と共に三首金葉集戀上。「難波江」は詞花集雜上。「玉藻の床」は千載集の冬、「花の都」は新古今集の哀傷。「清見が關」と
それぞれに趣向を盡して、時には遊び興じてもゐるが、大業、荒業が自然に身に備はってゐるのが頼もしい。「朽木《くちき》の杣の谷の埋れ木」など、戀の形容には重すぎるが、それもかへつて爽快だ。「清見が關」の大景も簡潔な修辭で生きてをり、對照的に「玉藻の床」は、凄じく冷え侘びた美を覗かせる。多彩な技法の持主ではある。

いづかたとさだめて招け花薄暮れゆく秋の行方だに見む

誰がためと急ぐなるらむ夜もすがら槇の島人衣擣つなり

あさましや千島の蝦夷《えぞ》のつくるなる鳥莖《とくき》の矢《や》こそひまはもるなれ

「花薄」は家成《いへなり》家歌合の中のもので、顯輔は六十歳を越えてゐたが、調べは冱えてゐる。「槇の島人」と次の一首は左京大輔顯輔卿集中の、作者の體臭あらはな快作。「鳥莖《とくき》の矢《や》」はアイヌが鳥の羽を切つて、先に鳥兜の汁を塗る毒矢。

百人一首の新古今集秋上歌は、この人の領分外の作品か、爽やかな語感で纏めた難のなさが取柄で、問題もなければ特色もない。本歌として巧に作りかへるに適した歌とも言へる。ともあれ顯輔の強い個性は全く感じられない一首だ。

秋風にたなびく雲の絶間よりもれいづる月のかげのさやけさ

* * *

たなばたの逢瀬《あふせ》絶えせぬ天の川いかなる秋か渡りそめけむ　待賢門院堀河

新古今集秋歌上の初秋七夕歌は、貫之の「彦星の妻待つ夜」を筆頭に、殿《しんがり》はふたたび、同じ貫之の「今や別るる天の河」を据ゑて十五首、まさに綺羅、星を連ねた秀歌の配列である。堀河の天の川は、この中でも、式子内親王の「ころもですずし」と竝んで、最もさやかな光を放つ一首だ。題は「七夕の心を」。來る年も來る年も、過・現・未を通じて、織女・牽牛兩星の逢ひは續く。永久に杜絶することはあるまい。そもそもこの星星、いつどのやうな秋に、この天の川を渡つて逢ひ初めたのか。

作者は言葉を約《つづ》めに約《つづ》めて、ほとんど低く呟くかに歌ひ進める。そして、それにひきかへて、人間の戀はなどと餘計なことを加へもせず、また暗示することもない。ただ無心に近い。憧憬を仄に交へた口吻で、怪しみ思ふだけである。にも拘らず、歌の調べは澄み、一筋に天翔るかの趣がある。手練であらうし、また天來の言語感覺を祕めてゐるのだ。發想が先蹤を逐ふばかりで、七夕歌は殊に、新味のあるものが少い。二十一代集の秋の、初秋を尋ねて歩けば、この歎きは決定的となる。名敕撰集、玉葉・風雅さへもこの點は例外ではない。新古今集のみは、貴重な例外の一つであつた。

いづかたに花咲きぬらむと思ふより四方の山邊に散る心かな
はかなさをわが身の上によそふれば袂にかかる秋の夕露
さらぬだにゆふべさびしき山里の霧の籬《まがき》に鹿鳴くなり
秋は霧霧過ぎぬれば雪降りて晴るる間もなきみ山べの里

歌人顯仲の息女、西行とも親しかつた堀河は、金葉集以來の名手であるが、入撰は六十六首中千載集十五首、秀作もこの中に集中してゐる。「花」は春上、「露」は秋上、「鹿」は秋下、「霧」は雜下に見える。櫻花花信を聞き、その咲き匂ふ樣を思ひやると、心はあの野、この野へ散り散りに馳せる。花を思へば散る心。言葉の彩だけで成立してゐるが、洒落た趣向だ。斷りがましさ、これ見よとばかりの機智の衒ひなど微塵もないのが快い。それにしても、「散る心かな」とは、隨分大膽かつ輕妙な結句だ。

秋の露を涙にまがふ歌、類想は枚擧に遑もない。しかしこの一首の初句、躊躇を振り拂ふかに徹《とほ》す「はかなさを」は、そして第二句以下のこまやかに刻み續ける韻律は比類がない。たとへばこの歌に續く、顯輔の子季經の「夕まぐれ荻吹く風の音聞けば袂よりこそ露はこぼるれ」を見れば、それは明らかだ。鹿鳴く霧の籬も心に沁む。「霧」は物名で「きりぎりす」が初句・第二句に象眼されてゐる。これも才能の證であらう。次の「夢」は新敕撰集戀三、「袖」は續後撰集戀一、「暮《くれ》」は續拾遺集の戀三、それぞれに趣を違へた秀作である。かつまた、彼女のただならぬ性根は、玉葉集雜一の「世を恨み」に明らかだ。

夢のごと見しは人にも語らぬにいかにちがへて逢はぬなるらむ
友戀ふる遠山鳥のますかがみ見るになぐさむ袖のはかなさ

つれなさをいかに忍びて過《す》ぐしけむ暮待つほどもたへぬ心に
世を恨み身を歎きつつ明け暮れて年も心もつきはてにけり

千載集戀三の百人一首歌は、彼女の多彩な戀歌の中では平凡な一首である。第一、眼目とも言へる「黒髪のみだれて」が、今更官能美の何のと言へるほどの新味も失ふほど使ひ古されてをり、縁語となる初句の「長からむ」も、適切な修辭ではない。

長からむ心も知らず黒髪のみだれて今朝はものをこそ思へ

＊　＊　＊

なごの海の霞のまよりながむれば入日をあらふ沖つ白波　後徳大寺左大臣

攝津の那古の海か、越中の奈呉の浦か、いづれにしても萬葉以來の歌枕だが、勿論作者の心には「和《なご》やか」との音韻連鎖があつたはず、他の題ならいさ知らず、「晩霞といふことをよめる」ゆゑ、同じことなら北國を措いて、近畿の海を採りたい。海の入日、「ながむれば」の見得、下手をすれば描き損ひの屛風繪、それにつけた蛇足の屛風歌になりかねない危い題材だ。まして春の海は捉へどころがない。後徳大寺左大臣、藤原實定、詩歌管絃の達人だけあつて、一首の節節に舌を捲くやうな技巧を試みて、歌を映えさせた。

まず「霞のまより」、次が「入日をあらふ」が、その出色の修辭の一例だ。沖邊の空にたなびく春の夕霞は、水の上で切れ目を作る。霞の裾と海の間、その「まより」眺めると、朱の没陽《いりひ》に打寄せ、洗ひそそぐかに波が立つ。巨大な朱の圓形が水平線に半ば截られ、青鈍の水と空を背景に、一刻を炎え上る。しぶきを上げて、かたみに嚙み合ふ金波・銀波・青海波、光耀に映えてその波頭は白金《しろがね》色に泡立つ。「入日を洗ふ」とは、まこと達意の表現であつた。たとへ屛風歌に肖るにせよ、その屛風、六曲二架一雙、十二曲全面の金地に、朱と墨と、胡粉と綠青をわづかに刷いて、天地を一望にした、壓倒的なものであらう。なほこの歌、新古今集春上では、次に後鳥羽院の「山もと霞む水無瀨川」と家隆の「霞立つ末の松山」、それに定家の「夢の浮橋」と、目も彩な秀歌群の先に立ち、それでも、決して見劣りも位負けもしないところ、天晴と賞する他はない。

かりにだにいとふ心やなからまし散らぬ花咲くこの世なりせば
はかなさをほかにも言はじさくら花咲きては散りぬあはれ世の中
夕凪にと渡る千鳥波間より見ゆる小島の雲に消えぬる
いはばしる初瀨の川の波枕早くも年の暮れにけるかな
ほととぎす雲の上より語らひて問はぬに名のるあけぼのの空

草枕結ぶ夢路は都にてさむれば旅の空ぞかなしき
思へただ夢かうつつかわきかねてあるかなきかに歎く心を
戀死なむ行方をだにも思ひ出でよゆふべの雲はそれとなくとも
惜しみかねあかで別れしあかつきや暮れぬる春のたぐひなるらむ
人知れずわが身の上に待つことの心を分くるほととぎすかな
この世には秋立ちにしを今更に何おどろかす風のけしきぞ

「散らぬ花」は千載集春上、「あはれ世の中」は新古今集春下、「千鳥」と「初瀬の川」は共に冬。「雲の上」「草枕」「夢かうつつか」は新勅撰集の夏・羇旅・雜歌の三、「ゆふべの雲」は續拾遺集戀二の巻末を飾る。どの一首にも作者の冷やかな情熱と醒めた客氣が感じられるが、「あはれ世の中」の瀟洒な憂悶とも呼ぶべき調べは、「沖つ白波」の反面をなす、彼の詩魂が明らかに見え、代表作に數へてよからう。

歳暮の歌一つにも、ぎらりと光る才質、戀歌にもひそむ鹹《から》みは特筆に價する。しかもおのづから品位の備はる點も忝い。終り三首は「三月盡戀に寄す」「待郭公の心」「立秋述懷」で、家集林下集中の秀歌として、一讀忘れ得ぬもの。

千載集夏にある百人一首歌のほととぎす、たとへば、新勅撰集の「雲の上」や林下集中の「心を分くる」と比べれば、味はひ、いづれが上か自明と思はれる。歌は樂しむ方で執するたちではなかつたと傳へるが、そのやうな趣を示す作は、百人一首くらゐのものだ。この歌の第四句の「ただ」など、隨分安易な修辭ではあるまいか。

ほととぎす鳴きつる方をながむればただ有明の月ぞ殘れる

＊　＊　＊

くれなゐに涙の色のなりゆくをいくしほまでと君に問はばや　　道因法師

治承三年一一七九年十月十八日、入道前關白太政大臣兼實邸での歌合に作られたこの悲痛な戀歌は、從五位上左馬助藤原敦頼が、出家して「道因」となつてから七年後、齡九十歲當時のものだ。判者は俊成でこの年六十六歲であつた。歌合の左方には、女房兼實に作者を兼ねた俊成、俊恵に寂蓮、皇嘉門院別當等十名、右方には道因の他、源三位賴政、その子仲綱、六條家の顯昭、後に宜秋門院に仕へる女房丹後等、錚錚たる歌人が雙方に連なつた。ちなみに、賴政は七十六歲、父子共に翌年の五月には、以仁王を奉じて、宇治平等院に戰死する。兼實はこの頃三十二歲でまだ右大臣であつた。

戀の題で二十二番は右の道因に對し左は俊恵の番《つがひ》、彼の「わが戀は今を限りと夕まぐれ荻吹く風のおとづれて行く」。俊成の後日判は左勝。判詞は兩方適當に褒めて、何となく俊恵に花を持たせた恰好だ。「持」が妥當だらう。それかあらぬか、新古今集には、左右二首共に入撰、道因の「涙」は戀歌二、俊恵の「荻」は戀四に見える。「くれなゐに涙の色の」は、いはゆる「血涙」で、この修辭は、既に常套と言ふ意味の批評が判詞にも見える。後撰集戀四の讀人知らず、「紅に涙し濃くば」あたりから、類歌はあまた現れる。だが、この血の涙の色を、この後幾入《いくしほ》まで濃くせよと、すなはちいつまで泣き續けよと、このやうにつれなくするのか、一度尋ねてみたいものだと、面を正して、必死に問ひかける趣の戀歌は珍しい。「いくしほまで」がこの歌の要《かなめ》となつてゐる。

みなと川夜舟漕ぎ出づる追風に鹿の聲さへ瀬戸渡るなり
夕まぐれさてもや秋はかなしきと鹿の音聞かぬ人に問はばや
嵐吹く比良の高嶺の嶺渡《ねわた》しにあはれしぐるる神無月かな
岩越ゆる荒磯波にたつ千鳥心ならずや浦づたふらむ
鴨のゐる入江の蘆は霜枯れておのれのみこそ青葉なりけれ
月のすむ空には雲もなかりけり映りし水は氷へだてて
死ぬばかり今日だに歎くわかれ路《ぢ》に明日は生くべきここちこそせね
つらきにもうきにも落つる涙川いづれの方か淵瀬なるらむ
夢にさへ逢はずと人の見えつればまどろむほどの慰めもなし

道因の四季歌はやや冷えまさる晩秋以後に、はつとするやうな發見があり、戀歌は繰返し涙の動因が現れる。また、その發見と思しい箇處は、おほよそ第四句に設へられ、かの血涙の「いくしほまでと」と同様、一首を常套から救ふ。「鹿の聲」以下、千載集の秋下二首、冬四首、「わかれ路《ぢ》」は新敕撰の羇旅、「涙」と「夢」は戀の一と五、いづれも、見なれ聞き飽いた世界ながら、一言一句のさり氣ない工夫、見せ場が、さこそと頷かせる。歌林苑の歌人達、すなはち俊恵の許に集まる練達の士に共通する特徴とも言へる。「鹿の聲さへ」「鹿の音聞かぬ」「心ならずや」「おのれのみこそ」「氷へだてて」あたりが、その點睛の箇處である。一種の秀句表現だが、節度を心得てゐて、くどくならない。もつとも「鴨」の「青羽＝青葉」は一種の座興的な面白さだけで、丈は低くなる。「比良の高嶺の嶺渡し」は尾根の見渡し、力作として記憶に價しよう。

百人一首歌は千載集戀三、これもまた「涙」、ことわりがましいのは珍しいことではないが、いかにも映えぬ戀歌だ。血涙や淵瀬の誇張の方が、遙かに引き立たう。平凡な著想や常套的な思考を、大袈裟な修辭で婉曲に表現するのも、古歌の面白さの一つではあるが、この「さても命」はいかにも下手な芝居を見てゐるやうで、耐へられない。

思ひわびさても命はあるものをうきにたへぬは涙なりけり

またや見む交野《かたの》の御野《みの》の櫻狩花の雪散る春のあけぼの　皇太后宮大夫俊成

＊　＊　＊

新古今集の春下、貫之・躬恆・伊勢から能因・西行、さては定家・後鳥羽院の、秀作ひしめく落花詠群の中にあつて、俊成の交野の櫻狩は、その陶醉的な調べによる、法悅に近い夢幻境の表現において、比類を見ぬものだ。初句切、三句切、體言止、連歌風構成はこの場合、一種完璧な效果を見せ、作者自身が、創り上げた妙趣に目を細め、舌鼓を打つてゐるやうな感もある。その飽和狀態に達した美的感覺の追求と示現は、俊成の代表作のほとんどに共通することだ。好惡の分れるところでもあらう。

交野の櫻狩と言へば、おのづから伊勢物語、惟喬親王が腹心の宮人を從へての、交野の渚院の花宴が思ひ出される。その頃既に、「狩」、すなはち鷹狩は從の從たるものになつて、花を眺めての詠歌、酒宴を日は一日、夜は深更まで樂しんでゐたやうだ。俊成の歌ふ櫻狩もことわるまでもなく、この伊勢八十二段あたりを心の遠景においての、十二世紀末の觀櫻であつた。しかも、櫻は咲き滿ちて後、つひに堪へられず散りそめ、堰を切つたやうに、雪と紛ふばかり降りに降る。時は曙、枕草子以來、王朝人のまづ指を屈する「春は曙」。眞冬に催すべき「狩」を酣の春に試みるゆゑに、櫻の方が趣向に合せて「雪」と散るのでもあらうか。かういふ艶の艶なるものを味はひ慣れてゐたゆゑに、その子定家は、あの名手貫之を評して、「餘情妖艶の體をよまず」と近代秀歌の冒頭に謳つたのかも知れない。

夕されば野べの秋風身に沁みて鶉鳴くなり深草の里
昔思ふ草の庵の夜の雨に涙な添へそ山ほととぎす
まれに來る夜半も悲しき松風を絶えずや苔の下に聞くらむ
いくとせの春に心をつくし來ぬあはれと思へみ吉野の花
荒れわたる秋の庭こそあはれなれまして消えなむ露の夕暮

これらは俊成一代の秀歌中の秀歌、「櫻狩」を加へれば、その他の歌なくもがなといふ極論が成り立つ。「鶉」は久安百首三十七歳、「山ほととぎす」は右大臣家百首六十五歳の作。「松風」は彼の亡妻への哀傷歌で八十歳を越えて後の歌。「み吉野の花」と「秋の庭」は千五百番歌合歌で八十九歳當時。「鶉」が千載集の秋上、他はすべて新古今集入撰作で、夏・哀傷・春下・雜上に見える。「鶉」の第三句「身に沁みて」に關し、俊惠が苦言を呈してゐることは有名だ。彼は九十の賀を後鳥羽院から賜り、その翌年、元久元年一二〇四年の眞冬十一月晦日に永眠した。長男定家四十三歳であつた。

いかにせむ室の八島に宿もがな戀の煙を空にまがへむ
忘るなよ世世の契りを菅原や伏見の里の有明の空
おきあかす秋のわかれの袖の露霜こそ結べ冬や來ぬらむ
年暮れし涙のつらら解けにけり苔の袖にも春や立つらむ

俊成は千載集を後白河法皇に撰進、自作を三十六首採用、中《うち》、四首を巻軸に飾った。「室の八島」と「伏見の里」は戀一・三。新古今集の「袖の露」と「苔の袖」は、後鳥羽院が冬と雜歌上の巻首に置いた。

千載集雜中の百人一首歌はいかにも暗く重く、私は採らない。俊成一代の作品中でも、殊に臭みのある嫌な歌だ。遁世を思つて入つた山中にも、妻戀ふ鹿の聲、ああこの俗界を離れた次元にも煩惱はあるとの意となど、誰が解し得よう。

＊　＊　＊

世の中よ道こそなけれ思ひ入る山のおくにも鹿ぞ鳴くなる

夢のうちに五十《いそぢ》の春は過ぎにけり今ゆくすゑは宵のいなづま

藤原清輔朝臣

清輔朝臣集の後半に述懐歌の一群があり、七十四歳の長壽を保ちながら、その一生、さして惠まれず、怏怏として愉しまぬ日が多かつたであらう清輔の、侘しい横顏を見るやうな作が連なつてゐる。述懐歌と言へばおほよそ、四季歌にことよせ、身の不遇を、殊に位階昇進のままならぬ歎きを、樣樣の縁語や懸詞で、それとなく、時には露骨に、繰返し哀訴するたぐひの歌が多く、清輔の場合も勿論、この例外ではない。

だが「宵のいなづま」はいささか趣を異にする。おほよそ、人の命の儚さを夢にたぐへたり、命を如露亦如電と言ひなすのは、これまた常套であり、以外の形容が無いのかと訝しみたくなるくらゐだ。ところが作者が「夢のうち」と歎くのは、彼自身の閲した人生五十年、そのかみはこれを定命《ぢやうみやう》と考へてゐただけに、「過ぎにけり」の思ひは尋常一樣ではあるまい。そして、一轉して、清輔は、餘命とも言へるその後の生を考へる。未來はいかに悶るだらう。この後の命、十年、二十年、たとへ四半世紀を天が賜らうと、五十年が夢のうちなら、二十五年は紫電一閃の間であらう。彼はさう言に出して歌ひ、歌ひさして唇を閉ぢる。この結句の脆い強さ、輕い重みとも言ふべき不思議なニュアンスは、その斷言の後の絶句である。鎖さうとした口の、齒の隙間の暗黒に他ならぬ。

　清輔五十歳と言へば仁平三年一一五三年、近衞天皇は十五歳、崩御の二年前であり、惡左府賴長が內覽となつて三年目、保元の亂勃發を三年後に控へて、宮中も京洛も暗雲低迷の時期であつた。そして、淸輔自身、父顯輔には疎まれ、官位も遲遲として昇らない。宵の稻妻は短さの象徵であり、同時に、不安の暗示でもあつた。二條院に續詞花集の撰進の敕を受け、一代の榮譽と發奮したにも拘らず、永萬元年一一六五年崩御のため、日の目を見ることはなかつた。六十一歳の夏のことである。

水籠《みごも》りに蘆の若葉や萌えつらむ玉江の沼をあさる春駒
風越《かざこし》を夕越えくればほととぎす麓の雲の底に鳴くなり
龍田姫かざしの玉の緖を弱み亂れにけりと見ゆる白露
更けにけるわが世の秋ぞあはれなるかたぶく月はまたも出でけり
薄霧のまがきの花の朝じめり秋はゆふべと誰か言ひけむ
冬枯れの森の朽葉の霜の上に落ちたる月のかげの寒けさ
小泊瀬《をはつせ》の花のさかりやみなの川峯より落つる水の白波
山賤《やまがつ》のよもぎが垣も霜枯れて風もたまらぬ冬は來にけり
わが戀はあまのたく藻のした燃えてまたほのめかすほどもなきかな

清輔の四季歌は一首のどこかに新しい工夫が加へられてゐて、群歌の中でもきらりと光る。「春駒」の歌以下六首、千載集春上、夏、秋上二つ、新古今集秋上と冬、殊に信濃風《かざ》越《こし》峠の歌の「底に鳴く」、「龍田姫」即佐保姫の插頭《かざし》の露の玉、傾く月の「またも」、その他皆、清輔の代表作の一つと見てよい。「秋はゆふべ」は、おのづから後の日の後鳥羽院の「水無瀬川」を思はせる。「小泊瀬《をはつせ》」は新後拾遺集春下の異色。「よもぎが垣」は玉葉集冬の、「わが戀」は新續古今集戀一の、それぞれ巻頭第一首に推されて、作者の手練を誇る。

百人一首は新古今集の雑下、深沈とした味はひは清輔の特徴の一つではあるが、これはむしろ六條家歌風の悪い一面、いかにも調子が低く、歌が痩せてゐる。千載集時代の代表歌人といへども、さすがにこの家の歌風、よくもこれだけ消極的な、歌合なら「平懐《へいぐわい》なり」の一言で黙殺されさうな歌が作れるものだと、あきれるやうな作だ。

ながらへばまたこのごろやしのばれむ憂しと見し世ぞ今は戀しき

＊　＊　＊

わが戀は今をかぎりと夕まぐれ荻《をぎ》吹く風のおとづれてゆく　　俊恵法師

兼實邸歌合で道因と番《つがひ》になつた「戀」の題の勝歌。判者俊成の詞《ことば》によれば、「左、『秋の夕まぐれの野風』など言はむ題の歌にやとぞ見ゆれど、思ひ入りたるさまには侍るべし」。千載集には顯輔の長男、清輔の兄の季經の作で「夕まぐれ荻吹く風の音聞けば袂よりこそ露はこぼるれ」を採つてをり、歌の心の酷似してゐることは、判者は勿論、和歌政所の異名さへあつた俊惠のことゆゑ、よく知つてゐたらう。ちなみに、新古今集戀四の、この歌の前後には、西行の「あはれとてとふ人のなどなかるらむもの思ふやどの荻のうはかぜ」と、式子内親王の「今はただ心のほかに聞くものを知らずがほなる荻の上風」があつて、まさに「寄荻戀」の秀歌合《しうかあはせ》の趣、なかなかの觀物《みもの》だ。

俊惠はこの歌合の年六十六歳、金葉集撰者、十二世紀末新風の大御所源俊頼の子に生れた彼は、東大寺の僧となつた後、京都白河に歌林苑を主催し、身分の高下を問はず、歌の上手や好學の士を集めて、歌會や歌合をしきりに催し、心ある人人の話題をさらつてゐた頃だ。來ぬ夜あまた、待ち續けること久しく、この悲しい戀も、もう終り、今夜限りで最早二度と待つまいと、女はみづからの心に言ふ、その夕まぐれ、おとづれるのは荻吹く風ばかり。下句七七の、殊に「風のおとづれてゆく」あたり、うつろな目を宵闇の荻群の彼方に据ゑて、放心狀態の人の、窶れた横顏が浮んで來る。

打ちはらふ衣手《ころもで》冱《さ》えぬひさかたのしらつき山の雪のあけぼの

妹《いも》知るや葉山しげ山越えくらし木の葉かたしき明かしつる夜を

同じ歌合の歌で「しらつき山」は「雪」の題、「葉山」は「旅」、共に顯昭との番《つがひ》で、前者は勝、後者は負、いづれも敕撰集には入つてゐない。判者は「雪のあけぼの」の結句を褒めて、「ひさかたの」に疑問を提出しつつ勝たせ、「妹《いも》知るや」を稱《たた》へながら、「葉山しげ山＝木の葉」と葉の重なりを難じて負とした。俊成の「野べの秋風身に沁みて」の「身に沁みて」が餘計だと評した俊惠にしても、自作はままにならぬものだ。

み吉野の山下風や拂ふらむ梢に返る花の白雲
ながめやる心の果てぞなかりける明石の沖に澄める月影
思ひきや夢をこの世の契りにてさむる別れをなげくべしとは
春といへば霞みにけりな昨日まで波間に見えし淡路島山
ひさぎ生ふるかた山かげに忍びつつ吹きけるものを秋の夕風
難波潟潮干にあさるあしたづも月かたぶけば聲の恨むる

順に千載集春下・秋上・戀二、新古今集春上・夏・雜上。作歌要諦を心得過ぎた、賢明な歌人に多い、觀所《みどころ》は必ずありながら、決定的な魅力には乏しい佳作だ。落花の白波、海上の秋月、夢の契り、島の春霞、山かげの秋風、干潟の鶴、一首一首、非の打ちどころもなく急所はおさへてゐるが、これぞ俊惠と言ふべき特徴が見當らない。上手の手から感動が洩れたのだらう。

百人一首歌は千載集戀二、妙に間接的で間伸びのした「恨戀」の歌、「閨のひま」が發見と、強ひて言へば言へる程度の平凡な作であらう。特に第二、三句から下句の「閨」への脈絡がもたもたして垢拔けしない。第三句は「あけやらで」の形で流布してゐるが、これはことわりめいてなほさら臭い。

夜もすがらもの思ふころは明けやらぬ閨のひまさへつれなかりけり

＊　＊　＊

年たけてまた越ゆべしと思ひきや命なりけりさやの中山　　西行法師

新古今集入撰最多數計九十四首、しかもこの名敕撰集の巻軸歌に二首といふ榮譽を受けた西行であるが、隱岐本での削除も少からず、また撰入歌必ずしも秀作ばかりとは限らない。雜と神祇・釋教で三十九首を占めてゐるのも、歌の性格を反映してゐる。「さやの中山」は巻第十の羇旅歌の巻末の前、すなはち後鳥羽院の掉尾の一首の前に、二首採られた中の一首、「東《あづま》の方にまかりけるに、よみ侍りける」との詞書がある。
西行が二度目に東へ下つたのは六十九歳の秋、最初の旅は三十歳であつた。この度は、兵火に焼けた東大寺復興のための、砂金勧進の役目を引受けて、平泉の藤原秀衡を訪ねるのが目的の旅であつた。東大寺炎上は一一八〇年治承四年十二月、この年の七月に後鳥羽院が生れ、翌年閏二月に清盛は歿する。吾妻鏡の文治二年八月十五日には、西行が鎌倉に立ち寄つて、頼朝と會談したとの記事が残されてゐる。壯年の旅と比べれば、要務を控へての、遊山など思ひもよらぬ身、翌年春には、もう都へ歸つた。山家集の詞書は「東の方へ相識りたりける人の許へまかりけるに、小夜の中山見しことの昔になりたりける、思ひ出でられて」となつてをり、今一首「東の方へ修行し侍りけるに、富士の山をみて」とある歌と共に、この砂金勸進行の旅の作品として、否、そのやうな成立事情を離れても、後の世の人の、愛誦するところであつた。「富士」は雜歌中に入撰した。

風になびく富士のけぶりの空に消えて行方も知らぬわが思ひかな

「さやの中山」は丈高く、かすかに悲痛な響きを帯びながら、述懐調の翳りなく、西行の優しいますらを振りの十分に現れた秀作である。「命なりけり」の「命」には、その底に運命・宿命の意も流れてゐる。だが、この場合、それは、「さだめ」となど言ひかへ得ない、生命の發光であつた。「富士のけぶり」が、わが命ではなくて「わが思ひ」であることの必要とも、併せて考へれば、命のかけがへのなさは明らかだ。

吉野山梢の花を見し日より心は身にも添はずなりにき
こころなき身にもあはれは知られけり鴫立つ澤の秋の夕暮
おほかたの露には何のなるならむ袂におくは涙なりけり
きりぎりす夜寒に秋のなるままに弱るか聲の遠ざかりゆく
津の國の難波の春は夢なれや蘆の枯葉に風渡るなり
松風の音のみ何か石ばしる水にも秋はありけるものを
ふる畑のそばのたつ木にをる鳩の友呼ぶ聲のすごき夕暮

「梢の花」は續後拾遺集春下、櫻花讚・吉野詠夥しいが、この一首のあはれに及ぶものはない。「鴫」は新古今集秋上、「露」は千載集の秋上、「きりぎりす」と「蘆の枯葉」は新古今集秋下と冬に見え、「水にも秋」と「鳩」は山家集にのみある秀歌である。いづれも、後世の人人、殊に專門歌人までが傾倒するのもゆゑあるかなと思はせる調べであり、一首一首、西行の多角的、多面的詠風を反映して、忘れがたい響きを傳へてゐる。戀歌もあまたあるが、これら四季歌のふかい情趣を持つものはまづあるまい。

百人一首歌は千載集の戀五、部立が無かつたら、とても戀とは思へない。精精老人述懐であらう。第一、この歌上句で意も情も盡きてしまつてゐる。下句はくどい。念押しとことわりで調べそのものが亂れた。俊成すら、さして高くは買つてゐない。凡作である。

なげけとて月やはものを思はするかこち顔なるわが涙かな

＊　＊　＊

思ひ立つ鳥は古巣もたのむらむ馴れぬる花のあとの夕暮　寂蓮法師

千五百番歌合に連なつた頃、俊成の甥にあたる寂蓮は六十を幾つか過ぎてゐた。和歌所寄人となり、新古今集撰者の一人に加へられ、當代の名人上手撰りすぐりの、千五百番歌合に召される榮譽に、彼は、出家の身としても、これでいつ世を去ることにならうと、本望だつたらう。そしてその推察を裏書するやうに、建仁二年一二〇二年秋七月二十日、この大歌合の判も完了せず、まして新古今集の形も成る以前に身罷る。
「馴れぬる花」は千五百番歌合春四で二八一番、有家の「わぎもこがくれなゐ染の岩躑躅言はで千入《ちしほ》の色ぞ見えける」との番《つがひ》になり、俊成判は問題なく右、寂蓮の勝。當然であらう。この歌、寂蓮一代の傑作であるばかりではない。千五百番歌合三千首から百首採つても、その中に必ず入らうし、新古今集の、同様百首撰を試みても、外すわけには行かぬ。本歌は崇徳院の「花は根に鳥は古巣に」が考へられようし、崇徳院の典據である和漢朗詠集の清原滋藤の漢詩や「花散在根、鳥歸舊巣」なども勿論意識しての歌であらうが、寂蓮の韻律の美しさ、殊に下句の、一音づつが仄かに光つて顫へてゐるやうな絶妙な調べは、空前のものと言ふ他はない。落花の後も鶯には歸るべき古巣がある。人なるわれは、空しい枝の差し交す樹下の夕暮に、何に寄るべきか程の感慨で、言つてしまへば實體もさだかならぬ歎きながら、歌の小宇宙には、淡紅と白銀と鈍色の霞が立ちこめて、遙かの底に歔欷が聞える。

暮れてゆく春のみなとは知らねども霞に落つる宇治の柴船
散りにけりあはれ恨みの誰なれば花のあと訪《と》ふ春の山風
あづま路や春の行方をこよひより夢にも告げようつの山踏
夏もなほ草にやつるるふるさとに秋をかけたる荻の上風
たれかまた千千に思ひをくだきても秋の心に秋の夕暮

「春のみなと」、「花のあと」は「馴れぬる花」と共に新古今集の春下を飾る。「花のあと」も千五百番歌合の春四で良平との番、「夢にも告げよ」同じく春四で隆信との番、いづれも判は持。「荻の上風」夏三で有家との番、「秋の心」は秋二で番は慈圓、いづれも負判となつてゐるが、夏は判者良經の心境の變化、秋は判者後鳥羽院の慈圓への挨拶とでも思ひたいくらゐだ。だが、「あづま路」以下三首は敕撰集に入つてはゐない。

今はとてたのむの雁もうちわびぬおぼろ月夜の曙の空
あたりまで梢さびしき柞原《ははそはら》ふかくはなにをおもひこむらむ
いかにして露をば袖に誘ふらむまだ見ぬ里の荻《をぎ》の上風
貴船川百瀬の波も分け過ぎぬ濡れ行く袖のすゑをたのみて
何となく遊び馴れぬる筒井づの影離れゆく音のみ泣かれて
清見潟岩敷く袖の波の上に思ふも侘しきみがおもかげ

建久三年一一九二年六百番歌合の春曙・柞・聞戀・祈戀・幼戀・旅戀に見る寂蓮の、纖細な表現技巧の例である。千五百番歌合の秀作のやうに澄みまさるまでの、多彩な修辭を味はふべきだらう。「曙の空」は新古今春上、他は敕撰集に見えない。

百人一首歌は新古今集秋下に採られた老若五十首歌合歌だが、同じ主題なら、秋上の三夕の一つ、「さびしさはその色としもなかりけり眞木立つ山の秋の夕暮」の方が、遙かに寂蓮の個性に溢れてをり、新古今的色彩も上句に濃厚である。

むらさめの露もまだひぬ眞木の葉に霧立ちのぼる秋の夕暮

＊　＊　＊

くれなゐにかたしく袖はなりにけり涙や夜はの時雨《しぐれ》なるらむ

皇嘉門院別當

紅涙の歌、新千載集の戀歌四、この巻、終りの方に冬、「寄時雨戀《しぐれによするこひ》」の趣ある歌を集めてをり、俊成女の「いかにせむしげき人目をもる山の下葉殘らずしぐれ行く頃」も見えるが、別當の歌、いささかも遜色はないし、悲痛な華やぎのあはれは、この戀四の中でも出色と思はれる。時雨によつて木木の葉は紅葉する。戀の歎きによつて、流す血の涙は、袖袂を紅に染める。涙こそ人の身の時雨と、二つの照應に懸けた技巧を見るべき歌である。

勿論類想、同一主題は夥しい。群歌の競ひ合ふ中で、些細、微小な異を稱へ、その部分を彫り、彩り、われのみ一人の歌に研き上げることに懸けた歌人の誇が、この「なりにけり」の三句切にも見える。この場合ほとんどの例が結句體言止の構成で新古今調に仕立てるものだが、彼女はやはらかく、「時雨《しぐれ》なるらむ」と結んで、やすらひを見せてゐる。その邊の呼吸、抑揚等、非の打ちどころがない。「後法性寺入道前關白の家の歌合に、『戀』を」と詞書に見える。皇嘉門院とは崇德院皇后聖子。兼實家の歌合には幾度か出席して、その才はよく知られてゐた。才媛數ある中で殘る名を、この紅涙はよく傳へ、これでこそと思はせる。別當の歌、敕撰入集は九首である。

しのびねの袂は色に出でにけり心にも似ぬわが涙かな
思ひ川岩間によどむ水莖をかき流すにも袖は濡れけり
うれしきもつらきも同じ涙にて逢ふ夜も袖はなほぞ乾かぬ
歸るさは面影をのみ身にそへて涙にくらす有明の月
つれなきを恨みし袖も濡れしかど涙の色は變りやはせじ
宮城野の萩の下葉の移ろふをおのが秋とや鹿の鳴くらむ
照る月の姿ばかりは面馴《おもな》れて影めづらしき秋の空かな
きみが代のすゑをはるかに三笠山さしながらこそ神にまかすれ

「しのびね」「思ひ川」「うれしきも」「歸るさ」「つれなきを」の五首は、順に千載集戀一、新敕撰集戀一・戀三・玉葉集戀二、新拾遺集戀四に入撰してをり、期せずして、新千載集と軌を一にして、主題は「涙」であつた。忍び音に泣けば袂は紅に染まると歌ひ、これも亦血涙の調べ、思ひを書き送らうとすればはふり落ちる涙が袖を濡らす、これも定めし紅の涙であらう。悲喜共にただ涙、思ひかなつて逢ふ夜も先立つのは涙。濡れ通しの袖と、ほぼ、同工の異曲を、達者な修辭で聞かせるが、當然のことに、さして變り映えのするはずもない。新千載集入撰歌が出色であることがよく判る。

玉葉の「面影」は後朝《きぬぎぬ》の、盡きぬ名殘の涙であつた。「面影をのみ」「涙にくらす」あたり周到な、纖細な修辭で、彼女の代表作の中に數へてもよからう。「涙の色は變りやはせじ」は紅涙の變奏曲で、面白い發想ではあるが、やや訴へるところに缺けよう。

「萩の下葉」は續後拾遺集の秋上、「照る月」と「三笠山」は兼實邸歌合の作品で、題は「月」と「祝」であつた。秋歌の「おのが秋とや」、「月」の「姿ばかりは面馴《おもな》れて」、「祝」の「さしながらこそ」あたり、手練の證であらう。

百人一首歌は千載集の戀三、珍しく涙に濡れず、複雜な、しかしながら、聞き飽いたやうな縁語・懸詞のアラベスクの裏に「旅宿に逢ふ戀」の心を作り上げた。類歌が多過ぎて紛らはしい。第一、この百首中でも、伊勢の「難波潟」と元良親王の「難波なる」があり、殊に後者は下句も「みをつくしても逢はむとぞ思ふ」で、曖《おくび》が出さうだ。撰歌が杜撰《づさん》と言はれる怖れもあらう。

＊　＊　＊

難波江の蘆のかりねのひと夜ゆゑみをつくしてや戀ひわたるべき

かへりこぬ昔を今とおもひ寝の夢の枕に匂ふたちばな　　式子内親王

新古今集の夏、五月雨とほととぎすの間に、幾つかの、馥郁たる橘の歌がある。そしてそのほとんどが、伊勢物語第六十段の、宇佐の使の插話の「五月《さつき》待つ花たちばなの香をかげば昔の人の袖の香ぞする」を踏まへてゐる。本歌とするかしないかは二の次、橘の花を歌ふかぎり、その作品は、免れがたく、伊勢物語を聯想させるさだめとなつてゐる。それほど影響力の強い、本歌中の本歌と言ふべき歌であつた。

式子の橘は夢枕。ふたたび歸つては來ない「過去」を、何とかして「現在」に取返すべはないものか、さう思ひつつ寝た。過ぎた日の想ひ出に、懷舊の情に溺れて、うつつともない氣分であつた。その夢。夢ともうつつともつかぬ枕邊に、「昔の人の袖の香」のすると言ふ橘の花の香が、馥郁と馨つて來る。本歌として今一つ、同じく伊勢物語の「いにしへのしづのをだまきくりかへし昔を今になすよしもがな」を數へる説もあるが、「昔を今」の出典まで云云することもあるまい。むしろ、式子の歌の、どこにも切れ目のない、纏綿たる、無縫の天衣さながらの調べこそ、この「しづのをだまき」を寫してゐると見た方が妥當かも知れない。「おもひ寝」なる簡潔な言葉の第三句が、一首の夢と現《うつつ》を繫ぎ、柑橘の爽やかにゆかしい香を呼びさますあたり、陶然となるばかりだ。

残り行く有明の月のもる影にほのぼの落つる葉隠れの花
夕霧も心の底にむせびつつわが身一つの秋ぞ更けゆく
戀ひ戀ひてよし見よ世にもあるべしと言ひしにあらず君も聞くらむ
盃に春の涙をそそぎけるむかしに似たる旅のまとゐに
この世には忘れぬ春の面影よ朧月夜の花の光に

式子內親王の敕撰入集計百五十五首中、新古今集は四十九首、一代の秀歌の、その精粋は新古今集中心に鏤め盡されてゐるはずだが、家集、萱齋院御集《かやのさいゐんぎよしふ》を繙くと、千載集以後の十七代集に洩れた珠玉作をあまた發見する。「葉隠れの花」「夕霧」「戀ひ戀ひて」「春の涙」「朧月夜」等、その玲瓏調とでも言ふべき稀有の文體、どの一つでも、彼女の代表作として恥ぢることはあるまい。殊に、「戀ひ戀ひて」に見る、かつての和泉式部をも蒼ざめさせるくらゐの、凄じい情熱の吐露は、むしろ愕然とする。

ほととぎすそのかみやまのたびまくらほのかたらひし空ぞ忘れぬ
夢のうちも移ろふ花に風吹きてしづこころなき春のうたたね
桐の葉も踏みわけがたくなりにけり必ず人を待つとなけれど

天つ風氷をわたる冬の夜の乙女の袖をみがく月影

夢にても見ゆらむものを歎きつつうちぬる宵の袖の氣色は

「たちばな」は後鳥羽院初度百首の「夏」。「ほととぎす」は新古今集の雜歌上、一首の底から淡綠の光を發するかの微妙な調べは、これまた式子の最高作として推すに足るものだ。特に下句の美しさは空前絶後と言ひたい。「移ろふ花」は春、「桐の葉」は秋、「乙女の袖」は冬、「袖の氣色」は戀。續古今集春下・新古今集秋下・新敕撰集雜一・新古今集戀二に入撰、絶唱とも呼ぶべき絶妙の調べばかりだ。

百人一首歌も新古今集戀一、凡歌尠からぬ小倉百首撰の中では、稀に見る秀作の一つではあるが、悲痛な戀歌なら「戀ひ戀ひて」の方が更に見事だらう。

たまの緒よ絶えなば絶えねながらへば忍ぶることのよわりもぞする

＊　＊　＊

花もまた別れむ春は思《おも》ひ出《い》でよ咲き散るたびの心盡しを　　殷富門院大輔

落花に寄せる歎きの歌、新古今集春下に妍を競ふ中に、大輔の、櫻花に呼びかける切切の情は、その趣の珍しさによつて、一際心に残る。みづからの、この世に別れたその後の春も、咲き出でる時は、人あり、花ふふみ初める頃から散つての後まで、さまざまに心を盡したことを、想ひ出せと云ふ。この發想勿論、必ずしも大輔獨自のものではなく、王朝人の等しく持つものではあつたが、このやうにこまやかな表現を遂げた歌は、殊に、新古今集に採るほどの作は、他になかつたのであらう。

ながめつつ思ふに濡るる袂かな幾夜かは見む秋の夜の月
わが門の刈田のねやに臥す鴫の床あらはなる冬の夜の月
たれとなく訪はぬぞつらき梅の花あたらにほひをひとりながめて
空寒みこぼれて落つる白玉のゆらぐほどなき霜枯れの庭
たぐひなく心ぼそしやゆく秋のすこし殘れる有明の月

四季歌に閃きを見せる大輔の、「秋の夜の月」は新古今秋上、「鴫の床」は冬、「梅の花」は新敕撰集の春上、「霜枯れの庭」は冬、「ゆく秋」の有明月は續後撰集の秋下に見える。この中、殊に鴫の歌の「床あらはなる」、霜枯れの庭の「ゆらぐほどなき」、有明月の「すこし殘れる」等、第四句のはたと膝を打つやうな巧な斡旋は、同時代女流中でも出色であらう。同主題、同趣向、同文體の歌が、際限もなく連なる敕撰集の四季の中で、一瞬目を射る秀句を持つことは、なみなみの歌才ではかなふまい。「すこし殘れる有明の月」など、危く讀み過しさうだが、當時としてはまことに斬新な修辭であつたらうと思はれる。

洩らさばや思ふ心をさてのみはえぞやましろの井手のしがらみ
何かいとふよもながらへじさのみやは憂きにたへたる命なるべき
うちしのび落つる涙の白玉の洩れこぼれても散りぬべきかな
まだ越えぬ逢坂山の石清水むすばぬ袖をしぼるものかは
水まさるたかせの淀の眞菰草はつかに見ても濡るる袖かな
よしさらば忘るとならばひたぶるにあひ見きとだに思ひ出づなよ
たなばたにたえぬ思ひは變らねど逢ふ夜は雲のよそにこそ聞け
死なばやと思ふさへこそはかなけれ人のつらさはこの世のみかは

戀歌の多彩奔放なことも驚くべきで、敕撰入集六十三首の中、二十七首が戀歌、それも嫋嫋と絶え入るやうな忍戀の歌よりは、烈しい氣息で相手に迫る趣の歌が殊に見事だ。この自在な調べは時に、和泉式部を聯想する。「井手のしがらみ」から順に、新古今集戀二・戀三、新敕撰集戀一・戀二、續後撰集戀一・戀五、續拾遺集戀四、「この世のみかは」は風雅集の戀五と多彩を極め、その力倆を偲ばせるが、なかんづく凄じいのは、「忘るとならば」の男を追ひつめての愛想づかしであらう。ひたすら逢つてゐたことも思ひ出すなとは、慄然としつつ胸が透く。見事と言ふ他はない。

百人一首歌は千載集の戀四だが、これらの抜群の作を見た後では、いかにもくだくだしい。歌枕戀歌なら「井手のしがらみ」の方がずつと巧者だ。涙で變色してしまつた自分の袖、漁《いさ》りのために濡れ通しても色變らぬ海人の袖、ならばわが涙はどれほどであつたか。誇張もここまで來ると、歌合歌の趣向以上には考へられない。

見せばやな雄島のあまの袖だにも濡れにぞ濡れし色はかはらず

＊　＊　＊

幾夜われ波にしをれて貴船川袖に玉散るもの思ふらむ

後京極攝政前太政大臣

六百番歌合「祈戀」の左。右は寂蓮の「貴船川百瀬の波も分け過ぎぬ濡れ行く袖のすゑをたのみて」。珍しく、左方・右方共に文句をつけない。左方の論客筆頭六條家の顯昭が、論敵寂蓮の歌の第三句あたりに、一言あつても不思議ではないのに、「難を申さず」と記録されてゐる。俊成の判詞は「右は『すゑをたのみて』と云ひ果てたるよりは、左の

『袖に玉散る』と云へるは、殊に宜しく聞え侍るにや。左の勝とすべし」とあり、さすが見るべきところは確に見定めての判だ。良經の一首の命は第四句に在つた。

袖に散る玉は貴船川の波しぶき、作者の涙。同時に「魂散る」、すなはち死ぬことを意味し、勿論、後拾遺集の「奥山にたぎりて落つる瀧つ瀬の玉散るばかりものな思ひそ」を本歌としてゐる。人も知る、雜六に見える、和泉式部の歌への、貴船明神の返歌である。波に濡れて貴船川を上る。連夜戀の成就を祈願しに「來《き》」た、その「貴《き》」船川。祈願成就はいつの日のことか、相變らず袖は、かなしみの涙の玉散り、死ぬばかりのもの思ひは續く。和泉式部に返歌した明神も、今日のわが上には靈驗を示したまはぬとの恨みもひそんでゐよう。「玉散る・もの思ふ」の、離れつつ連なり、絡み合ひつつ前後する意味と調べの絶妙な重なり。まさに天才良經の水際立つた技倆の見せどころであつた。

見ぬ世まで思ひのこさぬながめより昔に霞む春の曙
手にならす夏の扇と思へどもただ秋風のすみかなりけり
生けらばと誓ふその日もなほ來ずばあたりの雲をわれとながめよ
月やそれほの見し人の面影をしのびかへせば有明の空
戀しとは便りにつけて言ひやりき年は還りぬ人は歸らず

新古今入撰七十九首、多數順第三位、歴史に殘る名文假名序作者。新古今集は極論するなら後鳥羽院の情熱と執心、良經の三十八歳の夭死を背後にした志と詩魂によつて生れたのだ。歌集巻頭第一首を飾り、春歌の掉尾に列した。六百番歌合百首は秀歌が犇き、後鳥羽院が後日隱岐で歎いたやうに、地歌《ぢうた》が無いのがかへつて難になるくらゐだ。だからこそ新古今集に不載の傑作はあまた殘る。春曙・扇・契戀・曉戀・遠戀の、これら比類のない調べさへ、後日、春曙が風雅集の雜上に入集した以外は、家集秋篠月清集の中に眠つてゐる。知られざる絶唱の多さでも、十世紀から十三世紀の歌人中第一位であらう。

明日よりは志賀の花園まれにだに誰《たれ》かはとはむ春のふるさと
雨はるる軒の雫に影見えて菖蒲《あやめ》にすがる夏の夜の月
冬の夢のおどろきはつる曙に春のうつつのまづ見ゆるかな
嵐吹く空にみだるる雪の夜に氷ぞむすぶ夢はむすばず

「志賀の花園」は新古今集春歌の巻軸として輝き、南海漁夫百首の「菖蒲《あやめ》」の歌は、風雅集の夏に採られた。西隱洞士百首の「冬の夢」、千五百番歌合の「雪の夜」は、敕撰集に入つてゐない。等しく良經一代の名作と呼ばれてよい。

百人一首歌は新古今集秋下で院初度百首の秋二十首の中。恐らくこの百首を通じて、最も曲のない、最も良經の詩才の朧な、個性の見えぬ作の一つだ。結句など何が艷であらう。秋下の歌群中、きりぎりすの歌は後半に後鳥羽院と良經を据ゑ、前半のほぼ對照の位置に西行の名歌「夜寒に秋」を飾つてゐるので、なほさら、特に良經の歌が見劣りする。

きりぎりす鳴くや霜夜のさむしろに衣かたしきひとりかも寢む

＊　＊　＊

夢にだに人を見よとやうたた寢の袖吹きかへす秋の夕風　二條院讃岐

千五百番歌合の千二百二十三番、戀二、右は寂蓮の「伊勢の海の淺瀨に靡く濱荻のほどなきふしに何しをるらむ」。顯昭の判で左勝。誰の目にも讃岐の作が比較にならぬくらゐ巧者で精彩に滿ちてゐることは判る。戀二で、この歌と比肩し得るのは、宮内卿の勝歌、「とへかしなしぐるる袖の色に出でて人の心の秋になる身を」と、家隆の絶唱、後の自讃歌「思ひ出でよたがかねごとのすゑならむ」の二首くらゐと言つてよからう。

逢瀨が、うつつには望めないのなら、せめて夢にだけでも、戀しい人を見よと、秋風はまどろむ私の袖をはためかすのだらうかと、作者の思ひは哀切な調べを奏でる。「うたた寢の袖吹きかへす」以下を上句に据ゑ、初句第二句を下句におくのが常道であらうが、これを倒置し、人をはつとさせるところも、閨秀のヴェテランらしい技法だ。見飽いたやうな類似パターンの、同工異曲の中で、人の注視を受けるのは、よほどの作であらう。主題發想とも奇を衒つたところがないのだから、なほさら珍重に價する。この歌、敕撰集には一度も採られてゐない。千五百番歌合歌を多く採つた新敕撰集さへ、この歌は逸した。

山たかみ嶺の嵐に散る花の月にあまぎるあけがたの空
おほかたの秋の寢覺の露けくばまた誰《た》が袖に有明の月
をりこそあれながめにかかる浮雲の袖も一つにうちしぐれつつ
世に經《ふ》るはくるしきものを眞木の屋にやすくも過ぐる初時雨かな
露は霜水は氷に閉ぢられて宿かりわぶる冬の夜の月
みるめこそ入りぬる磯の草ならめ袖さへ波の下に朽ちぬる
あと絶えて淺茅が末になりにけりたのめし宿の庭の白露
目の前に變る心を白露の消えばともにと何思ひけむ

新古今集には讃岐の代表作のほとんどが入撰した。「散る花」から順に、春下・秋上・冬二首で、いづれ劣らぬ見事な出來映えながら、殊に落花のために曇る月の春歌、「誰《た》が袖」の涙に月が映つてゐるかと思ふ秋歌、また更に、生きることの辛苦に深い歎息を洩らす「初時雨」の、その至妙の修辞は、彼女の半世紀以上の、動亂の時代の宮廷生活を背後において味はふ時、胸を搏つものがある。「露は霜」は千五百番歌合の冬二、定家との番《つがひ》で持《ぢ》となつた。

戀歌はまして彼女の得意とするところ、「みるめ」と「淺茅が末」は新古今集の戀二・戀四、「白露」は新勅撰集の戀四、なかんづく、「目の前に變る心」は、醒めた目で戀愛心理をひたと見据ゑた歌として、珍しいものであらうし、彼女のしたたかな性根と技倆を見るに最適のものの一つであらう。私はふと、現代小説中の女性心理を想ひ浮べさへする。このやうな歌は彼女と丹後の得意とするところだ。第五句「何思ひけむ」も、四年後の元久詩歌合、後鳥羽院の「水無瀬川」の結句を思はせる。

百人一首歌は千載集戀二にある歌。家集の初句「わが戀は」と、結句「乾く間ぞなき」だけあつて、多分俊成の改作によつて入撰したものだが、「沖の石の讃岐」の雅稱の因となつた作を、百首の中の、秀作と呼べるわづかな歌の隨一に數へてよい。父、源三位頼政、兄仲綱の討死の後四十年近くもながらへ、宜秋門院に仕へ後に出家した。歿年は一二一七年頃七十代の半ば、同時代人の盛衰を眺めつくした。なほ「わが袖は」の典據を頼政集に求める說を散見するが、和泉式部集に「わが袖は水の下なる石なれや人に知られで乾く間もなし」があり、讃岐の作は、これの模倣とも見られるがいかがであらう。

わが袖は潮干に見えぬ沖の石の人こそ知らねかわくまもなし

＊　＊　＊

來む年もたのめぬ上《うは》の空にだに秋風吹けば雁は來にけり　　鎌倉右大臣

右大臣實朝の歌は新古今集には一首も採られてゐない。金槐集の成立は建暦三年一二一三年以前であるが、新古今集の切繼は承元元年一二〇七年の、最勝四天王院障子歌《さいしやうしてんわうゐんさうじうた》の大量撰入を最後に、一段落を見てゐるやうだから、撰入の機が喪はれたのだらう。もつともその最勝四天王院が、他ならぬ實朝調伏のための建立《こんりふ》とすれば、よし秀歌が撰進されてゐたところで、後鳥羽院が採つたかどうかは甚だ疑問である。

新敕撰集には二十五首、多數入撰第五位ながら、秀歌と稱すべき作はまことに稀少で、實朝の本領は察すべくもない。以後の敕撰入集を併せて九十三首、この憾みは解消されない。すべからく金槐集をつぶさに眺めるべきであらう。そこには新古今調の模倣あらはな習作が跳梁し、世の人の囃し立てる、いはゆる萬葉調の、ますらを振りの歌が一部に見られるが、それらの蔭に隠れるやうにして、この非運の天才の、みづからの宿命を豫見したかの、悲痛な秀作が、微光を放つてゐるのが見える。それこそ彼の魂の相《すがた》だ。

「秋風吹けば」には、「遠き國へまかれりし人、八月ばかりに歸りまゐるべき由を申して、九月まで見えざりしかば、彼のもとに遣はし侍りし歌」の詞書がある。二十歳を越えたばかりの青年が、「來む年もたのめぬ」と歌ふ、そのいたましい宿命感に、私は慄然とする。彼には、この時既に、數年先の、みづからの最期が、はつきり見えてゐたのだらうか。歌は初初しく口籠る。しかも決して未熟ではない。萬葉調の構へも、新古今調の空疎な詞華や秀句模倣のないところも、まことにめでたく、これこそ實朝の文體と思はれる。

萩の花くれぐれまでもありつるが月出でて見るになきがはかなさ
くれなゐの千入《ちしほ》のまふり山の端《は》に日の入る時の空にぞありける
うち忘れはかなくてのみ過ぐし來《き》ぬあはれと思へ身に積もる年
流れ行く木の葉の淀むえにしあれば暮れてののちも秋は久しき
はかなくてこよひ明けなば行く年の思ひ出もなき春にやあはなむ
われのみぞかなしとは思ふ波のよる山のひたひに雪のふれれば
吹く風の涼しくもあるかおのづから山の蟬鳴きて秋は來にけり

月明に消えた虚無の「萩」は、この稀有の夭折歌人の詩魂を透視するやうに、潔く仄暗い悲調であり、また「くれなゐの千入《ちしほ》のまふり」は、彼のその詩魂がしたたらす血の色でもあつた。更に、二十歳前後で「身に積もる」と言ひなす思ひ、淀む宿命の「木の葉」、青春の門をくぐつたのみで「思ひ出もなき春」と言ひ捨てる心、心はその器を歌に見出で て、ここに訥訥として清く、悲痛にして初初しいたぐひ稀な調べを創つた。常に、誰から も理解されなかつたこの多感な青年は、「山のひたひ」に降る雪をさへ、他の人は知ら ず、「われのみは」でもなく、「われのみぞ」と、強く區別したのだ。「かなしと思ふ」で はなく、「かなしとは思ふ」その一音の猶豫と躊躇にも、彼の心の陰翳を感じる。

一首、かすかに萬葉調を宿した「山の蟬」が、むしろ異風に思はれるほど、獨特の文體 を、それなりに、この青年貴族は持つてゐた。決して定家の弟子として、その狷介な歌論 を、ひたすら實踐しようとなどしてゐない。後鳥羽院さへ及ばぬ領域に一人遊行し、引返 す暇もなく、彼は二十八歳の命を斷たれてしまつた。

百人一首歌は凡歌の多い新敕撰の實朝作品の中でも、殊に煩はしい無器用な一首で、そ れも羇旅歌として採られてゐる。「世の中は・常に・かなしも」と口籠りつつ訴へる彼の 表情は、他の、まことの秀歌にも共通する。百首中、この歌、特に惡名が高い。

＊　＊　＊

世の中は常にもがもな渚漕ぐあまの小舟の綱手かなしも

草枕むすびさだめむ方知らずならはぬ野邊の夢のかよひ路　參議雅經

水無瀬戀十五首歌合で題は「羇中戀」、右は有家の「武藏野やひとり思ひにむせぶかなきつつなれにし妻もこもりて」で左の勝。俊成は有家の伊勢物語調を認めながらも、「ひとり思ひにむせぶ」の邊にこだはつて、左、雅經の優位を宣する。言はば消極的な勝利宣告だが、この一首、結果的には、彼の代表作の一つになつた。どの方角に向けて草枕を結べば、戀しい人が夢に見られるのやら、そのすべさへ知らない。初めての、南北もさだかならず、不馴れな旅。愛人への夢の通ひ合ふ道は、どちらを向いてどう走つてゐるのだらうと、途方に暮れる旅人の心。恐らくは若者の初旅でもあらう。三句切の斷定の響きも效果的で、下句の約めた修辭によつて、かへつて心が溢れ出る。新古今集の戀四に、同じ歌合の、後鳥羽院の「故鄕戀」、有家の「秋戀」と竝んで入撰してゐる。このあたりも新古今集の醍醐味に近い。

見し人の面影とめよ清見潟袖に關守る波の通ひ路
今はただ來ぬ夜あまたのさ夜ふけて待たじと思ふに松風の聲
片敷の袖も浮寢の波枕ひとりあかしのうらめしの身や

ながめじや心づくしの秋の月露のかごとも袖深きころ

皆、水無瀬戀十五首歌合中のもので、順に「關路戀」番は家隆で持《ぢ》、「寄風戀」番定家で雅經の負、「旅泊戀」番良經で負、「秋戀」俊成卿女との番で持となつてゐるが、「清見潟」は新古今集の戀四に、「松風の聲」は新續古今集戀三に入撰してゐる。言葉が曲線を描いて絡み合ひ、緩徐・快速の呼吸に合せて思ひを敍するあたり、さすが蹴鞠の名人として、その祖になる雅經の技と、舌を捲く思ひもする。ただ「旅泊戀」の結句「うらめしの身や」は判詞で俊成が觸れてゐるやうに、負の原因になつても無理ではあるまい。

堪へてやは思ひありともいかがせむ葎の宿の秋の夕暮
はらひかねさこそは露のしげからめ宿借る月の袖の狹《せば》きに
秋の色をはらひはててやひさかたの月の桂にこがらしの風
はかなしやさても幾夜か行く水に數書きわぶる鴛鴦《をし》のひとり寢
ふるさとの今日の面影誘ひ來《こ》と月にぞ契るさやの中山
影宿す露のみしげくなりはてて草にやつるるふるさとの月

水無瀬の歌合は建仁二年九月、その前年、元年の二月に催された老若《らうにやく》五十首歌合の作品は数多く新古今集に入撰し、すべて抜群の味はひだ。「秋の夕暮」以下、秋上・秋上巻軸・冬二首・羇旅・雑中に見える。一二〇一年作者三十二歳で「若」の側、定家は四十歳ゆゑ「老」となる。戀十五首よりも更に調べは複雑で、心理の彩を抑揚ただならず表現するのに成功してゐる。中でも「はかなしや」の冷え侘びた華やかさは特筆に價し、「ふるさとの月」を「草にやつるる」と歌つた技法は目を見張らせる。

百人一首歌も新古今秋下で、同時代の百首歌の中のものだが、平凡な擣衣の趣、さして見所もなく、強くとほる調べとか哀感が沁みるとかの評は、隨分無理をして迎へた褒詞としか思へない。のみならず、新古今的な面白みの殊に淡い歌であることは、水無瀬・老若等歌合作品を一瞥すればおのづから明らかだ。山に秋風、吉野の里に砧《きぬた》、下句の表現が少し斬新でも退屈の限りだ。

みよし野の山の秋風さ夜ふけてふるさと寒く衣擣《う》つなり

＊　＊　＊

戀ひそめし心はいつぞいそのかみ都のおくの夕暮の空　　前大僧正慈圓

六百番歌合、「舊戀《ふるきこひ》」の右。左は有家の「わが戀はふる野の道の小笹原いく秋風に露こぼれ來ぬ」で持《ぢ》。特にこの番を、珍しく、判者俊成は「よき『持』とぞ見えて侍る」と至つて滿悅の體である。だが左右兩方の論難が最初はあつた。右方は有家の結句の「來ぬ」と結んだのを、これは問題だ、どうかと思ふと眉を顰める氣配、左方は慈圓の「都のおく」の意味が明確ならず訝《いぶか》しいと言ひ立てる。途端に俊成開き直って、有家の下句、「いく秋風に露こぼれ來ぬ」はまことに結構だ、慈圓の第四句「都のおく」何の訝しからうと反駁する。その上、これは愚老が歌の趣をよく知らぬからなのだらう、口惜しいことになつたものだ、われながらあはれなどと嫌みたらたらを述べた揚句、「よき持」と結論する。左・右兩方の、反對のための反對めいたあらさがしや、殊に左方に連なる六條家の顯昭あたりの尙古主義が一一痾に觸るのだらう。有家の纖細微妙、アラベスクを描くやうな調べの、あはれを盡した艷《えん》と對照的に、慈圓は直線的で雄雄しく、調べの肩で風切る朗朗たる文體、しかも舊戀の題ながら「戀ひそめし」と、その始めに思ひを馳せる技法は竝竝のものならず、まさに「よき持」とは、かういふ番を言ふのだらう。勿論一首をと言はれれば、慈圓の堂堂たる姿を撰ぶことだらう。

　思ひ出でば同じ眺めにかへるまで心に殘れ春の曙
　東路の夜はのながめを語らなむ都の山にかかる月影
　いざ命おもひは夜はにつきはてぬゆふべも待たじ秋の曙

雲閉づる宿の軒ばの夕ながめ戀より餘る雨の音かは

いづれも六百番歌合、「春の曙」は良經との番で持。「旅戀」は定家と番って持、「朝戀」同じく番定家で勝、「寄雨戀」良經と番って負。「旅戀」は定家の歌「ふるさとを出でしにまさる涙かな嵐の枕夢に別れて」と二首揃つて、判者もことごとく氣に入り涙流さむばかりの體。慈圓の歌は新古今集の羇旅に採られた。「春の曙」は良經の名作「見ぬ世まで思ひ殘さぬながめ」、この番で、判は「心・姿いとをかし。良き持に侍るべし」。「いざ命」はこの初句を左方が突《つ》くが、俊成問題にせず、「秋の曙」を「春の曙」より新しいかどうかと疑ひつつ勝とする。「寄雨戀」は左方が全然納得しかねると排斥、俊成は、をかしく珍しい歌は、何かと言へば納得できないとか耳觸りだとか言ふと、またつむじを曲げ、投げ出すやうに、慈圓の歌の負とする。ともあれ、この作者、後の日、後鳥羽院が口傳で、「むねと珍しき樣《やう》を好まれき」と評したのもむべなるかなと思はれる。

ほととぎす涙は汝《なれ》に聲はわれにたがひにかして幾夜經ぬらむ

鳴く鹿の聲にめざめて偲ぶかな見果てぬ夢の秋のおもひを

慰むる時こそなけれ月やあらぬ秋や昔の荻の上風

千五百番歌合は慈圓四十八歳、圓熟した文體は、たとへばこの夏・秋・戀の三首にも明らかだ。「鹿」は雅經との番で新古今集の秋下に入撰し、慈圓の最高作とも思はれる。

百人一首歌は千載集雜中、若書に屬するが、釋敎歌紛ひの述懷歌で、詞華とは義理にも言へず、彼の特色も見えない。神祇・釋敎の歌に限つても、拾玉集には、たとへば日吉百首中の「泡沫《うたかた》のはかなく結ぶ山川を神の心にまかせつるかな」等、大らかで、しかも詩魂の匂ひ出るやうな秀作はある。

おほけなく浮世の民におほふかなわが立つ杣に墨染の袖

＊　＊　＊

入道前太政大臣

つくづくと思ひ明石の浦千鳥波の枕になくなくぞ聞く

西園寺入道前太政大臣藤原公經、承久の亂後は位人臣を極め、榮耀榮華を盡したが、それはそのまま、鎌倉幕府の覺え拔群、亂の直前までは獅子身中の猛毒を持つ蟲として、後鳥羽院の憎惡の的となつてゐたことを意味するだらう。この公經の姉こそ、定家の妻、閨閥の餘映その身にあまねく、還曆以降の定家は、第三者の目から見れば、得意の境遇だつたはず。小倉百人一首の錚錚たる人撰の中で、何故當代の名手、新古今集入撰十九首の有家や十七首の秀能をさしおいても、この公經を加へねばならなかつたかは自明であらう。この邊にも、この百首のいささか胡亂《うろん》な趣を呈する一因はあらう。

もつとも、そのやうな人物であつても、新古今集には十首も撰入した事實は、無視し得ぬ歌才のあつた證と見ることもできる。「明石の浦千鳥」は千五百番歌合の戀二で千二百六十五番左、しかも右が寂蓮の「たが里の露をば袖に拂ふらむ蓬のもとは風にまかせて」で、右の勝。しかも寂蓮の論敵、六條家顯昭の判である。判者は恐らく、公經の作が、源氏物語明石の巻の、「ひとり寢は君も知りぬやつれづれと思ひ明石のうら寂しさを」を本歌として、「戀」を「羇旅」の趣に變へ、強ひて言へば「都戀し」のノスタルジアも戀の中と解釋せねば、戀の題にふさはぬところに疑問を感じたのかも知れない。その點にこだはらねば、三句體言切れ、結句動詞止の、今樣調の輕やかさ、まつはるあはれ、なかなかの出來榮えで、公經の代表作として恥づかしくはあるまい。

春ふかくたづねいるさの山の端にほの見し雲の色ぞ殘れる
ほととぎすなほうとまれぬ心かな汝《な》が鳴く里のよその夕暮
露すがる庭の玉笹うち靡きひとむら過ぎぬ夕立の雲
衣擣《う》つみ山の庵《いほ》のしばしばも知らぬ夢路にむすぶ手枕《たまくら》
戀ひわぶる涙や空にくもるらむ光もかはる閨の月影

新古今集入撰十首の中六首までが千五百番歌合歌、春下に採られた「雲の色」は源通《みなもとのみち》光《てる》との番で負、夏の「ほととぎす」は番寂蓮で無判、同部「夕立」は番俊成女で持、秋下の「手枕《たまくら》」は番宜秋門院丹後で勝、戀四の「涙」は番兼宗で勝。いづれも過不足のない表現で適當に新味も添へてあり、頭腦明晰、才智端倪を許さぬ趣が見えるが、特に輝く一首は見當らない。それが長所で同時に限界となる歌人でもあらう。

恨むべき方こそなけれ春風の宿りさだめぬ花のふるさと
いはみがた人の心は思ふにもよらぬ玉藻のみだれかねつつ
忘るなよ消えば共にと言ひおきし末野の草に結ぶ白露

新勅撰集は入撰三十首、多數順位俊成の次位で第四番目、そしてこの三十首に、千五百番歌合の作はただの一首も混つてゐない。定家の遺趣か挨拶か、偶然と言ふには、あまりにも整理され過ぎてゐる。ともあれ、たとへばその春下に入つた「春風」、戀二の「玉藻」、戀四の「白露」いづれも綺麗な歌ではある。

百人一首歌も新勅撰集、雜歌一。ちなみに定家が後鳥羽院の推奨を無視して、敢へて自讚歌にしなかつた歌が「年を經て御幸《みゆき》に馴るる花の蔭ふりぬる身をもあはれとや思ふ」である。花蔭に降りかつ古る身の歎き、一目瞭然の酷似であるが、定家の位階昇進を見ぬ煩悶と、公經の榮達榮耀は思ひのままだが、老いはとどめ得ぬ惱みとは、雲泥の相違だ。

花誘ふあらしの庭の雪ならでふりゆくものはわが身なりけり

＊　＊　＊

見渡せば花も紅葉《もみぢ》もなかりけり浦の苫屋《とまや》の秋の夕暮　　權中納言定家

新古今集秋上のま眞中、すなはち計百五十二首中の七十七番目にこの歌は置かれた。偶然であらう。だが三夕の寂蓮・西行・定家と來て、この西行と定家が、秋上の前半と後半との境をなす眺めは、いささか慄然たるものがある。しかもこれらの前には、良經六百番歌合の名作、「もの思はでかかる露や袖におくながめてけりな秋の夕暮」が置かれ、後には宮内卿の絶唱、「思ふことさしてそれとはなきものを秋のゆふべを心にぞ問ふ」や、鴨長明の代表作、「秋風の到り到らぬ袖はあらじただわれからの露の夕暮」等、古歌秋夕の詞華ここに集まるの感がある。その中にも、斷然あたりを拂ふのは定家の一首だ。

文治二年一一八六年、定家二十五歳二月の、二見浦百首の秋。西行の勸進によってこれを作つたと記されてゐる。新古今集へは、戀三に「あぢきなくつらき嵐の聲も憂しなど夕暮に待ちならひけむ」、離別には「忘るなよやどる袂は變るともかたみに絞る夜半の月影」が採られた。また翌年、父俊成撰進の千載集にも逸早く四首入撰してゐる。

　春の櫻花、秋の紅葉とは王朝人の心を盡す自然美の代表であつた。夏の時鳥と冬の雪を加へれば、四季の眺めは揃ふことにならう。またこれを一つ一つ消去して、濃度を高めて行くなら、最後には「花」一語が殘るはずである。抽象の抽象、心象風景とは言つても、もはや、五瓣の櫻や、血紅の楓のその形など、一瞬の幻影として、魂の片隅をかすめて過ぎるのみ。これを、客觀と觀るのはまだしも、源氏物語の明石の巻にちなんで、須磨明石あたりの、當時の實景に卽した作品などと言ふ、素樸で強引な論義のあつたことが、むしろ不思議なくらゐだ。「浦の苫屋」もまた、心の中の透明な屏風繪の、薄墨色の幻であつた。「なかりけり」、この否定が、そのまま「無」と呼ぶ唯美主義の呪文になることは自明であらう。何もないことの安らぎと充足感、と言ふより、花と紅葉の存在を打消すことによつて生れた「虚《ヴアカンス》」の、存在を越えた豊かさが、この一首の命だ。

　移り香の身にしむばかり契るとて扇の風の行方たづねむ

　消えわびぬうつろふ人の秋の色に身をこがらしの森の下露

　唐衣すその庵《いほ》の旅枕袖より鴫の立つここちする

　一年をながめつくせる朝戸出に薄雪こほる寂しさの果て

春の夜の夢の浮橋とだえして峰に別るる横雲の空

家の本領だ。「移り香」の歌は、家集にのみ見える異色作で、官能美の極致とも言ふべく、「森の下露」の方は新古今集戀四に入撰の千五百番歌合歌、胸を抉るやうな緩徐調の悲しみは、定

六百番歌合は定家三十二歳の壯年、怖いもの知らずの、狂言綺語の限りを試み、右方、六條家の經家あたりは一首一首に眉を顰めてゐたらうし、宮廷の尙古派は一齊に凄じい拒絶反應を示して、定家の新風默殺につとめた。父俊成の庇護あっての大成であらう。鴫・冬朝、右方番《つがひ》は慈圓・隆信で、いづれも勝。改めて眺めると、「袖より鴫」も「寂しさの果て」も、まさに大冒險に類する奇抜な修辭だ。但し、いづれも新古今集及びそれ以後の敕撰集には入撰してゐない。最後に引いた「夢の浮橋」は新古今集の春上、妖艷無類の秀作として、永久に記念されるだらう。

百人一首歌は自撰新敕撰集の戀三、みづから撰入した十五首の中の一首ゆゑ、定めし自信作であらう。建保六年五十七歳の作、他人の歌とは趣の變つた、複雜無類の心理の彩の懸詞で成立した待戀を、わざわざ採つたのが面白い。歌そのものは煩しくうるさい。

來ぬ人をまつほの浦の夕凪に燒くや藻鹽の身もこがれつつ

明けばまた越ゆべき山の峰なれや空行く月の末の白雲　従二位家隆

新古今集の羇旅のほぼ中ほどに、西行の秀歌、「都にて月をあはれと思ひしは数にもあらぬすさみなりけり」等と竝べて採られた。俊秀歌人の入撰作多数で知られる老若五十首歌合中の「雜」十首の五首目。家隆がこの歌を、千五百番歌合の戀「昨日の雲のあとの山風」と共に、自讃歌として愛しかつ重んじてゐたことは知られてをり、他讃の例も亦一再ではない。極めつきの代表作と見てよからう。

「空行く月の末」とは、まことに縹渺として響き高い表現であつた。一日の旅果てて、山に笹枕を結び、月光の及ぶ向うの峰を望む。夜が明ければ、またあの山を越えて行く。その峰の上に、夜目にも仄白く、月光に微かに映える雲が浮んでゐる。「あはれ」とも、あるいは「かなし」とも、作者は洩らしてはゐない。否、その負の感情を心中深く祕めつつも、目ははろばろとした寂光に見惚れてゐるやうな氣配もある。かう言ふ歌をこそ、いはゆる「幽玄」の典型とすべきであらう。

＊　＊　＊

櫻花夢かうつつか白雲の絶えてつれなき峰の春風

あたら夜のあはれは知るや呼子鳥月と花との有明の空
夕暮の雲のはたてに亂れつつ思ひもしるく行く螢かな
ながめつつ涙ぞくもるゆく年もつもれば袖に有明の月
思ひいでよたがかねごとのすゑならむ昨日の雲のあとの山風
眺めつつ思ふもさびしひさかたの月の都のあけがたの空

老若五十首歌合の年、家隆は四十四歳、後日、口傳で後鳥羽院も觸れてゐるやうに、中年過ぎてから、頓に名も聞え、その歌にも精彩が加はつて來た。そして、當時のほとんどの名手の例に洩れず、千五百番歌合に、命の盛りを誇り、同時に有終の美を飾つたのだ。「櫻花」は新古今集の春下、夢幻調の名歌としては、定家の「夢の浮橋とだえして」と雙璧をなすと言はう。自讃歌「昨日の雲」は勿論、歌合夏の「呼子鳥」と「螢」、冬の「有明の月」、いづれもこの期の、鮮烈な歌風を十分に味はせてくれる。「昨日の雲」は新古今集の戀四に、「呼子鳥」は玉葉集の春上に入撰した。また「月の都」は家隆の詠風の極致を示すもので、新古今集秋上にきらめく一首である。

霞立つ末の松山ほのぼのと波にはなるる横雲の空
思ひやるながめも今や絶えねとや心をうづむ夕暮の雲

ひとり寝の床のさむしろ朽ちにけり涙は袖を限るのみかは

六百番歌合の春曙・寄雲戀・寄席戀、「夕暮の雲」のみは持で他は勝、「末の松山」は新古今集春上に入撰の秀作である。狂言綺語の趣、家隆の場合も著しく、「心をうづむ」「涙は袖を限る」等、讀む方が愕然とするほどの奇手を用ゐてゐるが、俊成はこれらをも進んで評價し、尙古派の攻撃をかはした。新古今集以後の家隆の歌には見るべきものはない。前後九首の引用歌中、「螢」「有明の月」「心をうづむ」「涙は袖を限る」は壬二集にのみ見える。

百人一首歌は新勅撰集の夏、藻壁門院《さうへきもんゐん》竴子《よしこ》入内の折の屛風歌で、定家は家隆の十二箇月三十六首を内見して、苦苦しげに酷評してゐる。その中ではまあ見られるのがこの「六月《みなづき》祓《ばらへ》」だと言ふ。新勅撰集には四十三首最多數入撰させてゐるが、新古今入撰作に比肩するやうな秀作はただの一首もなく、その配慮も頗る屈折したものと考へる他はない。

＊　＊　＊

風そよぐならの小川のゆふぐれは禊《みそぎ》ぞ夏のしるしなりける

み吉野の高嶺《たかね》の櫻散りにけり嵐も白き春の曙　後鳥羽院

後鳥羽院は自作を新古今集に三十四首撰入した。最多數西行九十四首の約三分の一、定家四十六首、家隆四十三首よりなほ少く、比べるなら貫之と同數である。また巻首は春歌下に「櫻咲く遠山鳥のしだり尾」を据ゑ、巻軸歌は羇旅歌に「見るままに山風荒くしぐるめり都も今は夜寒なるらむ」の熊野御幸詠を採つたのみである。ちなみに貫之は古今集に自作を百一首採り、俊成は千載集入撰三十六首である。

しかも、假名序で後京極攝政太政大臣藤原良經は院の心を體してかう述べる。「このうちみづからの歌を載せたること、古きたぐひはあれど十首には過ぎざるべし。しかるを今かれこれえらべるところ三十首にあまれり。これみな人の目立つべき色もなく、心とどむべきふしもありがたきゆゑに、かへりていづれとわきがたければ、森の朽葉かずつもり汀の藻屑かき捨てずなりぬることは、道にふける思ひ深くして後の嘲りを顧《かへりみ》ざるなるべし」と。歌の多寡の問題ではない。新古今集とは、後鳥羽院の「道にふける思ひ」、歌に惑溺することの證《あかし》であり、溺れざるを得ぬ帝王歌人の示威であつた。

「高嶺《たかね》の櫻」は最勝四天王院の障子歌、吉野山の繪に配した一首であつた。新古今調の典型の三句切體言止であるが、この疾風《はやて》吹きおろすかの上句の速度、それを發止と受けて、匂ひ立つ秀句表現は、後鳥羽院ならではの鮮やかな離れ業だ。時に承元元年一二〇七年の秋から冬の頃。壮年二十八歳の院は、この寺を鎌倉の征夷大将軍調伏を目的として建立したと傳へる。「嵐も白き」、思へば七年前、建仁元年の冬、仙洞句題五十首に、十代半ばの宮内卿は、天晴「逢坂や梢の花を吹くからに嵐ぞ霞む關の杉群」と歌つた、その餘波《なごり》か。

白菊に人の心ぞ知られけるうつろひにけり霜もおきあへず
秋深し染めぬ梢はあらし山時雨にもるる青き一枝
月夜よし夜よしと誰につげやらむ花あたらしき春のふるさと
野べにおける露をば露とながめ來ぬ花なる玉か雁の涙は
月かとて拂はねばまた白妙の袖にぞ冱ゆる深き夜の霜
神無月時雨に暮るる冬の日を待つ夜なければ悲しとも見ず
わが戀はみなぎる浪の荒磯に舟よりかねて心まどはす
見渡せば山もと霞む水無瀬川夕べは秋となに思ひけむ
櫻咲く遠山鳥のしだり尾のながながし日も飽かぬ色かな

「白菊」は正治二年初度百首「戀」、若書き作品群中の白眉として、永遠に記念さるべきだ。「時雨」は二度百首、「月夜」「露」「霜」は千五百番歌合、「神無月」「荒磯」は建保四年三十七歳の作である。良經とは對蹠的に豪宕、定家とは破格自在、しかも慈圓とも亦趣を違へて陰翳は深い。承久の亂は「荒磯」の五年後に迫つてゐた。鬱然たる遠島詠は、全く別の次元に生れた悲歌であつた。劍と詩を兩手に持つた天才にして英雄の一生を思ふ時、新古今集と承久の亂はいづれも、繰返しの望めぬ、未曾有の「作品」に他ならなかつた。「水無瀬川」は院二十六歳夏の元久詩歌合で生れた代表作の一つ、新古今集春上。「遠山鳥」は春下の巻首に飾られた瑰麗無比の秀歌であつた。他は敕撰集に見えぬ。百人一首歌は後代敕撰の續後撰集雜中に見えるが、建暦二年十二月の二十首歌中のもの。この一聯には「いにしへの人さへつらし歸る雁など曙と契りおきけむ」と言ふ艶なる歌もある。院と鎌倉の間にも、暗雲低迷しつつある時期、ならばなほ、歸雁の優《いう》なる眺めでも記念しておいてほしかつた。

人もをし人もうらめしあぢきなく世をおもふゆゑにもの思ふ身は

＊　＊　＊

おきまよふ曉の露の袖の上を濡れながら吹く秋の山風　順徳院

順徳院御集、題して紫禁和歌草の、建保元年秋の當座歌合に、「山路曉風」の題で記されてゐる。一二一三年、順徳院十七歳の御製、その早熟の天才振は目を見張らせる。もつとも紫禁和歌草の巻頭作品群は建暦元年で十五歳、しかも定家二十歳の處女作、初學百首に比して、さして遜色がない。才能もさることながら、歌枕と既成の縁語・懸詞、及び極り文句を適當に連ねれば、曲りなりにも歌の形をなすといふ、定型詩の祕密を暗示する一例と言つてもよからう。そして、それを勘定に入れてなほ、順徳院の歌のめでたさ、明らかに父帝後鳥羽の血を享けた恩寵であらう。

置き迷ふ露、曉の露、袖の上の露、これらを統べて約めて、ゆらりと、「おきまよふ曉の露の袖の上を」と五・八・六調の上の句を紡ぎ出した。古今傳受や庭訓や、なまじひな器用さではない。卓拔な言語感覺が、この二音の剩りを生み出した。しかも、袖は既に濡れ、下句では、風が濡れると歌ふ。たとへ先蹤があるにしても、「濡れながら吹く」と、やや初初しい聲音を響かせての、切なく、かつ珍しい表現には、思はず拍手したくなる。

命やは阿陀《あだ》の大野の草枕はかなき夢も惜しからぬ身を
人知れぬ身をうつせみの木隱れてしのべば袖にあまる露かな
忘ればや風は昔の秋の露ありしにも似ぬ人の心に
さてもいかに大川のへの古柳《ふるやなぎ》心の秋に朽ちてやみぬる

これら練達の戀歌、おほよそ翌建保二年十八歳の作と考へられる。さすが大著八雲御抄を後年編纂するだけあつて、「阿陀の大野」の用法も意表を衝き、何よりもこのうねりつつ結句に流れ落ちる幻像と調べの緩急、ふと六百番歌合當時の良經・定家の、あの息を呑むやうな技法が蘇つて來る。殊に初句の構へ方は「秋の露」「心の秋」と共に大膽で、大器を豫測、期待させるものがある。「阿陀《あだ》の大野」は新續古今集の戀三の巻軸、「うつせみ」は新千載集の戀四に見え、他は敕撰集に入つてゐない。

花鳥の他《ほか》にも春のありがほに霞みてかかる山の端の月
草の葉に置きそめしより白露の袖のほかなる夕暮ぞなき
菅原や伏見の里の笹枕夢も幾夜の人目よくらむ
言の葉もわが身時雨の袖の上に誰をしのぶの森のこがらし
いつはりのなき世なりともいかがせむ契らでとはぬ夕暮の空
秋田守るかりほの苫屋薄からし月に濡れたる夜はのさむしろ

順徳院の御製敕撰入集は十三世紀半ば、院四十六歳佐渡に崩御の後十年を經て、定家の子爲家撰進の、續後撰集に、初めて十五首を見、次の續古今集には一躍三十五首、その鑚仰と評價は年を經るごとに加はつて總計百五十九首、その數たとへば式子內親王をさへやや凌駕する。「花鳥」以下續後撰集の春下・秋上・戀二。續拾遺集戀四。終りの二首はそれぞれ、續千載集戀三と新後拾遺集秋下の巻頭第一首。いづれも秀作ぞろひである。

百人一首歌も後鳥羽院と同様に續後撰集、雜下に後で擇られた二十歳當時の御製。老巧と言ふよりは陰鬱で調べも低く、院の華やかな詩藻は毫も反映してゐない。新敕撰集に三上皇の歌を一度は撰入し、將軍頼經の父道家に、鎌倉への思惑のため削除を命じられたとの說もあるが、歌がこのたぐひならむしろ、切棄てられてさいはひであつた。

ももしきや古き軒端のしのぶにもなほ餘りある昔なりけり

跋　おきまよふ

沖の石の讃岐以外は悉皆非代表歌、式子と定家とあと二、三人を除けば、他は一切凡作と、他人が眉を顰《ひそ》めるのも承知の上で、小倉百人一首を譏《そし》り始めてから十年經つ。その思ひは年一年と募るばかりだ。たとへば、私が、新古今時代最高の歌人、定家も、その詩魂に關しては、一籌《いっちう》を輸《ゆ》さねばならぬと信ずる後京極攝政太政大臣、藤原良經の、「きりぎりす鳴くや霜夜のさむしろに衣かたしきひとりかも寢む」を見る毎に、私は悲憤を通り越して、この歌を殊更に採つた定家に、殺意を感じてしまふ。後鳥羽院は口傳《くでん》で、「百首などのあまりに地歌《ぢうた》もなく見えしこそ、かへりては難とも言ひつべかりしか」と歎くが、これもいささか誇張を交へてゐるので、良經の百首歌にも勿論地歌、すなはち平凡な、目立たない、他の歌を引立たす役目の歌もある。「きりぎりす」など代表的な地歌の一つだ。

聲あり、「きりぎりす」は新古今集入撰歌、後鳥羽院の炯眼、凡歌を許すかと。この歌が新古今の秋下の、どこに插入されてゐるか。それは、後鳥羽院自身のさして高い響きとも思はれぬ、「仙洞句題百首」中の「秋更けぬ鳴けや霜夜のきりぎりすややかげ寒し蓬生《よもぎふ》の月」の次に竝べてある。曾禰好忠一代の傑作、「鳴けや鳴け蓬が杣のきりぎりす」の單純な本歌取、その次に、良經の歌が竝べられる。そして、新古今集秋下のきりぎりすは、後半部ではたつたこの二首だけだ。後鳥羽院は自作を際立たせ、平仄《ひやうそく》を合すために、人麿のあらはなまねび「ひとりかも寢む」を傍に置いたに過ぎない。

この「きりぎりす」、院初度百首では「秋」二十首の中のもの、その二十首さへ、「あまりに地歌もなく見え」るくらゐの、珠玉揃ひであつた。「春」から眺め直すと、あまりの壯麗さに、眩暈《めまひ》を覺える。この初度百首を以て、後鳥羽院は定家の歌才を認めたのだから、彼にも秀作は少くないが、ざつと見渡しても、良經の比ではない。正治二年、良經は三十二歳、定家は三十九歳だつた。定家が天才なら、良經は「神才」だ。

歸る雁今はの心有明に月と花との名こそ惜しけれ　春
明日よりは志賀の花園まれにだに誰《たれ》かは訪《と》はむ春のふるさと　同
たちばなの花散る里の夕暮に忘れそめぬる春のあけぼの　夏
ほととぎす今幾夜をか契るらむおのがさつきの有明のころ　同
いさり火の昔の光ほの見えて蘆屋の里に飛ぶ螢かな　同
おしなべて思ひしことのかずかずになほ色まさる秋の夕暮　秋
辛崎やにほてる沖に雲消えて月の氷に秋風ぞ吹く　同

雲は閨月はともし火かくてしも明かせば明くるさやの中山　羇旅

われかくて寝ぬ夜の果てをながむとも誰かは知らむ有明のころ　戀

言はざりき今來むまでの空の雲月日隔てても思へとは　同

もし、是非初度百首からとの意向なら、この中のどれでもよい、あの地歌きりぎりすと變へてほしい。新古今集入撰が條件であつたら、「歸る雁」「志賀の花園」「いさり火」「秋の夕暮」「空の雲」は、過《あやま》たず採られてゐる。殊にこの夕暮など、新古今集の三夕はおろか、八代集、二十一代集の、すべての秋夕の中で、比べるもののない一首だ。

良經の「きりぎりす」を試みに「秋の夕暮」に變へることから、私の「新撰」は始まつた。そして同じ變へるならと、六百番歌合の「祈戀」に決めた。天智天皇は「朝倉や」こそ、かねてから意中の歌だつた。百番順徳院も亦稀に見る早熟の天才、「古き軒端」などは、若書きであるにもかかはらず姑息な感あり、更に若書、十七歳の御製の、しかもミステリー說を稱へる某某にも滿足されさうな「おきまよふ」を初句とする秀歌もある。

昭和五十五年一月一日、午後七時から放映の「百人一首の謎」（ＮＨＫ・ＴＶ）に、思ひがけず、その私撰小倉百人一首の改撰歌と揮毫を披露するやう、時のディレクター後藤多聞氏から依頼されたのは、前年の晩秋であつた。これには、他の著に既出の名歌も鏤《ちりば》めて約五十首を準備した。當日、池田彌三郎・竹西寛子兩氏と同席の榮に惠まれ、池田氏の爽快な百人一首批判を拜聽して、わが意を得たのもこの番組出演の賜であつた。眞の百首、他著と重ならぬ秀作を選ぶために、私はこの春以來、二十一代集と、數多私家集を隈なく涉獵した。ほぼ初一念を貫くことが出來たやうに思ふ。

出版については、またまた箱根裕泰氏の御配慮を賜つた。六年昔、昭和四十九年の春であつたか、「ミセス」連載の「王朝百首」を一本に纏めてはと、お勸めいただいたのが、そもそもの機緣ゆゑ、この新撰百首も、その頃から、いづれはかうして氏の手によつて、世に出るやう、さだめられてゐたのかも知れない。數へて九冊目である。

座右に置いて典據とし、裨益を蒙つた著は夥しい。その代表的なものを銘記し、かつ深謝の言葉に代へたい。正・續「國歌大觀」(角川書店)・「八代集全註」(有精堂)・「新校・六百番歌合」(有精堂)・「私家集大成」(明治書院)・島津忠夫譯注「百人一首」(角川文庫)・安東次男著「百人一首」(新潮文庫)・久保田淳著「新古今歌人の研究」(東京大學出版會)

昭和五十五年八月七日　立秋　　　　著　者

百本の歌の矢束を現代に放つ

解説　島内景二

本書の正式書名は、単行本の函や奥付に印刷してあるが、いささか長い。「百人一首」にちなんで言うと、「法性寺《ほっしょうじ》入道《にゅうどう》前《さきの》関白《かんぱく》太政大臣《だいじょうだいじん》」と同じく漢字で十二文字もあり、『塚本邦雄《つかもとくにお》新撰《しんせん》小倉百人一首《おぐらひゃくにんいっしゅ》』である。便宜上、塚本邦雄著『新撰小倉百人一首』と言われている（以下、『新撰百人一首』と略称）。『藤原定家撰小倉百人一首』の「藤原定家」を消去し、「塚本邦雄」という自分の名前を上書きしたのだ。『小倉百人一首』の部分が残ったのは、定家の選んだ百人の歌人はそっくりそのまま残した、という意味である。

藤原定家の『小倉百人一首』（以下『百人一首』）以来、何種類もの「百人一首」が編まれた。それらは、ほぼ例外なく、定家撰『百人一首』とは顔ぶれが完全には重なっていない。「愛国」がテーマならば『愛国百人一首』、武家歌人から選ぶならば『武家百人一首』などというように。ところが塚本は、あえて定家撰『百人一首』とまったく同じ顔ぶれで、「自分だったら、この歌人の代表作としては、別の歌を選ぶ」という断固たる信念で、百首を選び直した。これが、新機軸である。

定家の『百人一首』には凡作ばかりが選ばれているという批判や不満は、学者も評論家も口にする。凡作も数百回、数千回と耳にしているうちに名作と錯覚され、大きな影響を与えている。それは、日本文化にとって不幸である。そう考えたのが、塚本邦雄だった。考えただけでなく、彼は明瞭な対案を提起した。そして読者に、この勝負の判定者たることを強く求めている。

だから、「新撰」という言葉は、定家への正面切った挑戦状である。どちらが、日本文化創造の母胎となるべき秀歌群なのか。定家からすれば、歌人の顔ぶれがまるごと入れ替わる方が、面子が立つ。メンバーが一致しているのに、選ばれた歌が違うのでは、泉下の定家も顔をしかめたことだろう。ただし、残っている歌がほとんどない安倍仲麿と陽成院の二人だけは、やむを得ず定家と同じ歌を残してある。

本書の刊行は「一九八〇年十一月二十日」だが、跋文を記したのは「昭和五十五年八月七日　立秋」のことである。『新撰百人一首』にも、「一九八〇年八月七日立秋改撰」と明記されている。この日は、塚本の人生の大きな節目だった。彼の誕生日は、大正九年（一九二〇）八月七日である。満六十歳の記念日なのだ。

誕生日を重視する塚本は、第一歌集『水葬物語』を、昭和二十六年（一九五一）八月七日に刊行した。大著『定本塚本邦雄湊合歌集』は、『新撰百人一首』の二年後の昭和五十七年（一九八二）五月二十五日刊行だが、跋文は刊行にかなり遡る昭和五十六年八月七日の日付で書かれている。

ちなみに、塚本は四十歳になった昭和三十五年（一九六〇）を、寺山修司たちと創刊した同人誌『極』一号で祝っている。そして、五十歳の知命を迎えた昭和四十五年（一九七〇）を、第一歌集から第六歌集までを網羅した『塚本邦雄歌集』（白玉書房）の刊行で自祝した。この昭和四十五年は、第一歌集『水葬物語』を推奨してくれた三島由紀夫の自決と、前衛短歌運動の盟友岡井隆の失踪があり、塚本は文学者人生の大きな岐路に立った。偶然、この年、塚本はマネジメントと装幀の一切を引き受ける政田岑生《まさだきしお》と出会った。塚本と政田は勇躍、散文の世界へと攻め込んでいった。塚本は歌人としての実績を本拠地（砦）として、そこから果敢に「全方位型の文学者」としてのスタートを切った。それが、彼の知った「天命」だった。短歌だけでなく、小説や古典評論へも進出した。それから、十年が経った。満六十歳の塚本が感じた充実感が、定家への挑戦状としての『新撰百人一首』を書き下ろさせた。

塚本の活動領域がここまで拡大できた要因の一つに、何人もの編集者との出会いがあった。そのうちの一人に、文藝春秋の箱根裕泰《はこねひろやす》がいる。『定本塚本邦雄湊合歌集』の巻末には、「湊合歌集にみづから贐《はなむけ》する沓冠《くつかぶり》鎖歌《くさりうた》七首」が印刷されている。「沓冠鎖歌」とは、それぞれの歌の最初の一字（一音）を順番に拾ってゆけば、ある意味が顕れ、末尾の一字（一音）を順番に拾ってゆけば、別の意味が顕れる、という技法である。

それで、七首の最初の一音を拾えば「ひろやす・きしお」、最後の一字を拾えば「つかもと・くにを」が顕れる。すなわち、編集者の箱根裕泰《ひろやす》、マネージャー兼装幀家の政田岑《きし》生《お》、著者の塚本邦雄《つかもとくにを》という「三人の男たちの友情」の記念碑だったのである。この三人が力を合わせて、精興社の活版印刷技術を駆使した「芸術品として誇るに足る文芸書」を、続々と、しかも意欲的に世に問うたのだった。

むろん、『新撰百人一首』も、この三人の共同制作であり、本文に先立ち、序歌一首が掲げられている。

　きらめくは歌の玉匣《たまはこ》眠る夜の海こそ千尋やすらはぬかも

古典和歌という「歌の玉手箱」の中から、夜も眠らずに、珠玉の和歌ばかりを百首選んだ、という自讃の歌である。この歌は、「玉匣眠る」の部分に「はこね」、「千尋やすらはぬかも」の部分に「ひろやす」の名前が隠された「物名歌《ぶつめいか》」だった。

さて、『新撰百人一首』には、序文と跋文があり、それぞれ「われのみぞ」、「おきまよふ」と題されている。「われのみぞ」という言葉の典拠は、鎌倉右大臣（源実朝）の項にある、次の一首である。

　われのみぞかなしとは思ふ波のよる山のひたひに雪のふれれば

塚本は、「われのみは」ではなく、「われのみぞ」とある点に注目し、自分を他人と強く区別する実朝の心情を読み取る。だから、序文「われのみぞ」は、定家を念頭に置き、塚本は「われのみぞ」(私だけが秀歌中の秀歌を知っている)と言挙げしているのだろう。

一方、跋文の「おきまよふ」という言葉の出典は、最後の順徳院の項に見つかる。

おきまよふ暁の露の袖の上を濡れながら吹く秋の山風

塚本は、この秀歌の背後に、父帝後鳥羽の血を享けた恩寵を読み取る。巷間、隠岐に流された後鳥羽院と定家との因縁で『百人一首』を読み解くミステリー物が、複数出版されている。それについては、塚本は序文で、凡河内躬恒の「おきまどはせる」を「隠岐惑はせる」とする解釈を揶揄している。言葉の表面ではなく、歌の選択そのものに、歌人は、そして文学者は自らの信念を賭けるし、自分以外のアンソロジストたちへの批判も、選歌それ自体の中に組み込ませている。後鳥羽院の推奨する定家の歌を、絶対に自讃歌として認めなかった定家の毅然とした態度の中に、定家の後鳥羽院への真の意趣返しがある。

自分が創作した膨大な歌から削りに削った秀歌のみを精選し、配列にこだわって発表し続けた塚本だからこそ、「撰歌」に文学者の生命線があると感じているのだ。定家が『百人一首』に選んだ「秀歌」の九十八パーセントを、『新撰百人一首』では認めなかった。ここに、定家を越えたいという野心が明瞭に見て取れる。

定家の目に入らなかった秀歌の中の秀歌を、百首並べる塚本の姿は、「獺祭《だっさい》」という言葉を連想させる。獺《かわうそ》は、獲った魚を自分の周りにずらっと並べる習性があるという。塚本は、『国歌大観』や『私家集大成』などに満載されている無尽蔵の和歌を眺めては、これぞと気に入った和歌を、メモに書き写す。岩手県北上市の日本現代詩歌文学館には、塚本邦雄が資料収集で用いたメモ用紙が保存されている。ミニ短冊のようなメモの束を、ずらりと机の上に置き並べ、最終的にどの一首を選ぶかを、さまざまに迷う。それが、「おきまよふ」という跋文タイトルの真意だろう。

『新撰百人一首』の書き下ろしは、『茂吉秀歌』シリーズの執筆とも同時進行していた。これも、塚本・政田・箱根の共同作業だった。『茂吉秀歌』は、百首選五巻から成る。茂吉の秀歌を選ぶことは、撰者である塚本に意外な結果をもたらした。執筆以前は、「アララギ＝写実」の総大将に戦いを挑み、打倒しようという意図があった。ところが、塚本が選んだ茂吉の秀歌は、何と塚本が求めてきた前衛精神と同じものだった。アンソロジーという行為が、「アララギと前衛短歌」、ひいては「写生と幻想」という二項対立図式を解消してしまった。茂吉が写生でなくなり、塚本も前衛でなくなる。近代短歌と現代短歌の垣根もなくなり、「短歌」というジャンルの秘める力だけが浮き上がる。

『新撰百人一首』でも、同じことが起きている。塚本と定家の間には、いささかならぬ因縁がある。塚本は、歌人となる前の青年期から、『新古今和歌集』の美学への関心があった。広島県呉市の広海軍工廠《ひろかいぐんこうしょう》に軍事徴用されていた一九四一年から終戦まで、塚本は兄の春雄に宛てて、多彩な文学論を書簡として送り続けた。その中には、新古今歌人を論じたエッセイも交じっている。

そして、歌人として出発し、前衛歌人として離陸した塚本は、アララギの写実精神と戦うための武器として、「美学＝幻想」による理論武装に努めた。フランス象徴詩や映画（洋画）や西洋美術やキリスト教を導入した。アララギの近代を、西洋の近代で撃とうとしたのだが、アララギの基本理念は『万葉集』なので、西洋からのアララギ批判は、隔靴搔痒の感があった。そこで塚本は、アララギを批判する有効な武器として、若い頃から関心のあった『新古今和歌集』を用いることにした。この時、定家は塚本の援軍だった。

『定家百首』（一九七三年）の刊行は、塚本に「現代の定家」という別名を与えた。だが、塚本は定家に対して少しずつ距離を置き始める。その契機は、定家が単独で撰進した『新勅撰和歌集』が「平明枯淡」をモットーとしていて、『新古今和歌集』の象徴主義の華麗さも幻想もないことへの違和感だった。定家の『百人一首』への幻滅も、選ばれた歌に現代歌人に訴える喚起力がないからである。

『新撰百人一首』と『茂吉秀歌』を並行して執筆している塚本は、茂吉と定家の二人と戦っていたことになる。茂吉とは「和解」することになるのだが、定家は想像以上に、巨大な壁だった。どこが凄いかと言えば、定家は万能だった。

「達磨歌《だるまうた》」と世間を呆れさせた超絶技巧の歌人としての創作力。『近代秀歌』『毎月抄』

『詠歌之大概《えいがのたいがい》』などの歌論を書いた批評家として能力。『源氏物語』の青表紙本の校訂や、『古今和歌集』『土佐日記』『伊勢物語』などの書写に精力を注ぐ古典研究者としての学力。さらには、『松浦宮物語』の作者と伝えられるような、物語作家としての側面。勅撰集や『百人一首』などを編纂した、アンソロジストとしての能力。最後に、鎌倉幕府側について後鳥羽院と距離を置く政治家としての嗅覚。

驚くべし。「アララギと戦うための味方」から、「文学精神に違和感を抱く敵」へと変じた定家は、アララギ以上の強敵だった。だから塚本は、一転して戦略を変えて、斎藤茂吉を我が陣営に加えることで、共同して定家と戦った。塚本の定家との戦いは、長期戦、かつ持久戦となった。

定家との決戦を覚悟した塚本にも、勝算があった。前衛歌人としての業績には、満五十歳の『塚本邦雄歌集』と六十二歳の『定本塚本邦雄湊合歌集』があり、歌人としての実力において、定家の家集『拾遺愚草』にも負けないという自負があった。塚本には政治的な野心は皆無だったが、前衛短歌運動は安保世代や学生運動世代の若者たちを衝き動かし、社会的な影響力があった。純粋な歌論としては『定型幻視論』（一九七二年）などがあり、歌人論も多い。小説家としても、定家と後鳥羽院を描く『藤原定家』（一九七三年）、『菊帝悲歌』（一九七八年）を著した。この分野でも、定家の『松浦宮物語』を凌駕したという手応えがあっただろう。定家が古典を筆写した「定家様《ていかよう》」という書体は茶道の世界で珍重されているが、塚本も自筆の書展を何度も開いた。

ただし、古典研究者としての定家の権威は盤石であり、これを越えるには『源氏物語』の青表紙本の限界を明らかにせねばならない。『源氏物語』をDNAとして、いつの時代にも日本文化を活性化する活動は、定家から始まった。定家こそは、今日の日本文化の本流となった中世文化の濫觴である。これを倒すのは、至難である。

そこで、定家の古典研究者としての側面の一角を崩すべく、猛然として古典和歌の評論を書き始めた。まずは、アンソロジーとしての古典研究の領域を確立すること。それが、自ずと定家と向かい合うことになる。そこで、定家への挑戦状として、『王朝百首』（一九七四年）などの和歌論を次々に著し、満を持しての『新撰百人一首』となった。

『新撰百人一首』は、『百人一首』を越えたか。それは、読者が判断する。『新撰百人一首』にインスパイアされた人々が現れるかどうかに、かかっている。その点で、本書が文芸文庫に入った意義は大きい。

『新撰百人一首』は、定家の『百人一首』にはない視点を、いくつも打ち出している。その読みどころを、いくつか挙げておこう。たとえば、中納言朝忠の項。ここには、「あたかも負と負をかけあはせて正に轉ずるに似た、蒼白い情熱の火花が見える」とあり、「マイナスかけるマイナスはプラスである」とする塚本歌論が、古典和歌へも適用されている。これによって、古典和歌が現代文学として蘇る。

大納言公任の項では、『和漢朗詠集』や『三十六人撰』という王朝最大のアンソロジーを編纂した大文化人藤原公任に対して、「秀作として推すべき歌は、駄作として消したい作同様、ほとんど見つからず」と、歌人としての能力の限界をはっきりと述べ、歌人としての限界がアンソロジーの限界であると、ライバル意識を剝き出しにしている。

和泉式部の項で、「秋吹くは」という何気ない表現の初句五文字に関して、同じ初五をもつ歌は、和泉式部のこの作以外には伝わっていないと指摘する。確かに、索引をどんなに検索しても、「秋吹くは」という五音で始まる和歌は、和泉式部以前にも以後にも皆無である。こういう指摘を、ずばっと行えるのが、塚本の武器だった。秀歌の秀歌たるゆえんを見抜く慧眼。和歌研究者も驚くような発見は、歌人の独自性を見逃さない。

紫式部の項で、「おぼつかなそれかあらぬか明暗《あけぐれ》のそらおぼれする朝顔の花」という和歌が、彼女の代表作として選ばれる。ただし、成熟した女と男のエスプリに満ちた贈答という塚本の解釈には、ちょっと無理があるように思う。私としては、世の中をまだ知らない少女時代の歌だと思う。だが、この歌を切り出して『源氏物語』の中に塡め込んだら、確かに塚本が指摘する状況に、ぴったり収まる。それが、この歌の生命だと塚本は言う。解釈が、歌を新しくするのだ。

鎌倉右大臣（実朝）の項では、万葉調でも新古今調でもない、実朝独自の「文体」が抽出される。「文体」。これこそが、塚本の求めた『新撰百人一首』の核心だろう。百の心を映し出す百の文体。それが、このアンソロジーに満載されている。自分の文体を発見し、確立した歌人たちの歌は、時空を越えて、現代人の心を激しく衝き動かす。塚本邦雄の『新撰百人一首』は、百の文体を束ねて、花瓶ならぬ矢筒の中に入れる。歌の矢で、定家を射貫こうとしたのだ。

翻って問いたい。定家の『百人一首』には、言葉はある。これからの文学、新しい日本文化を作るヒントとなる「文体」が、そこにあるか。文体を問う塚本の矢は、確実に定家に突き刺さった。それだけでなく、茂吉や塚本にも突き刺さった。そもそも、これらの秀歌を詠んだ歌人たち自身が、自分の放った矢で射貫かれて、血を流していたのだ。その苦しみが、彼／彼女たちの歌人としての文体を確立させていた。私たちは、和歌を愛し、和歌に魅せられ、和歌に苦しむ。その点で、平等である。「神の前の平等」ならぬ「和歌の前の平等」を、塚本邦雄は本書で示した。

満六十歳の記念碑だった本書は、その後の塚本文学の画期となった。定家は塚本の敵ではなくなった。なぜならば、戦いを通して、マイナスの二乗による「正」の文学観が生まれ落ちたからである。かくて、塚本の窮極の敵は、定家ではなく、日本文化の神である「和歌＝短歌」そのものとなった。

本書は、『塚本邦雄全集・第十四巻』（一九九九年八月　ゆまに書房刊）を底本として使用し、適宜『塚本邦雄新撰小倉百人一首』（一九八〇年十一月　文藝春秋刊）を参照しました。

文庫化にあたって、引用の不備をただし、ルビを必要最小限で追加し、底本に見られる誤植や、明らかに著者の錯覚によって生じたと思われる誤記を訂正するなどしましたが、原則として底本に従いました。なお、前述の訂正、表記上の変更に際しては、島内景二氏の教示を得ました。本文の表記は著者の生前の強い意向を尊重して正字正仮名遣いによる底本のままとしました。

また、底本にある表現で、今日からみれば不適切と思われる言葉がありますが、作品が書かれた時代背景と作品的価値、および著者が故人であることなどを考慮し、底本のままとしました。よろしくご理解のほどお願いいたします。

新撰《しんせん》小倉百人一首《おぐらひゃくにんいっしゅ》

塚本邦雄《つかもとくにお》

二〇一六年一一月一〇日第一刷発行
二〇二二年七月五日第二刷発行

発行者——鈴木章一
発行所——株式会社 講談社
東京都文京区音羽2・12・21 〒112-8001
電話 編集（03）5395・3513
販売（03）5395・5817
業務（03）5395・3615

デザイン——菊地信義
印刷——株式会社KPSプロダクツ
製本——株式会社国宝社
本文データ制作——講談社デジタル製作

定価はカバーに表示してあります。

講談社文芸文庫

ISBN978-4-06-290327-1

種田山頭火	山頭火随筆集	村上 護——解／村上 護——年
田村隆一	腐敗性物質	平出 隆——人／建畠 哲——年
多和田葉子	ゴットハルト鉄道	室井光広——解／谷口幸代——年
多和田葉子	飛魂	沼野充義——解／谷口幸代——年
多和田葉子	かかとを失くして｜三人関係｜文字移植	谷口幸代——解／谷口幸代——年
多和田葉子	変身のためのオピウム｜球形時間	阿部公彦——解／谷口幸代——年
多和田葉子	雲をつかむ話｜ボルドーの義兄	岩川ありさ-解／谷口幸代——年
多和田葉子	ヒナギクのお茶の場合｜海に落とした名前	木村朗子——解／谷口幸代——年
多和田葉子	溶ける街 透ける路	鴻巣友季子-解／谷口幸代——年
近松秋江	黒髪｜別れたる妻に送る手紙	勝又 浩——解／柳沢孝子——案
塚本邦雄	定家百首｜雪月花(抄)	島内景二——解／島内景二——年
塚本邦雄	百句燦燦 現代俳諧頌	橋本 治——解／島内景二——年
塚本邦雄	王朝百首	橋本 治——解／島内景二——年
塚本邦雄	西行百首	島内景二——解／島内景二——年
塚本邦雄	秀吟百趣	島内景二——解
塚本邦雄	珠玉百歌仙	島内景二——解
塚本邦雄	新撰 小倉百人一首	島内景二——解
塚本邦雄	詞華美術館	島内景二——解
塚本邦雄	百花遊歴	島内景二——解
塚本邦雄	茂吉秀歌『赤光』百首	島内景二——解
塚本邦雄	新古今の惑星群	島内景二——解／島内景二——年
つげ義春	つげ義春日記	松田哲夫——解
辻 邦生	黄金の時刻の滴り	中条省平——解／井上明久——年
津島美知子	回想の太宰治	伊藤比呂美-解／編集部——年
津島佑子	光の領分	川村 湊——解／柳沢孝子——案
津島佑子	寵児	石原千秋——解／与那覇恵子-年
津島佑子	山を走る女	星野智幸——解／与那覇恵子-年
津島佑子	あまりに野蛮な 上・下	堀江敏幸——解／与那覇恵子-年
津島佑子	ヤマネコ・ドーム	安藤礼二——解／与那覇恵子-年
坪内祐三	慶応三年生まれ 七人の旋毛曲り 漱石・外骨・熊楠・露伴・子規・紅葉・緑雨とその時代	森山裕之——解／佐久間文子-年
鶴見俊輔	埴谷雄高	加藤典洋——解／編集部——年
寺田寅彦	寺田寅彦セレクション Ⅰ 千葉俊二・細川光洋選	千葉俊二——解／永橋禎子——年

▶解=解説 案=作家案内 人=人と作品 年=年譜を示す。 2022年6月現在